PAUL GAULTIER

LA BARBARIE ALLEMANDE

LES FAITS — LES ORIGINES — LES CAUSES
LA THÉORIE

LIB   A
PLON-NOURRIT .. C   S-ÉDITEURS
8, RUE G.. ·   6ª

LA BARBARIE ALLEMANDE

Ce volume a été déposé au ministère de l'intérieur en 1917.

OUVRAGES DU MÊME AUTEUR

Le Rire et la Caricature. Préface par SULLY-PRUDHOMME, de l'Académie française. 3ᵉ édition (4ᵉ mille). Un vol. in-16, contenant 16 planches hors texte. Broché . . . . 3 fr. 50

(Ouvrage couronné par l'Académie française, prix Charles Blanc.)

Le Sens de l'art. Préface par M. Émile BOUTROUX, de l'Académie française. 4ᵉ édition (6ᵉ mille). Un vol. in-16, contenant 16 planches hors texte. Broché . . . . 3 fr. 50

(Ouvrage couronné par l'Académie des sciences morales et politiques.)

L'Idéal moderne. *La Question morale, la Question sociale, la Question religieuse.* 3ᵉ édition (5ᵉ mille). Un vol. in-16. Broché . . . . 3 fr. 50

(Ouvrage couronné par l'Académie française.)

Reflets d'histoire. Un vol. in-16. Broché . . . . 3 fr. 50

La Vraie Éducation. 3ᵉ édition (5ᵉ mille.) Un vol. in-16. Broché . . . . 3 fr. 50

La Pensée contemporaine. *Les Grands Problèmes.* 2ᵉ édition (3ᵉ mille.) Un vol. in-16. Broché . . . . 3 fr. 50

(Ouvrage couronné par l'Académie des sciences morales et politiques, prix « Vie heureuse » [Sociologie] 1912.)

Les Maladies sociales. *La Criminalité adolescente, l'Alcoolisme, la Dépopulation, la Pornographie, le Suicide.* 2ᵉ édition (4ᵉ mille.) Un vol. in-16. Broché . . . . 3 fr. 50

(Prix Calmann Lévy attribué en 1913 à M. Paul Gaultier, par l'Académie française, pour l'ensemble de ses œuvres.)

(Prix du Président de la République décerné en 1915 par la Société des Gens de lettres.)

Tous ces ouvrages sont publiés dans la *Bibliothèque variée* de la LIBRAIRIE HACHETTE ET Cⁱᵒ, 79, boulevard Saint-Germain, Paris.

PARIS. TYP. PLON-NOURRIT ET Cⁱᵉ, 8, RUE GARANCIÈRE. — 22484.

PAUL GAULTIER

LA BARBARIE ALLEMANDE

LES FAITS — LES ORIGINES — LES CAUSES
LA THÉORIE

PARIS

LIBRAIRIE PLON

PLON-NOURRIT et Cⁱᵉ, IMPRIMEURS-ÉDITEURS

8, RUE GARANCIÈRE — 6ᵉ

1917

LA BARBARIE
ALLEMANDE

S'il est un trait qui distingue, au point de vue psychologique, la guerre de 1914, c'est bien la cruauté avec laquelle les Allemands l'ont conduite. Il faudrait un long martyrologe pour seulement énumérer les crimes de toutes sortes que les armées germaniques ont accumulés en infraction au droit commun, tant en Pologne qu'en Belgique ou en France. Il n'est pas jusqu'aux Austro-Hongrois qui, en qualité de « brillants seconds », n'aient jugé à propos, pour les imiter, d'entasser atrocités sur atrocités. Les témoignages sont irréfutables. C'est le rapport de la Commission belge, c'est celui de la Commission française, instituées toutes deux pour enquêter sur les crimes allemands ; c'est l'opuscule de M. Reiss, professeur à l'Université de Lausanne : *Comment les Austro-Hongrois ont fait la guerre en Serbie ;* celui de M. Joseph Bédier, *les Crimes allemands d'après les témoignages allemands*, et cet autre : *Comment l'Allemagne essaye de justifier ses crimes.* Ce sont tous les carnets de soldats, de sous-officiers et d'officiers allemands tombés en notre possession où se trouvent consignées par leurs auteurs les atrocités commises. Ce sont, enfin, les documents officiels eux-mêmes — ordres, affiches ou proclamations de l'autorité militaire allemande — qui les ordonnent ou les avouent.

Quelque surprenants que soient ces crimes, ce qu'il y a de plus extraordinaire c'est l'état d'âme dont ils témoignent chez des gens qui non seulement se disent civilisés, mais qui se' targuent de représenter la plus parfaite civilisation qui ait jamais existé. Comment ces ingénieurs, ces savants, ces lettrés, ces artistes, ces industriels, ces commerçants, ces financiers, ces hommes d'État, ces prêtres, dont les aïeux et eux-mêmes se sont distingués dans toutes les branches de l'activité humaine, ont-ils pu en arriver, je ne dis pas même à approuver ou à encourager, mais à tolérer les crimes systématiques que, en violation des plus solennels traités comme de toutes les lois divines et humaines, n'ont cessé d'entasser, par ordre, les armées germaniques sur les territoires envahis par elles?

Un pareil état d'âme n'est ni spontané, ni fortuit. Il répond à une théorie, qui apparaît elle-même comme le produit d'une lente culture, le résultat d'une longue préparation et, pour tout dire, d'une philosophie. Non que la philosophie allemande soit tout entière et directement responsable des atrocités commises par les troupes du kaiser depuis le mois d'août 1914. Elle a seulement contribué à créer une mentalité qui les a permises en libérant, pour avoir trop exalté la volonté de puissance, les mauvais instincts qu'a toujours renfermés le caractère germanique d'où elle-même, du reste, est issue et qu'en partie elle reflète. Encore a-t-il fallu, pour que la philosophie allemande réveillât la barbarie ancestrale des Germains au détriment des bons côtés de leur nature, que la prospérité dans laquelle a vécu l'Allemagne depuis ses victoires répétées de 1864, de 1866 et de 1870 y aidât. C'est, en effet, — ne nous y trompons pas — la prodigieuse et rapide prospérité de l'Allemagne qui a provoqué, sous le nom de germanisme, l'extraordinaire combinaison de la philosophie et du caractère allemands, d'où est sortie l'actuelle barbarie teutonne.

« On peut dire, écrit le rapporteur de la Commission instituée en France le 23 septembre 1914 en vue de constater les actes commis par l'ennemi en violation du droit des gens, que jamais une guerre entre nations civilisées n'a eu le caractère sauvage et féroce de celle qui est en ce moment portée sur notre sol par un adversaire implacable. » Je crois, en effet, qu'il faut remonter à Tamerlan et à Gengis-Khan pour trouver dans l'histoire un tel entassement d'horreurs, un tel débordement de cruauté, un tel cynisme dans la honte, en un mot une barbarie aussi débridée que celle dont les armées austro-allemandes nous ont infligé l'effroyable épreuve, depuis les premiers jours d'août 1914, sur les terres martyres de la Belgique, de la Serbie, de la Pologne et de la France du Nord-Est. Encore n'est-il pas bien sûr que les hordes descendues des plateaux de l'Asie centrale sous la conduite de leurs farouches conquérants, celles même d'Attila dit le « fléau de Dieu », aient jamais atteint un aussi parfait degré d'horreur que celui où les troupes du kaiser sont parvenues d'emblée. Ne disposant pas des engins de destruction puissants que la science a mis entre les mains de l'homme moderne, la brute de jadis était, à coup sûr, beaucoup moins redoutable que le « civilisé » d'à présent. Elle était, en tout cas, moins odieuse dans son inconscience que le barbare à lunettes dont la soldatesque germanique nous a offert, depuis le haut jusqu'au bas de la plus stricte hiérarchie

militaire qui ait jamais paru, l'abominable et triste
spécimen. Triste, non seulement pour nous qui en
avons souffert, mais pour l'humanité, dont le barbare d'aujourd'hui évoque, comme en un sinistre rac-
courci, toutes les tares et tous les vices, multipliés,
en quelque sorte, par les encouragements d'une philosophie arrogante et les ressources d'une technique
raffinée.

Car — entendons-nous bien — ce qu'il y a de spé-
cifique et de particulièrement odieux dans la sauvagerie des Allemands d'à présent, c'est son caractère
scientifique, non pas en ce sens seul que cette sauvagerie use des derniers perfectionnements de l'outillage industriel et militaire, mais en celui-là, surtout,
qu'elle correspond à une doctrine. Pour criminelles, en
effet, qu'aient été les cruautés qui ont toujours jusqu'ici
plus ou moins accompagné les guerres, il ne s'était
jamais vu, outre leur nombre, qu'elles eussent été, non
pas même autorisées, mais encouragées ou, qui plus
est, ordonnées de propos délibéré, en plein accord
avec l'enseignement des stratégistes les plus renom-
més, aux applaudissements de tout un peuple, intellectuels et souverain en tête. « Il est une condition
qu'il faut que vous me juriez de remplir, écrivait
Napoléon dans la proclamation de 1796 à ses soldats :
c'est de respecter les peuples que vous délivrerez ;
c'est de réprimer les pillages horribles auxquels se
portent des scélérats... Je ne souffrirai pas que des
brigands souillent vos lauriers. » Il était réservé aux
Allemands de nos jours d'ériger le vol, le viol, le
meurtre, le pillage, l'incendie, le mensonge et le par-
jure en officielle méthode de guerre.

Que ce soit un système, nous n'en pouvons douter.
Non seulement les livres de stratégie des Clausewitz

et des Bernhardi en font foi, mais plus encore, hélas !
les horreurs que nos ennemis méthodiquement ont
amoncelées. La pratique et la théorie s'unissent, en
l'occurrence, pour témoigner du monstrueux état d'esprit en quoi consiste, au début du vingtième siècle,
ce qu'on peut, sans crainte d'exagérer, appeler la
barbarie allemande.

LIVRE PREMIER

LES FAITS

LA BARBARIE SYSTÉMATIQUE

CHAPITRE PREMIER

LE MÉPRIS DES ALLEMANDS POUR LES TRAITÉS

Barbarie, et barbarie dogmatique, le mépris impudemment affiché des Allemands pour les contrats. Quand, le 4 août, l'ambassadeur d'Angleterre va porter au chancelier de l'Empire l'ultimatum de son gouvernement, en réponse à la violation par l'armée allemande des territoires belge et luxembourgeois, dont les traités de Londres du 15 novembre 1831 et du 19 avril 1839, au bas desquels se trouve la signature de l'Allemagne, garantissaient la neutralité, M. de Bethmann-Hollweg se contente d'avouer qu'il ne comprend pas comment « *juste pour un mot* — neutralité — un mot dont en temps de guerre on n'a si souvent tenu aucun compte, *juste pour un chiffon de papier,*

la Grande-Bretagne allait faire la guerre à une nation à
elle apparentée qui ne désirait rien tant qu'être son
amie ». Il ne comprend pas, non qu'il veuille ou feigne
ne pas comprendre, mais tout simplement parce qu'il
ne conçoit pas qu'on demeure, quand il en coûte, fidèle
à sa parole. En vain, pour excuser l'invasion du territoire belge, les Allemands prétextent-ils que sa neutralité devait être violée par la France. « La France a,
il est vrai, déclaré à Bruxelles qu'elle était résolue
à respecter la neutralité de la Belgique aussi longtemps que l'adversaire la respecterait. Mais, nous
savions que la France se tenait prête pour envahir
la Belgique, » a soutenu le chancelier de l'Empire allemand à la tribune du Reichstag. Outre que cela est
notoirement faux, la concentration française ayant eu
lieu principalement à l'Est, — ce qui fut l'une des
causes de notre défaite de Charleroi, — cela, serait-il
vrai, ne constituerait en rien une excuse.

D'après les articles 1 et 2 de la cinquième Convention de La Haye, en effet, « le territoire des
puissances neutres est inviolable » ; d'où il suit qu' « il
est interdit aux belligérants de faire passer à travers
le territoire d'une puissance neutre des troupes ou
des convois, soit de munitions, soit d'approvisionne-
ments ». Il est trop commode de supposer de mauvais
desseins chez les autres pour se justifier des infrac-
tions au droit que l'on commet contre eux. C'est inuti-
lement que, allant plus avant dans l'accusation, les
autorités militaires allemandes communiquèrent, le
3 août 1914 au matin, aux habitants du Luxembourg une proclamation où il était dit que « la France
ayant ouvert sur le sol luxembourgeois, en dépit de la
neutralité du Luxembourg, les hostilités contre l'armée
allemande, Sa Majesté s'est vue contrainte, par le

besoin le plus pressant, à la douloureuse nécessité de donner l'ordre à l'armée allemande, et spécialement au VIIIᵉ corps d'armée, d'occuper le Luxembourg ». Les Luxembourgeois ne tardèrent pas à faire justice d'une telle accusation, ainsi que l'atteste le chef du parti catholique au Luxembourg, M. Prüm, qui était, avant la guerre, fervent germanophile. Aussi bien, M. de Jagow, le secrétaire d'État aux Affaires étrangères de l'Empire d'Allemagne, n'a pas hésité à avouer à l'ambassadeur d'Angleterre à Berlin, sir E. Goschen, que la violation de la neutralité belge était pour l'Empire « une question de vie ou de mort, car si nous avions passé par la route plus au sud, nous n'aurions pu, vu le petit nombre de chemins et la force des forteresses, espérer passer sans rencontrer une opposition formidable, impliquant une grosse perte de temps, qui aurait été — remarquons-le — autant de gagné pour les Russes. » On reconnaît à cet aveu l'application du fameux principe de M. de Bethmann-Hollweg : « Nécessité ne connaît pas de loi. » En fait, la violation de la Belgique et du Luxembourg était préméditée.

De cette préméditation, on possède de nombreuses preuves : dépôts d'armes, de munitions et de vêtements, postes de télégraphie sans fil, qui jalonnaient la Belgique, sans compter un pont militaire que les troupes allemandes trouvèrent prêt, sous un déguisement, à être jeté sur l'Escaut, à quelques kilomètres de Gand. Voici, d'ailleurs, ce que l'on pouvait lire dans le numéro du 2 septembre 1914 de la *Deutsche Krieger Zeitung* : « Notre plan d'invasion en France était de longue date solidement établi. Il devait se poursuivre avec succès dans le Nord, à travers la Belgique, en évitant la forte ligne des forts d'arrêt dont l'ennemi avait protégé ses frontières du côté de l'Allemagne et qu'il eût été fort difficile d'enfoncer. Le plan a réussi dans toute son étendue, comme le montre la position des différentes armées. » Dans le rapport officiel et secret sur le renforcement de l'armée allemande, qui porte la date du 19 mars 1913 et dont M. Étienne, alors ministre de la Guerre, reçut communication le 2 avril, les considérations suivantes étaient consignées : « Au Sud, la Suisse forme un boulevard extrêmement solide, et nous pouvons compter qu'elle défendra énergiquement sa neutralité contre la France, protégeant ainsi notre flanc. On ne peut considérer de même la situation vis-à-vis des petits États de notre frontière Nord-Ouest. Là, ce sera pour nous une question vitale, et le but vers lequel il faudra tendre c'est de prendre l'offensive avec une grande supériorité dès les premiers jours. Pour cela, il faudra concentrer une grande armée, suivie de fortes formations de landwehr, qui détermineront les armées des petits États à nous suivre, ou tout au moins à rester inactives sur le théâtre de la guerre, et qui les écraseraient en cas de résistance armée. » Quant au Luxembourg, outre que ses chemins de fer étaient au pouvoir de l'administration allemande, l'Empire accumulait depuis de longues années des forces nombreuses à sa frontière. La construction des camps d'Eisenborn et de Malmédy, jointe au dispositif des voies ferrées, devait permettre à une centaine de mille hommes de contourner Liége, d'assiéger Namur et d'arriver en peu de jours sous Maubeuge.

Aussi bien, parce qu'elles contrarient le système allemand de terrorisation, les Conventions de Genève du 22 août 1864, de La Haye de 1899 et de 1907, dont tous les États belligérants, y compris l'Allemagne, sont signataires, tiennent, aux yeux de cette dernière, l'emploi aussi de simples chiffons de papier. L'extraordinaire déclaration du gouvernement allemand, qui annonçait, contrairement à toutes les coutumes de la guerre navale, qu'à partir du 18 février 1915 les vaisseaux marchands des nations ennemies seraient coulés, avec leurs équipages, et que pourraient l'être de même les navires neutres naviguant dans les eaux anglaises, ne laisse subsister aucun doute. « Les eaux de la Grande-Bretagne et de l'Irlande, la Manche comprise, sont déclarées zone militaire, annonce ce document. A partir du 18 février, tout navire de commerce ennemi rencontré dans ces eaux sera détruit, même s'il n'est pas possible d'écarter tout danger pour les équipages ou les passagers. Les navires neutres s'exposeront au danger en pénétrant dans cette zone militaire. »

En vain les États-Unis protestèrent, en ce qui concerne les bâtiments neutres, que « proclamer et appliquer le droit d'attaquer et de détruire tout navire pénétrant dans une zone déterminée de la haute mer, sans prendre d'abord le soin de déterminer sa qualité de belligérant et le caractère de contrebande de sa cargaison, constituerait un acte tellement imprévu et sans précédent dans les guerres navales que le gouvernement des États-Unis se refuse à croire que le gouvernement impérial ait l'intention de commettre cet acte ». Ces observations étaient justes, car, si le droit maritime admet les prises de guerre, ce n'est qu'à l'égard des bâtiments et des marchandises ennemis, donc après visite préalable. En tout cas, il n'admet pas que les équipages, même ennemis et, à plus forte raison, les équipages ressortissant aux pays neutres, puissent être tués. Mais le droit maritime allemand n'a cure de pareils scrupules. Aussi bien, l'amirauté allemande passa outre aux protestations des États-Unis, sous prétexte que les sous-marins ne peuvent prendre de passagers à bord, ni même, très souvent, se montrer par crainte des navires de guerre ennemis. C'est ainsi que, pendant l'année 1915, quarante vaisseaux britanniques non armés ont été torpillés et coulés sans avis préalable par des sous-marins et que quatorze vaisseaux neutres ont subi le même sort. Le *Lusitania*, l'*Arabic*, l'*Ancona*, le *Yamata-Maru*, le *Persia*, le *Laconia* ne furent pas coulés d'autre façon. On sait, notamment, que, dans le naufrage du *Lusitania*, qui fut prémédité, 1 145 personnes périrent, dont un grand nombre d'Américains, de femmes et d'enfants. L'amirauté allemande n'avait d'ailleurs pas attendu sa proclamation du 4 février 1915 pour envoyer au fond de l'eau, sans les avertir, les navires de commerce. Avant cette date, ses sous-marins avaient déjà détruit de cette manière quatorze bateaux français ou anglais et un norvégien. Dans cette liste figure l'*Amiral-Ganteaume*, qui, chargé de 2 500 réfugiés des deux sexes, fut torpillé, sans aucun avis préalable, le 26 octobre 1914 en vue du cap Gris-Nez. Si de ces passagers il n'en disparut qu'une trentaine, on le doit à la prompte organisation des secours qui fut rendue possible dans des parages aussi fréquentés. Et, bien que, par exception, il y ait eu avertissement, il convient de noter les conditions particulièrement odieuses dans lesquelles le *Falaba* sombra. Avant, en effet, que le court délai de dix minutes accordé aux 250 passagers et marins qu'il contenait eût été écoulé, ce paquebot était atteint dans ses œuvres vives et commençait de s'enfoncer. Des embarcations se brisèrent ; des hommes et des femmes furent jetés à la mer. Non seulement les Allemands ne les secoururent pas, mais ils accablèrent de sarcasmes et de rires l'agonie de ces malheureux ; et ce ne fut qu'à l'intervention d'un chalutier que 137 de ces naufragés durent la vie. Depuis, l'Allemagne et l'Autriche-Hongrie ont fait savoir au monde, par la note du 10 février 1916, que les navires de commerce ennemis armés de canons pour leur défense contre les attaques sous-marines n'auraient plus aucun droit d'être considérés comme ayant un caractère pacifique. « En conséquence, après un court délai qui tiendra compte des intérêts des neutres, les forces navales allemandes recevront l'ordre de traiter ces navires comme des belligérants. » C'était prendre prétexte d'un armement purement défensif, imposé par la guerre maritime telle que la pratiquent les Allemands, pour couler sans avis préalable tous les navires de commerce des belligérants, car comment, ceux-ci une fois au fond de l'eau, prouver qu'ils n'étaient pas armés? Dans les deux cas, du reste, il y a violation des usages admis par les nations civilisées dans la guerre sur mer. Le *Sussex*, paquebot affecté au service entre l'Angleterre et la France, fut parmi les premières victimes du soi-disant nouveau régime. Le *Tubantia*, navire hollandais, et quelques navires norvégiens furent, après lui, envoyés par le fond sans plus de formes de procès ; tant y a que les Allemands, allant beaucoup plus loin que les mesures annoncées, s'arrogèrent le droit de couler sans avertissement tous les vaisseaux, quel que fût leur pavillon, faisant commerce avec l'Angleterre. Dans les premiers jours d'août 1916, le paquebot italien *Letimbro* ayant été torpillé, passagers et matelots furent canonnés jusque dans les canots de sauvetage où ils s'étaient réfugiés. Enfin, en mars 1917, l'Allemagne, rompant délibérément en visière avec le droit des gens, avertissait les neutres que, à partir du 1er février, ils torpilleraient sans distinction tous les bateaux faisant commerce avec les Alliés ou, plus exactement, tous les navires pénétrant dans les eaux entourant la France, l'Angleterre, l'Italie et la Russie, ce qu'elle ne manqua pas d'exécuter en coulant indistinctement, quels que soient leur pavillon et leur chargement, tous les bateaux que ses sous-marins purent rencontrer dans les zones prohibées.

Le mépris des Allemands pour les Conventions internationales se retrouve dans les bombardements de villes ouvertes et non défendues auxquels ils procédèrent. Ces bombardements ont été exécutés en violation flagrante de l'article 25 du règlement annexé à la Convention de La Haye, qui stipule qu' « il est interdit d'attaquer ou de bombarder, par quelque moyen que ce soit, des villes, villages, habitations ou bâtiments qui ne sont pas défendus ». Encore ce règlement ordonne-t-il que, même pour les villes défendues, « le commandant des troupes assaillantes, avant d'entreprendre le bombardement, et sauf le cas d'attaque de vive force, devra faire tout ce qui dépend de lui pour en avertir les autorités ». Or, le 16 août 1914, le gouvernement de la République française adressait un memorandum aux Puissances pour protester contre le bombardement, sans aucune sommation ni avertissement, de la ville ouverte et non défendue de Pont-à-Mousson le 11 août à 3 h. 30, le 12 août de 10 heures à 12 heures, et le 14 août de 4 heures à 6 heures, les obus tombés dans la ville ayant tué 7 personnes et en ayant blessé 8 autres, toutes des femmes et des enfants. Depuis, les bombardements de villes ouvertes, sans, bien entendu, aucun avertissement préalable, furent innombrables. C'est ainsi que Nancy fut soumise à de nombreux bombardements, dont le premier eut lieu pendant la nuit du 9 au 10 septembre 1914. Compiègne de même, et Reims, et Soissons. En Belgique, les villes de Malines, Alost, Termonde, les villages de Boury-Léopold et de Heyst-op-den-Berg ont été pareillement traités, alors qu'aucune force armée ne les défendait. Le 4 septembre 1914, les Allemands bombardèrent ainsi le petit village d'Appels pendant plus d'une heure. En Serbie, les Autrichiens ne se firent pas faute, à l'imitation de leurs alliés, de canonner Belgrade, Chabatz, Loschnitza, toutes villes ouvertes. M. Reiss, professeur à l'Université de Lausanne, qui s'est rendu en Serbie pour se rendre compte de la conduite des troupes autrichiennes, a pu constater, dès le 4 octobre 1914, qu'il y avait déjà 60 bâtiments d'État et 640 maisons privées touchés par les projectiles, 25 civils tués et 125 blessés. Quand il arriva à Chabatz, il trouva le centre de la ville presque entièrement détruit à l'aide d'obus et de projectiles incendiaires. De même, dans la matinée du 16 décembre 1914, une flottille de croiseurs allemands, ayant réussi à s'approcher de la côte anglaise, bombarda des stations balnéaires et des ports de pêche du littoral du Yorkshire, tuant ou blessant plus de 500 habitants inoffensifs, parmi lesquels un grand nombre de femmes et d'enfants, alors que l'article 1er de la neuvième Convention, signée à La Haye le 18 octobre 1907, « interdit de bombarder par des forces navales des ports, villes, villages, habitations ou bâtiments qui ne sont pas défendus » et que, par surcroît, ce raid ne rentrait dans aucun plan militaire.

Les Austro-Allemands ne se contentent pas, d'ailleurs, de canonner les villes ouvertes ; ils utilisent leurs aéronefs et leurs avions pour jeter des bombes explosives ou incendiaires, sur des populations sans défense et des bâtiments sans utilité militaire. C'est ainsi que, dans la nuit du 1ᵉʳ au 2 septembre 1914, un dirigeable allemand lança plusieurs projectiles sur les villages belges de Semmersacke et de Vosselaere. Le 4 et le 5 septembre, des grenades furent jetées du haut d'aéroplanes sur Ecloo et sur Gand. Le 25 septembre, un zeppelin survola Ostende et jeta quatre bombes. Un autre en jeta autant, dans la nuit du 26 au 27 septembre, sur la ville de Dyeuze. Le 29, un zeppelin encore laissa tomber, vers une heure, trois bombes sur Dottignies et deux sur Thielt, localités, comme les précédentes, ouvertes et non défendues. En France, il n'en alla pas autrement. Les bombes lâchées sur Lunéville dans les premiers jours d'août et le 31 janvier 1915, puis sur Nancy, notamment le 4 septembre, le 26 décembre 1914 et le 31 janvier 1915, non seulement en font foi, mais encore les incursions d'aéroplanes et de zeppelins sur Paris, dont la dernière, celle du 29 janvier 1916, succédant à celle du 21 mars 1915, fit 55 victimes, dont 26 morts et 29 blessés, tous civils, la plupart femmes et enfants. Enfin, sur l'Angleterre les raids de zeppelins furent particulièrement nombreux et meurtriers.

Encore est-il que, — en violation flagrante de l'article 27 du Règlement annexé à la Convention IV de La Haye, qui édicte que, " dans les sièges et bombardements, toutes les mesures nécessaires doivent être prises pour épargner, autant que possible, les édifices consacrés aux cultes, aux arts, aux sciences et à la bienfaisance, les monuments historiques, les hôpitaux et les lieux de rassemblement de malades et de blessés, à condition qu'ils ne soient pas employés en même temps à un but militaire », — non seulement les Allemands n'ont pas respecté ces édifices, ils les ont particulièrement visés. A Malines, les Allemands ont bombardé l'église Saint-Pierre jusqu'à ce que les murs tombent. Après quoi, ils ont fait leur cible de la collégiale Saint-Rombaut. Le dimanche 11 octobre 1914, trois bombes étaient jetées d'un avion sur Notre-Dame de Paris où elles produisirent de notables dégâts. A Ypres, les célèbres Halles du quatorzième siècle sont détruites, ainsi que la cathédrale et l'église Saint-Martin. Le 23 octobre 1914, l'artillerie allemande s'attaque au beffroi, préalablement repéré par des « taubes », de l'Hôtel de ville d'Arras. A onze heures moins six, la vieille tour s'écroule. Peu après, la cathédrale suit. Dans la première quinzaine de janvier 1915, les Allemands envoient pareillement, en l'espace de huit jours, soixante-quinze obus de gros calibre sur cette merveille d'art qu'était la cathédrale de Soissons. Albert, Senlis témoignent du même dessein d'abattre les monuments d'art ou de foi. Les Autrichiens n'agirent pas différemment à Belgrade. En octobre 1914, l'Université était presque entièrement détruite, le Musée national serbe n'existait plus, l'ancien Palais-Royal était endommagé. En Italie, ils n'épargnèrent même pas Ravenne. Mais rien ne montre mieux l'acharnement des Austro-Allemands contre les monuments historiques de leurs ennemis que le bombardement de la cathédrale de Reims. Le 4 septembre 1914, veille de l'entrée des Allemands dans la capitale champenoise, la cathédrale, après avoir été « encadrée », est atteinte par un obus qui abîme le socle du pignon du transept septentrional, puis par trois autres qui endommagent les sculptures du grand portail et les verrières du bas côté nord. Huit jours après le départ précipité des troupes allemandes de la cité rémoise, le jeudi 17 septembre, trois obus viennent de nouveau l'atteindre. Le lendemain, treize autres l'ébranlent dans ses parties vives. Le samedi 19 enfin, seize projectiles défoncent la toiture et enflamment, avec l'échafaudage qui flanque la tour du Nord, la charpente qui le supporte : la vénérable basilique flambe du haut en bas. Une heure après, il n'en restait que ce que les flammes ne pouvaient dévorer ; ce qui n'empêcha pas les Allemands d'envoyer trois bombes sur la cathédrale le jeudi suivant 24 septembre et, le lundi 12 octobre, d'en envoyer une autre de très gros calibre qui, sur huit mètres, abattit la lourde galerie du chevet. Depuis, la cathédrale de Reims n'a pas cessé d'être le point de mire des obusiers allemands. Dans quel état, aussi, elle se trouve, on s'en doute ! « La cathédrale a eu toutes ses toitures incendiées, relate le rapport officiel de la Commission du sous-secrétariat des Beaux-Arts. Les vitraux sont criblés et en grande partie brisés. La tour Nord, frappée par les obus au-dessus du portail, est gravement endommagée par les flammes de l'incendie allumé par le bombardement. Les décorations sculpturales et statuaires sont irréparables. L'incendie allumé par les obus dans la paille (sur laquelle reposaient les blessés allemands) a fait éclater les parements des murs et calciné les maçonneries intérieures. » Maintenant, que la cathédrale ait été visée par l'artillerie allemande, cela ne souffre aucun doute ; le général Rouquerol l'a démontré. Quant aux raisons invoquées par nos ennemis pour se justifier, elles sont piteuses. Jamais, — l'abbé Landrieux, alors vicaire général et archiprêtre de la cathédrale, l'atteste, — jamais les tours n'ont porté de mitrailleuse contre les avions et, à plus forte raison, d'artillerie lourde ; jamais la basilique n'a abrité de troupes. Il ajoute même : « Il n'y eut jamais dans son voisinage de stationnements d'hommes ou de matériel de guerre ; elle ne servait pas de poste militaire d' « observation ». Cette déclaration réduit à néant les allégations de l'état-major allemand qui prétend, pour s'excuser, qu'un observatoire, voire une batterie, auraient été installés sur les tours. D'ailleurs, alors qu'incendiée et réduite à l'état de squelette la malheureuse cathédrale ne pouvait plus servir à quoi que ce soit de militaire, les artilleurs allemands n'ont-ils pas continué de s'acharner contre elle?

Que ces dévastations soient aussi systématiques que gratuites, on n'en saurait douter. « Il est certainement regrettable, confie le général von Bissing à un journaliste hollandais, que des maisons, des villages florissants et même des villes entières doivent être détruites, mais il faut que personne ne se laisse aller à une sentimentalité déplacée. » Quant au général von Heeringen, le bourreau de la cathédrale de Reims, il explique que « le sang allemand vaut mieux que les immeubles français ».

Tout de même, les Allemands mettent un soin particulier à viser les hôpitaux et ambulances, au mépris non pas même des traités internationaux, mais des règles les plus élémentaires de la morale et du droit des gens.

C'est ainsi que, le 25 août 1914, l'hôpital de Baccarat est en butte au feu de l'artillerie allemande, après avoir été désigné à ses batteries par la fusée d'un aéroplane qui l'avait survolé. Le 10 septembre, un poste de secours établi à Seraucourt, dans la Meuse, et, le 11 octobre, l'ambulance de Minaucourt, dans la Marne, sont également repérés par des avions et puis fortement bombardés. Pareillement, depuis le 27 novembre jusqu'au 7 décembre 1914 inclus, la ferme de la Pêcherie, qui est située dans le département de l'Aisne, est bombardée malgré deux drapeaux de la Croix-Rouge de 2 mètres de large sur 3 mètres de long fixés à des hampes de 8 mètres de haut. Ce bombardement, que relate le rapport du médecin-major de 2ᵉ classe Rigaux, fit 17 victimes dans le poste de secours. A Xivry-Circourt, le 22 août, les Allemands tirent également, à une distance de 40 mètres, sur des voitures portant le pavillon de la Croix-Rouge.

De parti pris, les Allemands n'observent pas davantage, vis-à-vis des troupes ennemies, les lois de la guerre telles qu'elles ont été formulées, non seulement à l'article 23 du Règlement de La Haye, mais par la Déclaration de Saint-Pétersbourg du 11 décembre 1868 et par celle qui fut rédigée à La Haye, le 29 juillet 1899, dans les termes suivants : « Les Puissances contractantes s'interdisent l'emploi de balles qui s'épanouissent ou s'aplatissent facilement dans le corps humain, telles que les balles à enveloppe dure dont l'enveloppe ne couvrirait pas entièrement le noyau ou serait pourvue d'incisions. » En dépit de ces prescriptions, de nombreux médecins, tant Belges que Français, ont constaté l'emploi de balles *dum-dum*, dont l'extrémité incisée en croix s'épanouit dans la plaie, ou bien de balles à noyau de plomb découvert, — retournées ou non, — ce qui favorise leur « champignonnage ». Les rapports belges des docteurs Attichaux et Van de Maele, du médecin de bataillon de 2ᵉ classe Léon Pierre, des docteurs Van de Velde, Neyrinck, de

Bruyker, sont concluants (1). « Le soldat Lenz était frappé d'une balle *dum-dum*, écrit le docteur Pierre à la date du 10 septembre 1914. Le membre inférieur gauche était complètement déchiqueté depuis les malléoles au milieu de la cuisse ; les fragments d'os sortaient des chairs. Une amputation du membre était indispensable pour sauver la vie du malheureux. » La communication faite par le docteur Tuffier à l'Académie de médecine, dans sa séance du 24 novembre 1914, explique, de son côté, certaines blessures graves par l'emploi de balles retournées. Les témoignages sont nombreux et corroborés par des photographies. Le rapport de la Commission d'enquête française cite le cas du soldat Hélard. « Sur la face dorsale de la main droite du dernier, est-il dit, l'orifice de sortie forme une étoile à quatre rayons, reproduisant avec une netteté parfaite la forme que doit affecter, après l'écartement des pointes, la balle fendue à l'extrémité. » En Serbie, enfin, le médecin-major Lioubischa Voulovitch a constaté, au sixième hôpital de réserve de Valievo, cent dix-sept cas, en neuf jours, de blessures par balles explosibles (2). M. Reiss, qui cite le fait, raconte avoir vu de ces blessures dont l'orifice d'entrée est normal et l'orifice de sortie énorme, les chairs étant souvent projetées au dehors en forme de champignon, alors que l'intérieur de la plaie est déchiqueté et les os divisés en menus fragments. Des balles explosives, d'ailleurs, ont été trouvées, à maintes reprises, tant en Belgique qu'en France et en Serbie. Le lieutenant général, gouverneur militaire, L. Clooten envoyait, le 26 septembre 1914, à M. Carton de Wiart,

(1) *La Violation du droit des gens en Belgique*, p. 89-93.
(2) REISS, *Comment les Austro-Hongrois ont fait la guerre en Serbie*, p. 7 et 8.

ministre de la Justice de Belgique, des balles « rendues expansives dans la fabrication qui avaient été saisies sur l'ober-leutenant hanovrien von Hadeln. A Sézanne, la Commission d'enquête française a eu entre les mains une cartouche dont l'enveloppe ne recouvrait que la partie inférieure de la balle. Les quatre rapports du lieutenant-colonel Leleu, directeur de la section technique de l'artillerie, au sujet de cartouches confiées à son examen, sont concluants. Il a pu constater que, dans les unes, le projectile est placé la pointe en bas, alors que, dans les autres, la partie pointue de la balle est coupée, aplatie ou évidée. D'autres sont fendues longitudinalement. Aucun doute, certifie-t-il, que ces divers projectiles n'aient été fabriqués industriellement, dans l'intention évidente d'aggraver les blessures. L'armée serbe n'en a-t-elle pas saisi des caisses entières? La balle de ces cartouches, qui ne diffèrent des cartouches ordinaires que par une bande noire ou rouge enroulée autour de la douille près du col, présente, à l'intérieur, un récipient cylindrique qu'entoure une feuille de plomb et que remplit un mélange de poudre noire comprimée avec un peu d'aluminium. Au fond est une amorce de fulminate de mercure, qui est reliée à un percuteur, de sorte que, quand la balle est arrêtée par un obstacle, elle éclate, ses fragments agissant comme une vraie mitraille à l'intérieur du corps. De nombreux prisonniers austro-hongrois interrogés par M. Reiss sur l'emploi des *Einschusspatronen*, comme ils appellent ces cartouches (1), ont confirmé que ces projectiles, inconnus des soldats avant la guerre, étaient en usage dans les régiments 16, 26, 27, 28, 78, 96 et 100.

(1) Reiss, *Comment les Austro-Hongrois ont fait la guerre en Serbie*, p. 6 et 7.

(2) *Id.*, p. 8.

Pour ce qui est des gaz asphyxiants, on sait l'emploi fréquent qu'en ont fait, en premier, les armées germaniques, contrairement à la Déclaration de La Haye du 29 juillet 1899, qui spécifie que « les Puissances contractantes s'interdisent l'emploi de projectiles qui ont pour but unique de répandre des gaz asphyxiants ou délétères ». Les Allemands s'en sont servis pour la première fois le 22 avril 1915 dans l'attaque du secteur Steenstraet-Langemark. Ces gaz, composés de brome, de chlore, d'anhydride sulfureux, de vapeurs de formol et de vapeurs nitreuses, que les Allemands lancent à l'aide d'obus ou projettent en nuages sur l'ennemi, amènent la suffocation, des crachements de sang et la mort. De même, les Allemands, on ne l'ignore pas, envoient à l'aide de projecteurs, dont certains de leurs soldats sont munis, des liquides enflammés, qui ont pour but, comme l'interdit l'article 23 du Règlement de La Haye, de « causer des maux superflus ».

Il n'est pas jusqu'à la déloyauté que les Allemands n'aient convertie en système de guerre. Bien qu'il soit formellement défendu par les Conventions de La Haye de « tuer ou de blesser par trahison » et, notamment, « d'user indûment du pavillon parlementaire, du pavillon national, des insignes militaires et de l'uniforme de l'ennemi, ainsi que des signes distinctifs de la Convention de Genève », les Allemands n'ont pas craint de recourir à ces moyens perfides. La Commission d'enquête belge signale, notamment, que, dans la nuit du 5 au 6 août 1914, une centaine de soldats allemands, parvenus à 750 mètres des tranchées belges, jetèrent leurs armes et levèrent les bras en agitant des drapeaux blancs. Le commandant belge, s'étant avancé vers l'ennemi, après avoir fait cesser le feu,

avait à peine parcouru 30 mètres qu'il tombait mortellement blessé. De pareils faits sont fréquents. Parfois, les Allemands jettent bas leurs armes, puis, tandis
que les Français ou les Belges avancent à leur rencontre, découvrent tout d'un coup des mitrailleuses
qu'ils dissimulaient et avec lesquelles ils tirent à bout
portant. Ces ruses sont commandées. M. Joseph Reinach nous rapporte, par exemple, qu'un soldat ayant
refusé d'agiter traîtreusement le drapeau blanc, son
capitaine lui brûla la cervelle (1). Comment, d'ailleurs,
de tels faits pourraient-ils se produire s'ils n'étaient
ordonnés? Quant à la pratique du déguisement, elle
est courante chez nos ennemis. Le 25 août 1914, le
capitaine Perraud, ayant remarqué que les soldats
d'une section prise pour objectif par ses mitrailleuses
portaient des pantalons rouges, donna l'ordre de cesser
le feu. En réponse, cette section tira sur lui et les
siens : elle était composée d'Allemands déguisés. Souvenons-nous que le croiseur *Emden*, qui pénétra dans
un port de la presqu'île de Malacca où il coula un
navire russe, battait même pavillon que celui-ci. Pareillement, le *Mœwe* portait sur sa coque, de l'aveu
même des Allemands, les couleurs de la Norvège.

Que penser, pour finir, des mines flottantes dont les
Allemands ont semé toutes les mers, contrairement à
la huitième Convention de La Haye qui interdit aux
belligérants « de placer, dans la mer, des mines automatiques de contact non amarrées, à moins qu'elles ne
soient construites de manière à devenir inoffensives,
une heure au maximum après que celui qui les a
placées en aura perdu le contrôle » et, plus encore,
« de placer des mines automatiques de contact amar-

---

(1) Joseph REINACH, *les Commentaires de Polybe*, II, p. 176.

rées qui ne deviennent pas inoffensives dès qu'elles auront rompu leurs amarres »? On sait si ces dispositions furent observées ! Dès le début de la guerre, la marine allemande, soucieuse de détruire le plus de navires possible, — la mer lui étant fermée, — parsema la mer du Nord d'innombrables mines dépourvues d'amarre qui causèrent la perte de nombreux bateaux de commerce, neutres ou belligérants.

CHAPITRE II

LES ATTENTATS SYSTÉMATIQUES
DES ALLEMANDS CONTRE LES BIENS

Non moins systématique s'avère le vol dans l'armée allemande. On ne peut qualifier d'une autre façon les contributions et les réquisitions exagérées, ne visant à rien moins qu'à ruiner l'adversaire, que le commandement allemand a imposées aux régions envahies. Et je ne parle pas du pillage méthodique auquel se sont livrées les troupes du kaiser ou de l'empereur François-Joseph, en tous points son digne émule.

De fait, tout est prétexte à l'état-major allemand pour frapper les villes envahies d'énormes contributions. Tantôt il les présente comme une rançon du pillage et de la dévastation, qui sont, cependant, formellement défendus par la quatrième Convention de La Haye. C'est ainsi que Charleroi a été imposé de 10 millions, Anvers de 40, Bruxelles de 50. A Hasselt, le gouverneur militaire allemand réunit le conseil provincial et l'oblige à voter un impôt de guerre de 40 millions pour la seule province de Limbourg. Le 15 août 1914, la députation permanente du conseil provincial de Liége était, elle, simplement avisée par le gouverneur militaire, général Kolewe, que la province était frappée d'une contribution de guerre de

50 millions de francs à verser quinzaine par quinzaine par tranches de 10 millions. Il s'agit là de véritables extorsions. A Tournai, par exemple, les conseillers communaux, le bourgmestre et les échevins restés dans la ville ayant été arrêtés et réunis à l'hôtel de ville, un officier allemand leur donne lecture d'une proclamation qui condamne la cité, sous menace de destruction complète et du massacre de ses habitants, à payer dans les trois heures une contribution de guerre de 20 millions de francs en or et à livrer deux cents otages. Le général commandant la II⁰ armée, von Bulow, ayant imposé la ville de Wavre à 3 millions de francs, « la ville de Wavre sera incendiée et détruite si le paiement ne s'effectue pas à terme utile, sans égards pour personne, les innocents souffriront avec les coupables », écrivait, le 27 août 1914, le lieutenant-général von Nieber au bourgmestre. Tantôt ces contributions sont exigées en guise d'amendes sous les plus futiles prétextes. A Arlon, un fil téléphonique ayant été rompu le onzième jour de l'occupation, les autorités militaires donnèrent à la ville quatre heures pour payer une contribution de guerre de 100 000 francs en or, sous la menace de piller cent maisons. Le paiement ayant tardé, quarante-sept d'entre elles avaient déjà été mises à sac, sur l'ordre des officiers, quand il s'effectua. Le 1ᵉʳ novembre 1914, le gouverneur de Bruxelles, le baron von Luttvitz, faisait afficher un avis qui se terminait ainsi : « La ville de Bruxelles, sans faubourgs, a été punie, pour l'attentat commis par son agent de police de Ryckere contre un soldat allemand, d'une contribution additionnelle de 5 millions de francs. » Or, remarquez que l'article 50 de la quatrième Convention de La Haye prescrit qu' « aucune peine collective, pécuniaire ou autre, ne pourra être édictée contre

les populations, à raison de faits individuels dont elles
ne pourraient être considérées comme solidairement
responsables ». Bien mieux, les Allemands font payer
leurs échecs militaires aux civils. Il n'y a pas d'autre
raison à la contribution de 650 000 francs que le
général von Fassbender imposa à Lunéville. « Si la
commune n'exécute pas ponctuellement l'ordre de
payer la somme de 650 000 francs, on saisira tous
les biens exigibles, » spécifie la proclamation apposée
sur les murs de la ville. Et elle ajoute : « En cas de
non-paiement, des perquisitions domiciliaires auront
lieu et tous les habitants seront fusillés. Quiconque
aura dissimulé sciemment de l'argent ou essayé de
soustraire des biens à la saisie de l'autorité militaire,
ou qui cherche à quitter la ville, sera fusillé. » Rien
n'indique mieux que ces sortes de contributions sont
des vols déguisés. On s'en convaincra si l'on songe
que, vers la mi-janvier 1915, la Belgique avait été
imposée exactement de 480 millions, soit de près d'un
demi-milliard, alors qu'il est textuellement dit à l'article 49 de la quatrième Convention de La Haye que
« si, en dehors des impôts (établis au profit de
l'État), l'occupant prélève d'autres contributions dans
le territoire occupé, ce ne pourra être que pour les
blessés de l'armée ou de l'administration de ce territoire (1). »

Les réquisitions exigées par les autorités allemandes
n'ont pas un caractère différent. Tandis que les Conventions de La Haye n'autorisent, à l'exclusion de
toutes autres, que les réquisitions en rapport avec les
besoins passagers et les disponibilités locales, celles-ci

---

(1) *La Violation du droit des gens en Belgique*, préface, p. 19.

prennent de la part des armées allemandes la tournure de véritables confiscations. D'abord, malgré que l'article 32 du Règlement de La Haye recommande que les prestations en nature soient, « autant que possible, payées au comptant », et que, faute de le pouvoir, « elles seront constatées par des reçus, et le paiement des sommes dues sera effectué le plus tôt possible », le commandement allemand ne paya que rarement de la sorte. Tantôt le commandant donne des reçus sans indication de valeur ou en disant que l'on estimera la marchandise à Berlin ; tantôt quelque sous-officier griffonne sur le premier chiffon de papier venu, comme l'atteste M. van den Heuvel, ministre d'État belge, quelques mots illisibles, ironiques ou sans valeur. « On amena des caisses de bière en échange d'un reçu qui n'a aucune valeur, » avoue sur son carnet le sous-officier Harlach Erich, du 38e régiment de fusiliers de Silésie. Un agriculteur, à qui l'on prend deux chevaux, reçoit un bon pour deux lapins, un autre pour des coups de fouet ; quelques-uns de ces bons portent qu'ils sont payables à Paris ou par la République française. Il faut retenir, en outre, avec quelle brutalité les Allemands procédèrent à ces réquisitions ! « Celui qui a connaissance que des quantités supérieures à 100 litres de pétrole, benzine, benzol et d'autres liquides analogues se trouvent à un endroit déterminé des communes précitées et qui ne l'a pas annoncé au commandement militaire qui y siège, lorsqu'il n'y a aucun doute sur le lieu et la quantité, encourt la mort, » lit-on dans la proclamation signée Dieckmann, qui fut affichée à Grivegnée le 8 septembre 1914.

Peut-on dire, enfin, que les réquisitions de l'armée allemande aient été en rapport avec ses besoins?

Le treizième rapport de la Commission d'enquête belge relate que, poursuivant l'exécution d'un plan mûrement étudié et arrêté depuis longtemps, les autorités allemandes, à peine la guerre avait-elle éclaté, ont enlevé de force, sans paiement ou contre des paiements dérisoires, les chevaux reproducteurs brabançons en vue de ruiner l'élevage belge et de le transporter de Belgique dans les provinces rhénanes. La preuve en est que ces chevaux ont été vendus aux agriculteurs allemands par les soins du ministère de l'Agriculture et des Sociétés agricoles. Dans diverses régions du territoire belge, les Allemands ont, de même, fait procéder à de nombreux abatages d'arbres qu'ils ont transportés chez eux. « Pendant la dernière semaine, écrit de Neerpelt le 21 mars 1915 le correspondant du journal hollandais le *Telegraaf*, les troupes du génie allemand ont enlevé beaucoup de bois dans les forêts du Limbourg belge. On a abattu les plus grands et les plus beaux arbres ; surtout les forêts de l'État et de la commune ont été pillées ; des parties entières ont été abattues et le bois a été transporté en Allemagne (1). » Les Allemands, d'autre part, ont littéralement dévalisé un grand nombre d'usines des régions envahies. « Nombre d'entre nous, protestait le 22 janvier 1915 auprès du gouverneur allemand à Bruxelles la Fédération des constructeurs de Belgique, se sont vus frappés par une mesure à laquelle ils étaient loin de s'attendre. Des civils, accompagnés et aidés de détachements militaires, ont pénétré dans leurs usines et ont déclaré s'emparer des machines-outils qui les garnissent. Ces machines ont été démontées, beaucoup ont été enlevées et expédiées en Alle-

---

(1) *Rapports sur la violation du droit des gens en Belgique*, I, p. 19.

magne. Elles l'ont été très souvent sans qu'aucune pièce fût remise aux propriétaires, constatant la nature, le nombre et la valeur de l'outillage saisi (1). » Ainsi ont été enlevées les machines-outils de la fabrique d'armes à Herstal, de l'usine Dyle et Bacalan à Louvain, et pour plus de 12 millions dans les usines du pays de Charleroi. De même, les Allemands ont fait main basse sur les matières premières. Ils ont réquisitionné à Anvers, d'après le rapport de M. Castelin, qui faisait fonction de président de la Chambre de commerce, pour 4 millions de nitrates, 6 millions d'huiles végétales et animales, 10 millions de caoutchouc, 20 millions de cuirs exotiques, 2 millions de cacao. Le total s'éleve à 85 millions, dont 20 millions seulement auraient été payés. Des saisies du même genre ont été effectuées dans tous les centres manufacturiers des pays envahis avec le dessein avéré d'alimenter l'industrie allemande. Dans certaines localités, les Allemands contraignirent même les industriels, en les menaçant de confiscation, à préparer les matières réquisitionnées. « L'autorité militaire allemande vient de décider, protestaient, le 17 mars 1915, MM. Cornesse frères, tanneurs à Stavelot, que les cuirs tannés provenant de notre fabrication seraient enlevés par elle, pour être expédiés à Berlin où la valeur en serait définitivement fixée par une commission nommée par le ministre de la Guerre. Nous ne pouvons que protester contre cet enlèvement, qui est absolument contraire à la Convention internationale conclue à La Haye, d'autant plus que ces cuirs nous sont enlevés pour être exportés et travaillés en Alle-

(1) *Rapports sur la violation du droit des gens en Belgique,* p. 18.

magne (1). » Il n'est pas jusqu'à la main-d'œuvre que les Allemands n'aient réquisitionnée. C'est ainsi qu'à Visé des habitants furent contraints, le 15 août 1914, à travailler à la construction de ponts sur la Meuse. A Luttre, les Allemands n'ont-ils pas arrêté, emprisonné et déporté en Allemagne, où ils furent soumis à toutes sortes de vexations, les ouvriers de l'atelier central des chemins de fer qui refusaient de travailler pour eux? Ils arrêtèrent même leurs femmes et leurs enfants, notamment une fillette de quatorze ans (1).

Bien que le pillage soit formellement interdit par les articles 28, 47 et 48 de la quatrième Convention de La Haye, ces réquisitions eurent pour complément le pillage méthodique des pays envahis. A Laisson, il y avait écrit sur une porte : « Pillage sévèrement interdit (2). » Quelle meilleure preuve qu'il est, d'ordinaire, permis? Bien mieux, l'ordre du jour du 14 août 1915, du général Sommer, dont les troupes russes se sont emparées, démontre que le pillage fut commandé. « J'apprends, y est-il porté à la connaissance des troupes, que les réquisitions sont faites par les organes intéressés avec trop de ménagements. J'ordonne que tout ce qui sera trouvé lors des réquisitions, provisions, couvertures, pelisses, bétail, chevaux, moutons, chèvres, soit confisqué et transporté aux points de ravitaillement des régiments. Il ne doit être acquiescé à aucune demande de la population russe réclamant qu'on lui laisse une partie au moins des objets que l'on a l'intention de réquisitionner. Nous sommes en pays ennemi et toutes les considérations

(1) *Rapports sur la violation du droit des gens en Belgique*, II, p. 17.
(2) Jacques DE DAMPIERRE, *l'Allemagne et le droit des gens*, p. 172.

étrangères à l'état de guerre tombent. Il est plus salutaire de prendre que de donner (1). » On ne peut plus expressément ordonner le vol. Commencé le jeudi 27 août 1914, le sac de Louvain dura huit jours. Par bandes de six ou huit, les soldats enfonçaient les portes, brisaient les fenêtres, saccageaient les meubles, éventraient les coffres-forts, volaient l'argent, les tableaux, les œuvres d'art, l'argenterie, le linge, les vêtements, le vin, les provisions. Quant aux autorités militaires, elles pénétrèrent dans les banques privées où elles saisirent l'encaisse : 300 francs à la banque de Dyle et 12 000 à la Banque populaire. A Termonde, une compagnie, commandée par un hauptmann, fit irruption dans les locaux de la Banque centrale de la Dendre, qu'elle fouilla de fond en comble. Après quoi, arriva une équipe spéciale qui fit sauter, dans le cabinet de l'administrateur-délégué, un petit coffre-fort d'où elle enleva une somme de 2 100 francs. Pendant ce temps, et durant toute la journée du lendemain, les soldats allemands pillaient les demeures des particuliers : ils dévalisèrent, entre autres, la bijouterie de M. Van den Durpel-Gœdertier. Même spectacle à Andenne. « Toutes les vitres, tous les volets, toutes les portes étaient brisés à coups de hache ; les meubles étaient forcés et détruits (2). » Même chose à Dinant. Le dimanche matin 23 août, entre 7 et 9 heures du matin, les soldats pillèrent les maisons, les unes après les autres. A Liége, dès leur entrée dans la ville, les Allemands s'emparent de 4 millions de francs à la Banque nationale de Belgique, qui est une institution privée. Bien plus, ayant trouvé pour 400 000 francs de

---

(1) *Rapports sur la violation du droit des gens en Belgique*, II, p. 81.
(2) *La Violation du droit des gens en Belgique*, p. 138.

billets de 5 francs non encore signés, ils se rendirent chez l'imprimeur qu'ils contraignirent à imprimer les signatures qui faisaient défaut. A Hasselt, le 12 août 1914, les 2 075 francs, qui constituaient l'encaisse de cette banque, eurent un sort pareil. Visé, Berneau, Poulseur, Flémalle-Grande, Tongres, Monceau-sur-Sambre, Peissant, Sars-la-Bussières, Merles-le-Château, Haulchin, Bienne-lez-Happart, d'innombrables villes ou villages belges furent presque entièrement saccagés. Plus de 15 000 maisons furent pillées dans la seule province du Brabant et, sur 104 immeubles que comprend le village de Faurœulx, 98 ont été dévastés. Pour ce qui est de la France, voici comment s'exprime la Commission d'enquête : « En ce qui concerne le vol, nos constatations ont été incessantes, et nous n'hésitons pas à dire que partout où une troupe ennemie a passé, elle s'est livrée en présence de ses chefs, et souvent même avec leur participation, à un pillage méthodiquement organisé. Les caves ont été vidées jusqu'à la dernière bouteille, des coffres-forts ont été éventrés, des sommes considérables ont été dérobées ou extorquées ; une grande quantité d'argenterie et de bijoux, ainsi que des tableaux, des meubles, des objets d'art, du linge, des bicyclettes, des robes de femme, des machines à coudre et jusqu'à des jouets d'enfants, après avoir été enlevés, ont été placés sur des voitures, pour être dirigés vers la frontière. » Coulommiers a été abondamment razziée, comme Heitz-le-Maurupt, Suippes, Marfaux, Fromentières, Esternay dans la Marne, Revigny, Sommeille, Triaucourt, Bulainville, Clermont-en-Argonne, Villers-aux-Vents dans la Meuse, Nomény, Lunéville, Gerbéviller, Sommerviller, Baccarat en Meurthe-et-Moselle. Dans cette dernière ville, les officiers allemands allèrent jusqu'à donner l'ordre à la population de se rassembler à la gare, afin de procéder en toute tranquillité au pillage, qui eut lieu sous leur direction. « Je ne croyais pas qu'il y avait autant de vins fins à Baccarat. Nous en avons pris plus de 100 000 bouteilles, » confie, après cette opération, le général Fabricius, commandant l'artillerie du XIVe corps badois, à M. Renaud, qui faisait fonction de maire. Dans l'Oise, Ravemel, Creil, Crépy-en-Valois, Baron, Choisy-au-Bac, Trumilly furent soumises à un traitement de tous points identiques. La plupart de ces villes furent mises à sac, sous les yeux des officiers. Dans l'Aisne, à Jaulgonne, au Charmel, à Coincy, à Brumetz, à Château-Thierry, il n'en alla pas différemment. A Noyon, « dans l'hôtel où siégeait la Kommandantur, déclare M. Henry Chéron, nous avons trouvé un coffre-fort ouvert avec une pince-monseigneur ; les coffres-forts de la succursale de la Société Générale ont été fracturés au moyen d'un chalumeau et le contenu en a été pillé. Il en a été de même dans un certain nombre d'autres banques ». La Serbie ne fut pas davantage épargnée par les Autrichiens. M. Reiss nous apprend que partout où les troupes d'invasion austro-hongroise ont passé, il ne reste rien. « Tous les objets de valeur, atteste-t-il, ont été emportés et les coffres-forts fracturés (1). » A Chabatz, mille d'entre eux ont été ouverts, quelquefois avec grand soin à la manière des cambrioleurs, et vidés de leur contenu. « Dans la maison de Dragomir Petrovitch, avocat et capitaine de réserve à Chabatz, logeaient trois officiers hongrois, note M. Reiss. Ils ont emporté toute l'argenterie,

_____

(1) R.-A. Reiss, *Comment les Austro-Hongrois ont fait la guerre en Serbie,* p. 39.

notamment quarante-huit couverts, les bijoux et la
garde-robe de Mme Petrovitch (1). » Une nuit, ces
officiers ont fait transporter le coffre-fort au fond de
la cour et ont commandé de l'éventrer ; après quoi,
ils se sont approprié plus de 100 000 francs de valeurs
qui y étaient contenues.

Les châteaux, comme bien on pense, ne furent pas
à l'abri de la cupidité des hauts personnages de l'état-
major allemand qui y logèrent. Sur les portes des
chambres du château de Beaumont, qui appartient
au comte de La Rochefoucauld-Doudeauville et qui,
du 4 au 6 septembre 1914, fut pillé de fond en comble,
les membres de la Commission d'enquête française ont
remarqué des inscriptions à la craie parmi lesquelles :
« Excellenz », « major von Ledebur », « Graf Wal-
dersee ». Les secrétaires, les bureaux, les coffres-forts
étaient fracturés, des écrins à bijoux étaient sortis des
tiroirs et vidés. Voici, par ailleurs, dans quel état cette
Commission trouva le château de Baye, dont le commandant du Xe corps de réserve avait été l'hôte : « Au
premier étage, une porte, donnant accès dans une
pièce contiguë à la galerie où le propriétaire a réuni
des objets d'art de valeur, a été fracturée ; quatre
vitrines ont été brisées, une autre a été ouverte. D'après
les déclarations de la gardienne qui, en l'absence des
maîtres, n'a pu nous faire connaître l'étendue du dommage, il aurait été principalement dérobé des bijoux
de provenance russe et des médailles d'or. ». Et voici
la suite : « La chambre du baron de Baye était dans
le plus grand désordre, de nombreux objets étaient
épars sur le plancher et dans les tiroirs demeurés

---

(1) R.-A. REISS, *Comment les Austro-Hongrois ont fait la guerre
en Serbie*, p. 42.

ouverts. Un bureau plat avait été fracturé, une commode Louis XVI et un bureau à cylindre du même
style avaient été fouillés. Cette chambre avait dû être
occupée par un personnage d'un très haut rang, car sur
la porte était restée une inscription à la craie ainsi
conçue : *I. K. Hoheit.* » Or, le rapport a le soin de faire
remarquer qu'on n'ignore plus aujourd'hui le nom de
cette Altesse : « Un général qui logeait chez M. Houllier,
conseiller municipal, avait dit vrai ; c'était Son Altesse
Royale le duc de Brunswick, petit-fils de l'ex-roi de
Hanovre. » Au mois d'août 1914, le duc de Groneau pré-
side, au château de Villers-Notre-Dame, à l'enlèvement
de cent quarante-six couverts, de deux cent trente-six
cuillers de vermeil, de trois montres en or, de neuf
livrets de caisse d'épargne, de quinze cents bouteilles de
vin, de soixante-deux poules, de trente-deux canards,
de nombreuses robes de soirée, d'œuvres d'art et d'une
grande quantité de linge d'enfant. A Gand, le duc de
Wurtemberg fait enlever la collection d'antiquités et
de tableaux anciens de M. Rambot, le consul de Siam.

Il n'est pas jusqu'à l'argent que portent sur eux les
habitants des territoires envahis dont les Allemands ne
s'emparent. Emmené en captivité, M. Tschoffen, le
procureur du roi à Dinant, raconte que, pendant un
arrêt, ordre leur fut donné de remettre leur argent.
« De suite, écrit-il, nous sommes fouillés par les soldats
qui nous gardent — pendant que d'autres passent
avec des sacs en toile et rassemblent les sommes
enlevées. » Un des prisonniers ayant demandé un reçu
à un officier, celui-ci le menaça de son revolver.
M. Tschoffen poursuit : « On recommence à nous fouiller
et à nous prendre l'argent que certains avaient pu
cacher la veille. Les recherches se font sur l'ordre et
sous la surveillance du capitaine, qui circule et, revolver

au poing, ne cesse de nous menacer (1). » Ce qui n'empêcha pas qu'on les fouilla de nouveau, quelques
jours après. « Apparition de notre capitaine, note
M. Tschoffen : ceux qui ont encore de l'argent doivent
le remettre, sinon ils seront fusillés. Vous serez fouillés
jusque dans les souliers. » Arrêtés à Heiltz-l'Évêque le
7 septembre 1914, les époux Thiébault sont dévalisés
par les soldats allemands, qui prennent au mari
600 francs et 975 francs à sa femme. Il en arriva autant
aux soldats prisonniers. Blessé et capturé, le soldat
français Félix Herbet déclare que les Allemands lui
prirent dans son sac sa boîte de conserve et son
paquet de tabac, et dans la poche droite de son pantalon sa montre avec sa chaîne (3). Le soldat Lafleur
du 21ᵉ régiment d'infanterie coloniale est non moins
catégorique : « Je fus amené, dit-il, devant un lieutenant du 69ᵉ bavarois qui me fit désarmer, me fit
mettre au garde à vous. Il m'a fouillé, m'a pris mon
porte-monnaie contenant 62 francs, ainsi que tous les
papiers personnels que j'avais sur moi (4). » En Belgique, des soldats anglais furent même dépouillés d'une
partie de leurs vêtements. Quant aux morts, ils ont
été régulièrement dévalisés. Le cinquième rapport de
la Commission d'enquête française le consigne à
maintes reprises. Le caporal Arnauld, du 59ᵉ régiment
d'infanterie, raconte, notamment, avoir vu sur le
champ de bataille des cadavres dont les poches avaient
été retournées. Identique est le témoignage du soldat
Mallet, du 142ᵉ d'infanterie. On n'en finirait pas, si
l'on voulait citer tous les cas.

(1) *Rapports sur la violation du droit des gens en Belgique*, p. 99.
(2) *Id.*, p. 100.
(3) *Les Violations des lois de la guerre par l'Allemagne*, I, p. 36.
(4) *Id.*, p. 42.

De ces vols, d'ailleurs, les soldats allemands font l'aveu dans leurs carnets. « Plus de vin que d'eau, écrit le soldat Albers H..., du 78e régiment d'infanterie de réserve. Des soldats allemands du train régimentaire pillent où ils peuvent. Ils fouillent armoires, commodes, etc., et jettent tout par terre. Terriblement sauvage (1). » — « Lundi 31 août 14. A 7 heures, marche sans rien à manger. Traversé la ville de Rethel. Là deux heures d'arrêt. Vin et champagne à profusion, pillé avec application (2), » note le soldat Baum, du 182e régiment d'infanterie. « 26 août. A Namur, resté au bivouac. Beaucoup de prisonniers ont été amenés aujourd'hui. Le village a été pillé de fond en comble ; quelques petites masures seulement, où habitent de vieilles gens, ont été épargnées (3), » relate le soldat Braener Horst, du 134e régiment d'infanterie. Et voici comment le sous-officier Burkhardt, du 100e régiment de grenadiers, parle du sac d'un château, près de Rumigny, dans les Ardennes : « Les admirables chambres du château offrent un spectacle affreux. On a fouillé pour trouver l'or et l'argent et l'on a tout bouleversé (4). » — « Lundi 24 août 1914. L'après-midi nous avons marché sur Gemmingen, à un quart d'heure de là. Pillé très rapidement..., » consigne le soldat Büttner, du 100e régiment de grenadiers. « 24 août. Au milieu de la journée, cantonnement au village. On tue tout ce qui peut se manger. Les habitants sont en fuite. On pille tout. C'est une vie de brigands (5). » — « Je regardais le château et vis

(1) *Les Violations des lois de la guerre par l'Allemagne*, p. 76.
(2) *Id.*, p. 83.
(3) *Id.*, p. 85.
(4) *Id.*, p. 88.
(5) *Id.*, p. 94.

comme notre cavalerie avait pillé. La veille même, les Français y avaient cantonné et mangé. Maintenant c'était l'image de la dévastation. Toutes les armoires, tout ce qui pouvait renfermer quelque chose fut forcé, les vêtements éparpillés (1), » voilà comment le sous-officier Harlach Erich, du 38ᵉ régiment de fusiliers, apprécie les vols commis par les troupes prussiennes. — « Fosse (sud-ouest de Namur), 25 août... La 7ᵉ compagnie fait 2 000 francs de butin (2), » note le lieutenant von Jonquières, du 3ᵉ régiment de grenadiers de la garde. — « 28 août. Laval-Morency. Jour de grande mangeaille. Vendredi, jour de repos à ce qu'il semble. Nous touchons toutes sortes de vivres, pain, confitures, vin, cigare, nous tuons des oies, des poulets, des lapins, je joue du piano, nous pillons ferme (3), » rapporte le soldat Rossberg Rudolf, du 101ᵉ régiment de grenadiers. Et voici, pour finir, l'aveu du soldat Wix Hans, du 78ᵉ régiment d'infanterie de réserve : « Curey (au nord de Reims), le 22 octobre. Nous sommes ici couchés sur la pelouse dans le jardin du propriétaire de la verrerie, dont la maison abrite à présent dans sa cave l'état-major de notre régiment. Ici, le village et les maisons d'ouvriers pillés et saccagés de fond en comble. Atroce. Il y a pourtant quelque chose de vrai dans ce qu'on va disant des barbares allemands (4). »

Que le vol, maintenant, ait été ordonné, nous en avons la preuve, non seulement par l'ordre du jour du général Sommer et par l'aveu de ce soldat allemand qui vint remettre à la supérieure d'un établissement religieux situé dans une commune rurale mise au pillage

---

(1) *La Violation des lois de la guerre par l'Allemagne*, p. 99.
(2) *Id.*, p. 103.
(3) *Id.*, p. 115.
(4) *Id.*, p. 125.

une somme de 1 fr. 08 en lui disant que, si le pillage lui
était imposé, il ne voulait pas en profiter, n'étant pas
un voleur (1), mais aussi par ce fait que le butin fut
couramment chargé sur des chariots et expédié en
Allemagne. « Une grande partie du butin, chargée sur
des fourgons militaires, a été transportée ensuite par
trains en Allemagne, » consigne, à propos du sac de
Louvain, le cinquième rapport de la Commission d'enquête belge (2). Un Namurois vit ainsi passer sur un
chariot le mobilier de sa maison de campagne (3). A
Visé, « profitant de l'absence des habitants, les soldats pillèrent les maisons, chargeant le butin sur des
camions qui prirent la direction de l'Allemagne, »
témoigne le dix-septième rapport belge (4). « Le pillage
fut pratiqué ouvertement. Chez moi, notamment,
dépose M. Tschoffen, on est venu trois jours de suite
avec des chariots enlever l'argenterie, les literies, dont
il ne reste rien, des meubles, les vêtements d'homme
et de femme, le linge, des bibelots, des garnitures de
cheminée, une collection d'armes du Congo, des
tableaux, le vin, même nos décorations et celles de
mon père et de mon grand-père (5). » Un habitant
de Seilles, en face d'Andenne, a vu pareillement des
soldats charger des meubles à la gare sur des wagons.
Il ajoute que les soldats n'étaient pas ivres et travail-
laient sous la direction d'officiers (6). « Je vis d'abord
briser à coups de crosse les vitres du magasin de
M. V... S..., puis vint un chariot de l'armée allemande

(1) *La Violation du droit des gens en Belgique*, I, p. 75.
(2) *Id.*, p. 73.
(3) *Id.*, p. 133.
(4) *Id.*, p. 58.
(5) *Id.*, p. 94 et 95.
(6) *Id.*, p. 129.

sous la conduite d'un officier, relate, de son côté, un témoin du sac de Tongres. Ce chariot portait les indications suivantes : 3 A. R. WAG. 1 (je suppose : 3e artillerie, Régiment, Wagon 1). Les soldats et l'officier pillèrent la boutique à qui mieux mieux : genièvre d'abord, bonbons, pain d'épice, sucreries et, ensuite, déposèrent soigneusement leur butin dans le chariot. De là, ils se rendirent dans la maison S..., y prirent ouvrages, épicerie, liqueurs. Après, ce fut le tour de la maison D... Ils y volèrent chemises, couvertures, confections, etc. Successivement, ils enlevèrent des chaussures chez V... O... toujours pour 3 A. R. WAG. 1. »

La Commission d'enquête française relate, à son tour, que, dans la Marne, tout ce que l'envahisseur enleva des maisons était hissé sur des camions automobiles ou sur des voitures. C'est de cette manière que fut emportée de Suippes une grande quantité d'objets divers, entre autres des machines à coudre et des jouets. Devant le commissaire de police de Raonl'Étape, Mme Picard a témoigné avoir vu les Allemands emmener plusieurs camions d'objets mobiliers (1). Bien mieux, devant le même commissaire de police M. Charles Gimet, conseiller municipal, a affirmé avoir vu, à de nombreuses reprises, une femme, paraissant par sa toilette occuper un certain rang social, se livrer, en compagnie d'officiers allemands, au déménagement des immeubles de la ville, plusieurs automobiles et voitures l'accompagnant dans ses randonnées. A Lunéville, même constatation. La Commission d'enquête française rapporte que les objets volés dans le domaine de la dame Jeaumont ont été chargés dans une grande voiture dans laquelle se tenaient trois

---

(1) *Les Violations des lois de la guerre par l'Allemagne*, I, p. 65.

femmes, l'une vêtue de noir, les deux autres portant
des costumes militaires (1). A Compiègne, l'argenterie,
les bijoux et les objets précieux que contenait la maison
du comte d'Orsetti furent chargés dans deux tapis-
sières munies du drapeau de la Croix-Rouge, après
avoir été au préalable vérifiés, enregistrés et emballés (2).
« Une automobile arrive à l'hôpital et apporte du butin
de guerre : un piano, deux machines à coudre, beaucoup d'albums et toutes sortes d'autres choses, inscrit
sur son carnet le soldat Johannès Thode. Le major B...
ne rapporte-t-il pas que « tous les objets réquisitionnés
doivent être délivrés à la division, à l'exception de
l'avoine, du foin et de la paille (3) »? Ceci achève de
démontrer que le vol répond bien à une organisation.
En fait, le pillage se rattache à un véritable service public, le *Kriegsbeuteamt* ou Bureau des prises de guerre.

Une partie de l'argent dérobé semble, d'ailleurs,
avoir été répartie entre les soldats. C'est ainsi que le
lieutenant M..., du 20e régiment d'infanterie bavaroise, note que « plus de 3 000 francs de butin »
ont été « délivrés au bataillon (4) » et que le carnet
du lieutenant C..., du 69e régiment d'infanterie, porte
le total de l'argent « pris aux soldats français » avec, en
regard, « le décompte de l'argent versé à la compagnie (5) ». Comme le dit M. Jacques de Dampierre,
qui a étudié ces documents, le rapprochement des
deux comptes de recettes et de dépenses ne laisse aucun
doute sur l'origine des fonds distribués par l'officier

(1) *Les Violations des lois de la guerre par l'Allemagne*, I, p. 66.
(2) BÉDIER, *les Crimes allemands d'après des témoignages allemands*, p. 23.
(3) Jacques DE DAMPIERRE, *l'Allemagne et le droit des gens*, p. 172
et 173.
(4) *Id.*, p. 178.
(5) *Id.*, p. 178.

à ses subordonnés, le surplus ayant dû être remis
à la Caisse du régiment ou de la division. « Noël 24-25,
dans les quartiers d'hiver : pour chaque homme
5 marks d'argent de pris, » est-il porté sur un feuillet
d'ordres au rapport du 4 décembre 1914 par quelque
officier ou sous-officier du 2ᵉ bataillon du 22ᵉ d'infanterie (1). « Comme c'est un fait d'expérience, publiait,
du reste, le *Berliner Tageblatt* à la date du 25 novembre
1914, que l'on envoie par mandat-poste beaucoup plus
d'argent du théâtre des opérations vers l'intérieur du
pays que *vice versa*... » Vers la mi-janvier, n'écrivait-on
pas, de Munich à la *Gazette de Francfort*, qu'au cours
des cinq premiers mois de la guerre, les troupes bavaroises avaient envoyé du front dans leur pays, par le
service de la poste militaire, 500 000 mandats pour
22 millions et demi de marks, soit 28 millions de
francs (2)? Écoutez, enfin, le Dʳ Ludwig Ganghofer
retour des armées dans l'exposé officieux de ses impres-
sions : « Tout le travail s'accomplit suivant ce principe:
il faut pour les besoins de l'armée tirer le moins possible de l'Allemagne, trouver le plus possible dans le
pays ennemi conquis, et tout ce qui n'est pas indispensable à l'armée et présente une valeur pour la patrie
doit être transporté en Allemagne. » Il précise : « Le
bénéfice global que l'empire allemand a réalisé derrière
son front occidental depuis le début de la guerre peut
être estimé à plus de 2 milliards de marks (3). » —
« Dès maintenant, les pertes économiques imposées à
la France atteignent plusieurs milliards, » stipule de son
côté, avec plus de franchise encore, le docteur Gaston

---

(1) Jacques DE DAMPIERRE, *l'Allemagne et le droit des gens*, p. 180.
(2) *L'Information* du 23 janvier 1915.
(3) Cité par Jacques DE DAMPIERRE, *l'Allemagne et le droit des gens*, p. 182.

Streseman (1). Le 14 avril 1916, le *Tagespost* de Gratz publiait, enfin, un télégramme de Berlin annonçant que le 123e régiment d'infanterie allemande venait de prêter pour une exposition d'art le service de table du roi Pierre de Serbie, le tout, d'une valeur de 30 000 marks, ayant été offert comme cadeau par l'empereur Guillaume II au cercle des officiers de ce régiment.

Ce qu'on ne peut emporter, on le détruit. A Chabatz, « dans la maison du pope de Bresiak, Maxime Vidakovitch, les soldats austro-hongrois ont tout cassé et anéanti après avoir pris les objets de valeur, » dépose M. Reiss. Parmi les objets brisés, M. Reiss a pu voir quatre machines à coudre qu'utilisait la fille du pope pour enseigner la couture aux villageoises. Une inscription relevée sur la porte d'une chambre dit : « Pope, si tu reviens, regarde ce qu'ont fait les *Schwabas* » (nom donné aux Autrichiens par les Serbes) (2). Pareillement, dans le magasin de Milorad Petrovitch les marchandises qui n'ont pu être emportées ont été éparpillées sur le sol et abîmées avec de la couleur. C'est la méthode. Nous la retrouvons partout, en Belgique comme en France. « Nos hommes pillent d'une manière épouvantable : tout dans les maisons est fouillé et souvent détruit, » note sur son carnet le sous-officier Harlach Erich, du 38e régiment de fusiliers de Silésie. C'est ainsi qu'à Jouarre, lit-on dans le cinquième rapport de la Commission d'enquête française, les Allemands ont détruit, après un pillage général, ce qu'ils n'ont pas jugé à propos d'emporter. Mais il y a mieux. Avant leur repli du début de 1917 dans le nord de la France, les troupes

(1) *Das deutsche Wistschaftsleben im Kriege*, p. 50.
(2) R.-A. REISS, *Comment les Austro-Hongrois ont fait la guerre en Serbie*, p. 41.

allemandes se sont appliquées à ruiner les usines et à ravager les exploitations agricoles des régions occupées. A Roye, ils ont incendié les sucreries et organisé la destruction de toutes les industries, en brisant les machines après en avoir enlevé ce qui avait quelque valeur. A Ham, ils ont fait sauter deux sucreries, une distillerie, une fabrique d'huile et une brasserie. Partout nos soldats ont trouvé les arbres fruitiers abattus, entaillés ou écorcés de manière à les faire périr, les peupliers sciés, les instruments agricoles détériorés. « De Ribécourt à Noyon toutes les fermes sont détruites », déclarait le 30 mars 1917 au Sénat M. Henry Chéron de retour des pays évacués. « Les arbres fruitiers, ajoutait-il, ont été coupés ou l'écorce en a été arrachée. » C'est en vertu du même principe que, dans une localité du Limbourg, non seulement les Allemands brûlèrent dans son écurie un étalon d'une valeur de 50 000 francs, ce pendant qu'ils forçaient le chef de culture, sa femme et ses enfants, à assister à genoux et les bras levés à ce spectacle, mais qu'officiers et soldats s'amusèrent à abattre les chevaux dans les prés à coups de fusil ou de revolver (1). Rien ne montre mieux la volonté de nuire.

C'est à cette volonté de nuire, jointe au dessein de terroriser, que répondent manifestement les innombrables incendies qu'ont allumés les armées teutonnes sur les terres de France et de Belgique, en dépit des articles 23 et 46 du Règlement de la guerre annexé à la quatrième Convention de La Haye, dont le premier énonce qu' « il est interdit... de détruire des propriétés ennemies, sauf les cas où les destructions

(1) *Rapports sur la violation du droit des gens en Belgique*, II, p. 9.

seraient impérieusement commandées par les nécessités
de la guerre » et le second que « la propriété privée
doit être respectée ». Aussi bien, ce n'est qu'après
avoir pillé en conscience que les Allemands mettent
le feu aux immeubles. Le premier rapport de la Commission d'enquête française est explicite. « Ce n'est
qu'après avoir dévalisé les maisons de Revigny et avoir
chargé le butin sur des voitures, y est-il noté, que
les Allemands ont incendié les deux tiers de la ville
pendant trois jours consécutifs » (1). Ce n'est, de
même, qu'à la suite d'un pillage en règle que Clermont-en-Argonne fut brûlé. Il faut en dire autant de
Louvain et de la plupart des villes ou villages de
France ou de Belgique qui ont été livrés aux flammes.
« Leur œuvre de destruction et de vol accomplie,
les soldats mettaient le feu aux maisons (2), » constate la Commission d'enquête belge. A Louvain,
1 074 immeubles ont disparu. « Nous sommes arrivés
à Louvain à 7 heures du soir, écrit un prisonnier allemand à sa femme. Je ne pouvais pas t'écrire à cause
de l'aspect lugubre de Louvain. De tous côtés la ville
brûlait (3). » L'incendie a duré plusieurs jours. « Un
peloton de dix cyclistes roulait à travers la ville pour
chercher du logement et rencontrait une image de
dévastation telle qu'il est impossible de s'en faire une
idée pire. Des maisons brûlant et s'effondrant entouraient les rues ; quelques rares maisons demeuraient
debout. La course se poursuivait sur des débris de
verre ; des morceaux de bois brûlaient, etc. Les fils
conducteurs du tram et ceux du téléphone traînaient
dans les rues et les obstruaient, » note, pour sa part,

(1) *Journal officiel* du 8 janvier 1915, p. 122.
(2) *La Violation du droit des gens en Belgique*, I, p. 143.
(3) *Id.*, p. 73.

le soldat Gaston Vilain. De fait, non seulement la ville de Louvain est détruite, mais aussi la cathédrale Saint-Pierre, les Halles universitaires et la bibliothèque de l'Université, avec ses manuscrits et ses collections d'une valeur inappréciable. « La ville présente, en somme, l'aspect d'une vieille cité en ruines, au milieu de laquelle circulent seulement des soldats ivres (1)..., » écrivait le 30 août 1914 un témoin oculaire. « Dans cette chère cité louvaniste, dont je ne parviens pas à détacher mes souvenirs, gémit dans sa lettre pastorale de Noël 1914 S. Ém. le cardinal Mercier, la superbe collégiale de Saint-Pierre ne recouvrera plus son ancienne splendeur. L'antique collège Saint-Yves, l'école des Beaux-Arts de la ville, l'école commerciale et consulaire de l'Université, les Halles séculaires, notre riche bibliothèque avec ses collections, ses immeubles, ses manuscrits inédits, ses archives, la galerie de ses gloires depuis les premiers jours de sa fondation, portraits des recteurs, des chanceliers, des professeurs illustres, au spectacle desquels maîtres et élèves d'aujourd'hui s'imprégnaient de noblesse traditionnelle et s'animaient au travail : toute cette accumulation de richesses intellectuelles, historiques, artistiques, fruit de cinq siècles de labeur, tout est anéanti. » Sur le territoire de la ville et des communes suburbaines — Kessel-Loo, Hérent et Héverli réunis, — on compte un total de 1828 immeubles réduits en cendres. Comme le dit Mgr Mercier, dans le diocèse de Malines des villages entiers ont quasi disparu. A Werchter-Wackerzeel, par exemple, sur 380 foyers, il en reste 130 ; à Bucken, sur 100 maisons il en reste 20 ; à Schaffen, sur 300 il en reste 11. Et si, à Aerschot,

---

(1) *La Violation du droit des gens en Belgique*, p. 51.

des quartiers ont été brûlés, ce sont, aux environs, des villages entiers. Près de Diest également, tout a été anéanti. Dans la province de Luxembourg, plus de 3 000 maisons ont été incendiées. Ce fut le sort de Porcheresse, Maissin, Auloy, Villance, Framont, Ochamp, Jehonville, Offagne, Assenois, Neufchâteau, Étalle, Houdemont, Rulles, Ansart, Tintigny, Jamoigne, les Bulles, Mogue, Rossignol, Mussy-la-Ville, Bertrix, Bleid, Signeulx, Ethe, Bellefontaine, Musson, Baranzy, Saint-Léger, Semel. De Termonde il ne reste que 282 immeubles sur 1 400. L'incendie systématique y commença le 5 septembre sous les ordres du major von Sommerfeld pour ne se terminer que le 7 septembre. Ainsi furent consumés les ateliers de construction de cette ville. Ni l'hôpital, ni l'église du béguinage, construction de la fin du seizième siècle, ne furent épargnés. Pareillement, sur les 1 400 maisons que comptait Dinant il n'en reste debout que 200. Les fabriques y ont été systématiquement anéanties. Pareillement, la plupart des maisons d'Hastière-par-delà ont été brûlées. Des 131 maisons qui constituaient le village de Surice, 8 seulement ont échappé aux flammes. La Commission d'enquête belge nous apprend que, dans l'arrondissement de Dinant, 21 villages ont été détruits et une vingtaine dans celui de Philippeville. Dans celui de Namur, on compte 1 160 maisons détruites. A Namur même, les Allemands mirent le feu à la place d'Armes et en quatre autres endroits : place Léopold, rue Rogier, rue Saint-Nicolas, avenue de la Plante. Ce dernier incendie détruisit non seulement l'hôtel de ville, avec ses archives et ses tableaux, sans compter les maisons y attenant, mais tout le quartier compris entre les rues du Pont, des Brasseurs et du Bailly, l'hôtel des Quatre Fils Aymon seul excepté. A Tamines, l'incendie dura deux jours. A Vilaines, village voisin, 264 maisons et 300 maisons à Andenne et à Seilles furent livrées aux flammes. On ne peut citer tous les villages de Belgique qui ont été ainsi la proie du feu. Battice, Herve, Bouxhe-Meleu, Sonmagne, Fléron, Fouron-Saint-Martin, Fouron-le-Comte, Berneau, Moulin, Saives, Julémont, Trembleur, Dolhain, Cornesse, Olne, Louveigné, Esneux, Poulseur, Hermée, Lanaecken, Bilsen en furent tous plus ou moins victimes. Pour ce qui est de Visé, la riante petite cité construite sur la rive droite de la Meuse entre le village belge d'Argenteau et le village hollandais d'Eysden, il n'en reste que le collège de Saint-Adelin, qui est bâti sur une hauteur d'où il domine la ville, avec quelques maisons le long de la route de Mouland et, sur les bords de la Meuse, le hameau de Souvré. L'église, qui était célèbre, n'a pas échappé à la torche incendiaire. « Sur notre route, partout des incendies, note le procureur du roi de Dinant, M. Tschoffen. Sur la route de Dinant à Namur, le village de Houx est détruit. A Yvoir, de nombreuses maisons sont brûlées (2). » En résumé, on compte dans la province de Liége 3 444 maisons détruites, dans celle de Namur 5 243, dans celle d'Anvers 3 553, dans celle de Brabant 5 833 et plus de 3 000 dans celle du Luxembourg, ce qui fait un total d'environ 20 000 maisons. Les églises n'ont pas été respectées. Dans le seul diocèse de Namur, Notre-Dame de Dinant, Notre-Dame de Walcourt, les églises de Spontin, de Saint-Nicolas, de Saint-Pierre, de Frasnes, de Porcheresse, d'Ethe, de Surice, d'Évrechaille, de Romedenne, de Villersée

---

(1) *Rapports sur la violation du droit des gens en Belgique*, II, p. 89.
(2) *Id.*, p. 97.

ont été volontairement incendiées. Les presbytères
d'Izel, d'Hermeton-sur-Meuse, de Jamoigne, d'Hastière-par-delà, d'Ethe, d'Assenois, de Dorinnes, de
Tintigny, de Louette-Saint-Pierre, d'Aisemont, de Vil-
lers-en-Fagne, de Saint-Vincent, de Biesme, de Spontin, de Framont, de Jehouville, d'Houdemont, de
Willersée eurent, eux et leurs archives, un sort semblable.

Il n'en va pas autrement en France. De non moins
nombreux villages ont été dévastés par l'incendie
méthodiquement poursuivi. Sommeilles, dans la Meuse,
n'est plus qu'un amas de décombres. Villers-aux-
Vents, Triaucourt, Heiltz-le-Maurupt, Étrepy, Bigni-
court, le Buisson, Vavray-le-Grand, Revigny ont été
dévorés par le feu. Clermont-en-Argonne n'existe plus.
En Meurthe-et-Moselle, Nomény, Chanteheux, Crévy,
Deuxville, Maixe, Bouvillers, Rechainviller, Drouville,
Affleville, Courbesaux ne sont plus que ruines. « Nous
avons éprouvé une véritable impression d'horreur
quand nous nous sommes trouvés en présence des
ruines lamentables de Nomény, écrit la Commission
d'enquête française. A part quelques rares maisons qui
subsistent encore, auprès de la gare, dans un empla-
cement séparé par la Seille de l'agglomération principale, il ne reste de cette petite ville qu'une succession de murs ébréchés et noircis, au milieu d'un amas
de décombres, dans lequel se voient çà et là quelques
ossements d'animaux, en partie calcinés et des débris
carbonisés de cadavres humains (1). » A Gerbeviller,
sur 475 maisons, 20 au plus demeurent encore debout.
A Réméréville, quelques immeubles seulement ont
échappé. A Domèvre 136 maisons sont brûlées;

(1) *Journal officiel* du 8 janvier 1915, p. 123.

à Baccarat 112. Le village de Brin-sur-Seille est presque entièrement détruit. On peut en dire autant de Barbas, d'Harboucy, de Montigny, de Montreux, de Parux. Dans l'Aisne, Chauny, Nogent-les-Vierges, Thurn et Betz sont en cendres. « Après Thurn et Betz, écrit M. H. Bonifas, Boissy et Lévignen n'existent plus. Lévignen n'a plus de poste, plus d'école, plus de mairie, plus d'église (1). » Quant à Betz, voici ce qu'en rapporte le même témoin : « Rien ne reste debout. C'est un écroulement de ruines, voitures d'enfants crevées, cassées, hors d'usage, brouettes brisées... L'ennemi s'est acharné, il faut que rien ne puisse resservir ! L'église démolie a été souillée, profanée. Quand les maisons ont été bombardées, on les a ensuite incendiées. Il est impossible de se faire l'idée d'une telle horreur, si on ne l'a point vue (2). » Dans la Marne, Châtillon-sur-Morin, Lépine, Marfaux, Le Gault-la-Forêt, Suippes ont également subi les horreurs de l'incendie. A Somme-Tourbe, tout le village a disparu, à l'exception de la mairie, de l'église et de deux bâtiments privés. A Auve, la presque totalité du bourg a été anéantie. A Étrepy, 63 maisons sur 70 n'existent plus. A Huiron, toutes les habitations, sauf cinq, ont été incendiées. A Sermaize-les-Bains, il n'en reste qu'une quarantaine sur 900. A Bignicourt-sur-Saulx, 30 bâtiments sur 33 sont en ruines. Dans l'Oise, enfin, 45 maisons de Choisy-au-Bac sont calcinées. A Senlis, l'ennemi a détruit la plus belle rue. C'est à peine si, sur une distance de plus d'un kilomètre, 7 maisons au plus sont intactes. « Un autre quartier a été incendié aussi, rapporte M. Bonifas... A part un fauteuil et

---

(1) H. Bonifas, *Choses vues.* (*Foi et Vie,* 5 octobre 1914.)
(2) *Id.*

quelques fers de lits tordus, nous n'avons rien trouvé qui puisse être reconnu, sauf, pourtant, quelques salamandres et une cuvette de W. C. tenant en l'air comme par miracle (1). »

En Serbie, pendant la première invasion, l'incendie ne fut pas moins pratiqué. On a brûlé, nous rapporte M. Reiss, en ville et à la campagne sans aucune nécessité. Rien que dans quatre cercles du district de Chabatz, 1 658 maisons ont été incendiées.

Que ces incendies aient été non seulement volontaires, mais systématiques, c'est-à-dire accomplis sans aucune nécessité, en vue uniquement de terroriser et de détruire, on ne saurait le mettre en doute. « Que l'incendie ait été organisé par l'armée d'invasion, écrit M. Reiss de la Serbie, la preuve en est la déposition du maire de Petkovitza, Pantelia Maritch, dans laquelle il déclare que les soldats austro-hongrois avaient avec eux de petits pots en fer-blanc. Ils badigeonnaient avec le contenu de ces pots les maisons où ils voulaient mettre le feu et les allumaient ensuite avec des allumettes (2). » Il ajoute : « Des renseignements semblables m'ont été donnés à d'autres endroits (3). » Il en a été partout ainsi. A Termonde, l'incendie commença le 5 septembre, sous les ordres du major von Sommerfeld. L'hôpital, entre autres, fut aspergé de pétrole. A Aerschot, on vit, l'ardeur du feu diminuant, des soldats soulever de place en place les tuiles des toits pour l'activer. *Brent! Brent!* crient à Sempst, pour exciter leurs hommes, les officiers allemands, tandis qu'ils se promènent entre les maisons

(1) H. Bonifas, *Choses vues.* (*Foi et Vie*, 10 novembre 1914.)
(2) R.-A. Reiss, *Comment les Austro-Hongrois ont fait la guerre en Serbie*, p. 13.
(3) *Id.*, p. 13.

embrasées. Avant d'incendier, on pille. « Contrairement à ce qu'ont affirmé certains journaux allemands,
la ville de Termonde a été systématiquement détruite (1), » affirme le neuvième rapport de la Commission belge. « A chaque instant notre marche est
arrêtée, note M. Tschoffen. Nous voyons les soldats
pénétrer dans les maisons encore intactes, en ressortir
quelques instants après, puis les flammes jaillir ;
quand la chaleur devient intolérable, on nous remet
en route pour nous faire jouir un peu plus loin du
même spectacle (2)... » Voilà qui est net. « Dès leur
arrivée, raconte-t-il un peu plus loin, les soldats
entrent dans les maisons, expulsent les habitants,
tuent les hommes et incendient les habitations (3). »
— « Vous êtes de Dinant? dit un officier allemand à
un habitant. N'y retournez pas ; c'est une mauvaise
ville, elle sera détruite (4). » Le 26 août 1914, un
médecin-major déclara pareillement au Maître des no-
vices du couvent des Dominicains de Louvain que la
ville serait rasée. A Tamines, les soldats entrent dans
une maison revolver au poing : « Vous voyez le feu
autour de vous, sortez, ordonnent-ils, on va brûler
tout ici (5). » La Commission d'enquête française relate
qu'à Chauconin les Allemands ont mis le feu à cinq
maisons d'habitation et à six bâtiments d'exploitation
agricole à l'aide de grenades qu'ils jetèrent sur les toits
et de bâtons de résine qu'ils placèrent sous les portes (6).
Mlle Ribèche, du hameau de Diarupt, dépose que le

---

(1) *La Violation du droit des gens en Belgique*, I, p. 116.
(2) *Id.*, II, p. 90.
(3) *Id.*, p. 91.
(4) *Id.*, p. 96.
(5) *Id.*, p. 115.
(6) *Les Violations des lois de la guerre par l'Allemagne*, p. 48.

24 septembre 1914 au matin, un soldat allemand,
qui parlait bien le français, se présenta chez elle et
lui dit : « Vous avez à sortir immédiatement de la
maison, car nous sommes envoyés par le général pour
en brûler sept (1). » — « Dépêchez de sortir votre bétail,
nous venons ici pour incendier votre maison, » disent
à Mme Vincent du même hameau quatre autres soldats. Et comme elle les prend par la main en les
implorant : « Non, c'est la loi et par ordre nous venons
exprès pour les faire brûler (2), » répliquent-ils. —
« Jeudi matin, à 8 heures, dépose de son côté M. Hin-
terze, propriétaire, lui aussi, à Diarupt, douze Allemands sont venus chez moi et m'ont dit qu'ils venaient
brûler ma maison parce que j'avais logé des chasseurs
alpins. J'ai voulu leur dire que ce n'était pas vrai,
mais ils m'ont invité à me taire, braquant leur revolver
contre ma poitrine, et ils ont mis le feu aux meubles
en ma présence (3). » A Congis, en Seine-et-Marne, une
troupe ennemie s'apprêtait à brûler une vingtaine de
maisons dans lesquelles elle avait jeté de la paille et
répandu du pétrole, quand survint un détachement
français (4). A Courtacon, qui est détruit en partie, les
Allemands exigèrent des habitants des allumettes et
des fagots pour mettre le feu aux maisons qu'ils
avaient, au préalable, arrosées de pétrole (5). Dans le
gros bourg de Suippes on a vu des soldats porter de
la paille et du pétrole (6). A Clermont-en-Argonne,
ils se servirent de bâtons au bout desquels étaient

(1) *Les Violations des lois de la guerre par l'Allemagne*, p. 61.
(2) *Id.*, p. 64.
(3) *Id.*, p. 62.
(4) *Journal officiel* du 8 janvier 1915, p. 118.
(5) *Id.*, p. 119.
(6) *Les Violations des lois de la guerre par l'Allemagne*, p. 120.

fixées des torches (1) ; à Bouvillers, de pétards et de
bougies (2). A Villers-aux-Vents, le 8 septembre 1914,
des officiers allemands invitèrent les habitants, qui
n'avaient pas encore fui, à quitter leurs demeures, en
les prévenant que le village allait être brûlé (3). A
Senlis, enfin, voici comment nos ennemis procédèrent :
« Les Allemands arrivaient en colonnes dans les rues ;
au coup de sifflet d'un officier, certains d'entre eux
sortaient des rangs pour enfoncer les portes des habitations et les devantures des magasins ; d'autres, venant
ensuite, allumaient l'incendie avec des grenades et des
fusées ; enfin, des patrouilles qui les suivaient lançaient
avec leurs fusils des projectiles incendiaires dans les
immeubles où le feu ne prenait pas assez vite (4). »
Les Allemands employèrent, en effet, non seulement
des projectiles, mais des pastilles incendiaires. Revigny, notamment, fut incendiée à l'aide de sachets
remplis de poudre comprimée en tablettes (5). A
Rehainviller, on a ramassé des baguettes fusantes (6).
« Fréquemment les maisons sont incendiées au moyen
de fusées ; d'autres fois, elles sont arrosées de pétrole
ou de naphte au moyen de pompes ; d'autres fois,
enfin, pour activer l'incendie, les soldats allemands
se servent de pastilles dont nous possédons des échantillons », constate le cinquième rapport belge. Et il
conclut : « L'analyse à laquelle nous avons fait procéder nous a révélé que ces pastilles sont fabriquées
avec de la nitrocellulose gélatinée (7). » De fait, ainsi

---

(1) *Les Violations des lois de la guerre par l'Allemagne*, p. 122.
(2) *Id.*, p. 127.
(3) *Id.*, p. 122.
(4) *Id.*, p. 129.
(5) *Id.*, p. 127.
(6) *Id.*, p. 127.
(7) *La Violation du droit des gens en Belgique*, I, p. 75.

que le spécifie la Commission d'enquête française,
l'armée allemande possède un véritable matériel incendiaire qui comprend « des torches, des grenades, des
fusées, des pompes à pétrole, des baguettes de matière
fusante, enfin des sachets contenant des pastilles
composées d'une poudre comprimée très inflammable (1). » — « Pour l'audotafé de Termonde, rapporte l'écrivain américain Powell..., ils employèrent
une automobile chargée d'un vaste réservoir de pétrole,
une pompe et un arrosoir. L'automobile parcourait
lentement les rues, tandis qu'un soldat manœuvrait
la pompe et qu'un autre aspergeait de liquide inflammable les façades des maisons. Après quoi, ils allumaient l'incendie. » Munis de réservoirs à benzine et
de pompes à main, des soldats allemands arrosèrent
les maisons de Visé avant d'y mettre le feu. Après
quoi, ils attisèrent l'incendie à l'aide de pastilles appro-
priées (2). Il en fut de même à Louvain : là où le feu
n'avait pas pris, les Allemands pénétrèrent dans les
habitations pour y déposer des grenades incendiaires.
A Namur, ils enfoncèrent les portes à coups de crosse
et jetèrent des matières inflammables dans le vestibule (3). L'armée allemande possède, du reste, non
seulement un complet matériel d'incendie, mais aussi
des compagnies de pionniers qui sont spécialement
chargées de mettre le feu. « Je regrette, madame, mais
l'incendie n'est pas ma partie, c'est celle de ceux-là
qui entrent. Devant eux, je dois partir, » répond un
officier à une femme de Termonde qui le prie de sauver
son bien.

L'incendie est tellement systématique de la part

(1) *Journal officiel* du 8 janvier 1915, p. 118.
(2) *La Violation du droit des gens en Belgique*, II, p. 58.
(3) *Id.*, I, p. 131.

des armées allemandes que, pendant qu'ils livraient Louvain aux flammes, les Allemands avaient soin de détruire les pompes et l'échelle Porta. Bien mieux, ils tirèrent sur les personnes qui montaient sur les toits pour éteindre le feu (1). A Namur, des citoyens ayant voulu se rendre à l'appel du tocsin, on le leur interdit. Et, comme le chef du service d'incendie avait réussi à gagner le lieu du sinistre, il fut arrêté par un officier et, par ordre supérieur, renvoyé chez lui sous escorte (2). Il n'en fut pas différemment en France. A Suippes, tandis que la maison du maire flambait, six sentinelles, baïonnette au canon, en défendaient l'accès (3). Un habitant de Clermont-en-Argonne, M. Monternach, ayant couru chercher la pompe à incendie, fut brutalement éconduit et menacé d'un revolver (4). A Courbesseaux, le sieur Alix, qui s'efforçait d'éteindre le feu allumé chez lui, essuya plusieurs coups de fusil et fut obligé de s'enfuir (5). Voudrait-on d'autres preuves de la préméditation allemande? Il suffirait de noter que certaines maisons, qui furent épargnées, le furent sur un ordre formel. C'est ainsi qu'à Termonde la plupart des maisons restées indemnes portaient l'inscription : *Nicht anzünden* (ne pas mettre le feu) (6).

Nous possédons, au reste, la confession des incendiaires eux-mêmes. « La maison a été littéralement pillée : la brute blonde s'est montrée telle qu'elle est. Les Huns et les lansquenets du moyen âge n'auraient pu faire mieux. Les maisons brûlent maintenant, et

---

(1) *La Violation du droit des gens en Belgique*, I, p. 74.
(2) *Id.*, p. 132.
(3) *Journal officiel* du 8 janvier 1915, p. 120.
(4) *Id.*, p. 122.
(5) *Id.*, p. 128.
(6) *Id.*, I, p. 112.

là où l'action du feu n'est pas suffisante, nous rasons ce qui reste debout (1), » note sur son carnet un lieutenant allemand blessé mortellement à Gozée, le 23 août 1914. « Le village de Hargnies a dû être incendié à cause de l'hostilité de la population, » écrit le soldat Braener Horst du 134ᵉ régiment d'infanterie. « Mercredi 26 août. A partir de 9 heures, fort combat d'infanterie et d'artillerie. Le feu mis au village de Sainte-Barbe parce que, la veille au soir, on avait tiré de là. Spectacle sinistre, » enregistre le soldat Ehrhardt Fritz du 170ᵉ régiment d'infanterie. « Fosse (sud-ouest de Namur). Avancé avec ma section dans le village, comme flanc-garde de droite. D'une ferme, coups de feu ; alors incendié, avec Mey. Quand bataillon dans le village, pluie de balles sur lui. Le village entier incendié, » consigne le lieutenant von Jonquières du 3ᵉ régiment de grenadiers de la garde. « 23 août, L'ennemi avait occupé le village de Bièvre et la lisière du bois par derrière. La 3ᵉ compagnie s'est avancée en première ligne. Nous avons enlevé le village et nous avons pillé et nous avons incendié presque toutes les maisons, » avoue le sous-officier Levith Hermann, du 160ᵉ régiment d'infanterie. « 10 août... Parux, le premier village incendié ; après, la danse a commencé ; les villages, l'un après l'autre, aux flammes ; par plaines et par champs nous sommes allés à bicyclette jusqu'à des fossés au bord de la route, et alors nous avons mangé des cerises, » raconte sans sourciller le soldat Weishanpt du 3ᵉ régiment bavarois d'infanterie. Et cet autre, le lieutenant Reisland, du 177ᵉ régiment d'infanterie, fait sa place à l'art : « 24 août 1914. Encore de nombreux incen-

dies. Un village haut perché flambait presque tout
entier. A le regarder de loin, je pensai aussitôt à l'em-
brasement de la Walhalla dans le *Crépuscule des Dieux*.
Tableau merveilleux, mais émouvant. » La sinistre
litanie continue. « Les Allemands ont mis le feu aux
villages dans lesquels les civils n'étaient pas sages, »
rappelle en passant le soldat K. B... du Ier régiment
du génie. Tout de même, en arrivant dans un village
dont il ne cite pas le nom, le soldat H... apprend qu'un
crime a été commis. En châtiment, « le village tout
entier va être incendié », écrit-il, bien que l'article 5
de la quatrième Convention de La Haye stipule
expressément qu' « aucune peine collective, pécuniaire ou autre, ne pourra être édictée contre les populations, à raison de faits individuels dont elles ne
pourraient être considérées comme solidairement responsables ». — « Ce soir, nous mettons le feu à un village parce qu'on y avait tiré sur nous ; personne
n'avait été atteint, » reconnaît le réserviste K... du
154e d'infanterie. D'où proviennent ces coups de feu?
on ne le sait ni ne s'en inquiète. Ils vinrent souvent des Allemands eux-mêmes, comme à Gerbeviller, qui fut livrée aux flammes parce qu'une soixan-
taine de chasseurs français en arrière-garde avaient
réussi à retarder la marche des troupes bavaroises au
passage de la Mortagne. Dinant, Louvain, Ethes, Ser-
maize, Rethel, Clermont-en-Argonne, Badonviller ne
furent pas détruits pour de plus justes causes. Cette
dernière ville ne le fut-elle pas parce que des coups
de fusil étaient partis de la maison où s'était installée
la grand'garde française? Or, cette maison fut précisément épargnée, à la prière du sous-officier allemand
qui nous rapporte l'aventure, en reconnaissance des
soins que, blessé, il y avait reçus. Ce simple fait met

en lumière, avec la responsabilité des chefs de l'armée allemande, l'inanité des griefs invoqués. C'est l'arbitraire pur et simple. « Retour par Mazerulle, qui est incendié au passage par le génie parce qu'on y a trouvé un téléphone relié aux Français, » relate le lieutenant A... Quant à Termonde, elle aurait été détruite sans aucun prétexte, de l'aveu même des Allemands. « 26 août. L'admirable village du Gué d'Hossus (Ardennes) a été livré à l'incendie, bien qu'innocent à ce qu'il me semble, » constate un officier saxon anonyme du 178e régiment d'infanterie.

CHAPITRE III

LES ATTENTATS SYSTÉMATIQUES
DES ALLEMANDS CONTRE LES PERSONNES

Non moins systématiques et arbitraires sont les attentats de toutes sortes que les armées allemandes ont perpétrés contre la liberté et la vie des habitants des régions envahies.

Depuis le début de la guerre européenne, les Allemands ont appliqué en grand la déportation des populations des territoires envahis. Partout où ils ont passé, ils ont procédé à des évacuations en masse afin de laisser la place libre à leurs nationaux et, pour le moins, afin d'atteindre la richesse de l'ennemi dans ses forces vives. A Aerschot, du 30 août au 6 septembre 1914, de nombreux civils ont été ainsi enlevés. « Nous avons enfermé 450 hommes à l'église d'Aerschot, » lit-on dans le carnet du soldat Karl Bertram de Westeregeln, près de Magdebourg. « Le 6 septembre fut une journée de repos, nous avons seulement expédié en Allemagne 300 Belges, parmi lesquels il y avait 22 prêtres, » porte un autre, sans nom de propriétaire. Le 27 août, ordre fut donné à tous les habitants de quitter Louvain. Les vieillards, les femmes, les enfants, les malades, les fous furent chassés pêle-mêle sur les routes. Moins heureux,

450 habitants de Lebbeck, de Saint-Gilles, de Termonde ont été emmenés en Allemagne et internés, partie au camp de Soltau, partie au camp de Munster. Plus de 400 habitants de Dinant ont été arrêtés et transportés à Cassel. A Visé, les hommes furent rangés d'un côté, les femmes d'un autre. Puis, tandis que celles-ci étaient autorisées à se réfugier en Hollande, les hommes, au nombre de 350 à 400, furent dirigés sur Aix-la-Chapelle et internés au camp de Munster. A Barchon, les Allemands firent une cinquantaine de prisonniers, à Blegny 150. Des milliers de citoyens belges ont été ainsi transportés à Munsterlagen, à Celle, à Magdebourg. Munsterlagen seul a compté 3 100 prisonniers civils. En définitive, de 13 à 14 000 bourgeois belges furent déportés en Allemagne pendant l'été de 1914. En novembre et décembre 1916, nouvelles déportations. Tous les hommes de dix-sept à cinquante-cinq ans des villages de la frontière limbourgeoise furent transportés en Allemagne pour y travailler. Certains évaluent à 21 000 le nombre de citoyens de Liége qui subirent le même sort. « Durant trois jours, dimanche, lundi et mardi matin et soir, j'ai parcouru les régions d'où les premiers ouvriers et artisans de mon diocèse furent emmenés de force en terre d'exil. A Wavre, à Court-Saint-Étienne, à Nivelles, à Tubize, à Brame-l'Allend, je pénétrai en plus de cent foyers à moitié vides. Le mari était absent, les enfants étaient orphelins, les sœurs étaient assises, l'œil morne, les bras inertes, à côté de leur machine à coudre ; un morne silence régnait dans les chaumières », gémit Mgr Mercier. « L'arrestation des civils semble tellement résulter d'un mot d'ordre, qu'un témoin nous décrit comment un simple geste d'un officier suffit pour faire emmener un passant inof-

fensif et de plus protégé par la Croix-Rouge, consigne la Commission d'enquête belge. Il s'agit d'un religieux traversant un pont pour gagner un endroit déterminé d'une petite ville. Il est arrêté par la troupe qui garde le pont ; il demande à l'officier de passer, faisant remarquer qu'il appartient à une ambulance. Sans un mot, l'officier le désigne à ses hommes et ceux-ci l'emmènent (1). » Quand on ne fait pas les populations prisonnières, on les expulse, autant que faire se peut, des territoires envahis. « C'est une chose terrible que de voir les femmes et les enfants sans défense, désormais dénués de tout, chassés comme un troupeau pour être refoulés en France, » confie à son carnet le soldat Fischer du 8e régiment bavarois.

En France, des dizaines de milliers de non-combattants, parmi lesquels des femmes, des enfants, des jeunes gens de moins de dix-sept ans, des vieillards de plus de soixante ans, ont été internés aux camps de Holzminden, d'Altengrabow, d'Amberg, de Chemnitz, de Lossen, de Darmstadt, d'Edenberg, de Gardelegen, de Giessen, de Grafenwöhr, de Gustrow, d'Ingolstadt, de Limbourg, de Mersebourg, de Quedlinbourg, de Cassel, de Parchim, de Salzwedel, de Wahn, de Lerbst, de Zwickau, de Langensalza, d'Erfurt et d'Ulm, à Bayreuth et à Rastadt. En février 1915, on estimait à 60 000 le nombre des nôtres parqués dans des baraques en Allemagne. « A 10 heures, départ pour occuper les issues de la ville à Valenciennes. Entre temps, il nous a fallu faire sortir les civils des maisons pour les livrer à la gare, » note, le 26 septembre 1914, le soldat Konrad B... du 1er régiment de génie. « 26 août. Départ à 9 heures du matin vers l'en-

---

(1) *La Violation du droit des gens en Belgique*, I, p. 124.

trée est de Valenciennes pour occuper la ville et retenir les fugitifs, » enregistre un autre. Tous les habitants mâles de dix-huit à quarante-huit ans sont arrêtés et expédiés en Allemagne, » consigne un troisième, le soldat Bissinger. En avril 1916, 25 000 Français, jeunes filles de seize à vingt ans, jeunes femmes et hommes jusqu'à cinquante-cinq ans, sans distinction de condition, furent arrachés de leurs foyers à Roubaix, à Tourcoing, à Lille, et séparés sans pitié de leur famille sur l'ordre du général von Grævenitz, avec le concours du 64e régiment d'infanterie qui fut envoyé tout exprès par le grand quartier général. En février 1917, enfin, les Allemands s'emparèrent dans le nord de la France de toute la partie valide de la population des deux sexes de seize à soixante ans sans tenir aucun compte des liens de famille. En Serbie, ce fut un véritable exode. Dans tous les villages de cet infortuné pays, les Allemands enlevèrent les hommes, les femmes, les jeunes gens et les jeunes filles pour les expédier en Allemagne.

Les Allemands ont procédé à ces enlèvements avec la plus révoltante brutalité. « Vers trois heures du matin, rapporte le ministre de la Guerre français, des enlèvements du 1er avril 1916, les rues étaient barrées par la troupe, baïonnette au canon, mitrailleuses en travers de la chaussée contre des gens désarmés. Les soldats pénétraient dans les maisons, l'officier désignait les personnes qui devaient partir et, une demi-heure après, tout le monde était emmené pêle-mêle dans une usine voisine et, de là, à la gare où s'effectuait le départ. » Nulle part les Allemands ne se sont fait scrupule de séparer les membres d'une même famille. De jeunes enfants ont été compris dans d'autres convois que leur mère, et des femmes que leur mari. A Lubeck, par exemple, on a obligé un jour tous les hommes à descendre du train qui les avait amenés en compagnie de leurs femmes et on a fait prendre aux uns et aux autres des directions différentes. A Thiaucourt encore, des soldats, qui étaient venus chercher chez elle la dame André, lui défendirent de prendre ses enfants en lui affirmant qu'elle allait revenir, ce qui ne l'empêcha pas d'être, sans eux, aussitôt expédiée en Allemagne.

Et quel calvaire fut partout cet exode ! « Quant à nous, on nous emmena, la corde au cou et les mains liées derrière le dos, ce pendant qu'on me gratifiait de coups de crosse, dépose un prisonnier. Les uns furent liés sur des camions automobiles ; les autres, dont j'étais, furent astreints à suivre à pied les pièces de canon au pas de course (1). » Arrachés de chez eux sans avoir pu rien emporter, traînés de ville en ville, de village en village, couchant en pleins champs, ces malheureux furent en butte à tous les outrages. « Sur la route, au cours du trajet, confie un autre, nous avons rencontré des troupes allemandes marchant en sens inverse du nôtre. Les soldats et les officiers nous lançaient des sarcasmes et des injures, notamment : *Schweinhund, Lumpe*, etc. Un officier de haut grade nous a même du haut de son automobile, traité de cochons (2). » On les menace. « Ces coquins seront fusillés ; » ou bien : « Ces gaillards-là vont recevoir quelques balles dans le corps ; » ou bien encore : « Ils seront bientôt tués à coups de fusil. » On refuse de leur donner à boire. On

(1) *La Violation du droit des gens en Belgique*, I, p. 59.
(2) *Id.*, p. 34.

les frappe, quand on ne les tue pas. Entre le Maisnil
et Beaucamps, des hussards contraignent leurs captifs
à prendre le pas gymnastique, puis tuent, à coups
de carabine, ceux qui n'ont pu suivre. C'est, pour finir,
l'envoi en Allemagne dans des wagons à bestiaux, où
les malheureux sont entassés pendant de longs jours,
sans nourriture et sans eau. Les habitants de Roubaix,
par exemple, furent empilés, au nombre de soixante à
quatre-vingt-cinq, dans des fourgons où il leur était
impossible de s'asseoir ; durant soixante-douze heures,
on ne leur donna que deux fois de la nourriture.
Pareillement, pendant les quatre jours qu'a duré le
voyage des prisonniers de Varreddes, on ne leur donna
qu'une fois à manger. Par contre, ils furent violemment frappés à coups de bâton, de poing et de manche
de couteau. « En gare de Moreux, on nous compte
à nouveau et nous changeons de garde, rapporte le
procureur du roi de Dinant, M. Tschoffen. Ce n'est pas
un avantage. Un train formé de wagons à bestiaux est
en gare. En nous bousculant, en nous frappant à coups
de pied et à coups de poing, on nous y embarque et
l'on nous cadenasse. Avant nous, du bétail a occupé
ces wagons. Le fumier a été sommairement enlevé. Pas
de bancs, pas de paille (1). » Cent quatre-vingt-neuf
habitants de Sinceny (Aisne), envoyés à Erfurt, y
sont arrivés après un voyage de quatre-vingt-quatre
heures pendant lequel chacun d'eux n'a reçu pour
toute nourriture qu'un morceau de pain d'environ
100 grammes. Épuisés par la faim, trois habitants de
Lebbecke, s'étant mis à divaguer en cours de route,
furent aussitôt massacrés : deux furent tués à coups
de baïonnette, le troisième fut jeté sur la voie et abattu.

(1) *La Violation du droit des gens en Belgique*, II, p. 101.

Dans les camps de prisonniers, la vie de ces malheureux ne fut pas plus heureuse. Entassés dans des baraques en planches ou, comme à Güstrow, sous des tentes dépourvues parfois de chauffage et d'éclairage, ils couchèrent sur de la paille jetée à même le sol et jamais renouvelée, ou sur des paillasses garnies de copeaux. Les internés de Quedlinburg n'ont-ils pas passé un mois dans des baraquements où l'eau se répandait, n'ayant pour se reposer qu'une paille pourrie étalée sur le plancher? Aussi bien, dans tous les camps, la vermine constituait un supplice intolérable, sans que l'administration fît rien pour y remédier. Certains internés eurent le torse tellement couvert de poux qu'ils formaient une véritable couche. Quant à l'alimentation, uniforme à peu près partout, « elle se composait au réveil d'une décoction d'orge grillée sans sucre ; à midi, d'une portion de riz, ou de macaroni, ou de betteraves, ou de féveroles, ou de rutabagas ; quelquefois de choucroute, plus rarement de pommes de terre écrasées avec la pelure ou de marrons pilés avec l'écorce ; le soir, tantôt d'une espèce de soupe faite de matière farineuse délayée dans de l'eau, tantôt de légumes, comme au repas précédent, ou d'avoine concassée, parfois aussi d'un hareng, le plus souvent gâté, d'un peu de boudin froid ou d'un petit morceau de très mauvais fromage... Enfin du pain noir, collant, ressemblant à du mastic, était distribué à raison d'une boule d'un kilogramme environ pour trois ou quatre personnes, ou d'une boule par personne pour trois ou quatre jours. Les très jeunes enfants recevaient une petite quantité de lait et quelquefois une tranche de pain blanc (1), » ajoute le rap-

---

(1) *Rapport et procès-verbaux de la Commission instituée en vue*

port de la Commission d'enquête française. Défaillants d'inanition, on vit des prisonniers se ruer aux abords des cuisines, malgré les coups et les injures des sentinelles, pour tâcher d'arracher quelques bribes supplémentaires d'une nourriture écœurante. Avec cela, les prisonniers furent, dans la plupart des camps, obligés de travailler à des labeurs parfois fort rudes, comme de décharger des wagons, voire à des besognes militaires, comme de creuser des tranchées aux abords de Cologne. A la moindre faute, le châtiment du poteau : l'homme puni attaché à un pieu par le cou, par les mains et par les pieds, pendant deux heures, avec privation de nourriture, la punition étant, d'ordinaire, appliquée pendant le repas de midi. Il faut ajouter à cette liste de tourments celle des sévices que les prisonniers eurent à subir. A Güstrow, Louis Fournier a été frappé d'un coup de baïonnette parce qu'il avait allumé sa pipe pendant le travail. A Erfurt, un de nos soldats a reçu, pour avoir involontairement cassé un carreau, un coup de baïonnette dont il mourut le lendemain. A Parchim, deux civils, qui demandaient un supplément de nourriture, furent si brutalement battus à coups de crosse qu'ils succombèrent. A Parchim encore, les prisonniers qui ne saluaient pas les sous-officiers ou même les soldats-secrétaires recevaient une paire de gifles. Dans de telles conditions, on conçoit que l'état sanitaire des camps de concentration en Allemagne ait été fort mauvais. D'autant que les prisonniers furent presque totalement privés de soins. Les cas de bronchite et de pneumonie furent fréquents. A Holzminden, on vit des hommes tomber

de constater les actes commis par l'ennemi en violation du droit des gens, II, p. 12 et 13.

d'épuisement. Une vieille femme de Saint-Sauveur (Meurthe-et-Moselle), Mme Thirion, est restée malade pendant trois semaines sans pouvoir obtenir la visite du médecin, qui vint seulement le jour de sa mort. A Parchim, les malades devaient attendre l'examen médical pendant plus d'une heure, sous la neige et sous la pluie, à la porte de l'infirmerie. Et, quand ils battaient la semelle pour se réchauffer, ils étaient frappés par le sergent infirmier. A Grafenwohr, 130 prisonniers civils décédèrent. « On s'y éteignait comme des bougies, car on n'avait plus la force de se tenir sur ses jambes, » a déposé devant la Commission d'enquête française le maire de Montblainville. Par surcroît, ceux de nos concitoyens qui furent, avant leur rapatriement, enfermés à Rastadt y endurèrent les pires souffrances. Accroupis sur des bancs dans les casemates de la forteresse où l'air et la lumière ne pénètrent qu'à peine, ils n'osèrent s'étendre sur les quelques poignées de copeaux destinées à leur servir de couche, tant était répugnante la vermine qu'ils y voyaient grouiller. Pour les rassembler on alla jusqu'à employer des chiens comme pour le bétail. On juge dans quel état, après ces épreuves, ils nous furent rendus.

Mais rien n'égale le martyre des prisonniers russes. Dépouillés de leur argent, de leurs vêtements et même de leur linge, ils n'ont pas de quoi se nourrir. Encore, ce qu'on leur donne est-il infect. Qu'on en juge : « Au lever, un litre d'infusion de glands doux. A midi, un litre et demi de soupe épaisse, « dickflussig ». Le soir, un litre et demi de soupe plus claire. Par jour, 250 grammes de pain noir, le pain K, — pratiquement 220 grammes est un chiffre fréquemment constaté. La soupe est faite de légumes broyés avec des albuminoïdes : pommes de terre non pelées, raves, bétteraves, orge, graine de lin, pâtes avariées, harengs saurs entiers, porc de conserve exhalant des odeurs de charnier voisinant en un horrible mélange. Les maladies sévissent avec violence : béribéri, tuberculose galopante déciment les beaux hommes que la féconde Russie avait pu prodiguement choisir. Tous ceux qui sont revenus des camps d'Allemagne pourront témoigner avoir vu, durant les journées d'hiver, ces malheureux blêmes, déguenillés, qui faiblissaient à chaque instant dans les rangs ou dans la neige. Leurs camarades les ramenaient au camp, avec des gestes émouvants de pitié maladroite, vers l'infirmerie. Tous pourront témoigner que des affamés bravent les coups pour fouiller les bourriers, les détritus des cuisines ou ramasser les têtes de harengs qu'achetaient aux cantines des prisonniers plus riches. »

La plupart des Français internés qui revinrent en France avaient le corps émacié, la poitrine secouée par la toux, le visage flétri. Beaucoup étaient atteints de tuberculose. M. le commissaire spécial Perrier et M. le docteur Favre, maire d'Annemasse, ont constaté l'état d'extrême misère physiologique dans lequel se trouvaient presque tous les arrivants. Beaucoup de vieillards avaient de la bronchite ou de l'emphysème ; plusieurs moururent à Annemasse, soit de congestion pulmonaire, soit d'affaiblissement cardiaque.

Pour ce qui est des prisonniers qui restèrent dans les pays envahis, ils furent obligés d'exécuter toutes sortes de travaux militaires. A Sermaize-les-Bains (Marne), où les Allemands ont capturé environ 150 civils, quelques-uns ont été affublés de casques et de capotes et contraints en cet accoutrement de monter la garde auprès des ponts. D'autres ont été forcés

d'aider les soldats allemands à piller leur propre pays.
Les 25 000 Français qui furent enlevés en avril 1916
de Lille, Roubaix et Tourcoing, et transportés dans
les départements de l'Aisne et des Ardennes, furent
contraints à des travaux agricoles. Des femmes et des
jeunes filles servirent d'ordonnance à des officiers!
Beaucoup durent creuser des tranchées. « Le 22 août
1914, relate le septième rapport belge, les Allemands
ont arrêté à Grimbergen, dans leurs maisons, les
nommés Olbrecht Jean, van Campenhout Arthur et
van Cappelere Auguste. Ils les ont retenus pendant
huit jours. Pendant leur détention, ces hommes
étaient contraints de chercher pendant le jour, sous
le feu de l'artillerie, le matériel de guerre abandonné
et à creuser des tranchées, avec d'autres habitants
de Grimbergen (1). » A Visé, des habitants furent
contraints de travailler à la construction de ponts sur
la Meuse. Bien mieux, ayant appréhendé à Chivy le
jeune Fernand Berger, les Allemands, quand ils furent
chassés par les Anglais de ce dernier village, l'obli-
gèrent à revenir au pays, accompagné d'un jeune
homme de Cerny, dont le père, retenu comme otage,
devait répondre sur sa tête de l'accomplissement de
leur mission, qui était de reconnaître les forces anglaises occupant le village et d'en venir rendre
compte (2). Maintenant, que les Allemands aient fait
travailler les soldats prisonniers à des travaux militaires, comme il appert du rapport du lieutenant-
colonel Payerne (3), nul ne s'en étonnera. Les Allemands ne se sont pas contentés d'obliger leurs prisonniers à des travaux de fortification, ils s'en sont encore

(1) *La Violation du droit des gens en Belgique*, I, p. 103.
(2) *Les Violations des lois de la guerre par l'Allemagne*, p. 205.
(3) *Id.*, p. 191.

servis comme de boucliers vivants pour se protéger contre le feu des troupes ennemies. Pour passer, en Belgique, entre les forts de Fléron et d'Evegnée, ils attachèrent quatre par quatre 300 civils qu'ils firent marcher devant eux. A Dinant, les prisonniers — hommes, femmes et enfants — furent rangés sur une longue file pour servir de rempart contre le tir des Français, pendant que les troupes allemandes défilaient par derrière. Une jeune fille de vingt-deux ans, Mlle Marsigny, fut tuée ainsi par une balle française sous les yeux de ses parents. Une grande partie de la population de Tamines — hommes, femmes et enfants pêle-mêle — fut de même exposée au feu des Français, tantôt dans un endroit et tantôt dans un autre. « Il y avait des femmes et des enfants, a déposé un témoin ; nous étions plus de 800. On nous a mis dans une prairie sur la route de Velaines. Les Français ont arrêté le feu en nous voyant. L'armée allemande a alors défilé devant nous. On nous a ensuite transportés dans une autre prairie. Il était 5 h. 30 du soir. Nous avons été reconduits aux Alloux. Les Allemands nous ont fait demander pardon et crier : *Vive l'Allemagne!* Les enfants criaient et pleuraient (1). » A Tournai, au faubourg du Château et au hameau de la Toube, qui lui est contigu, les Allemands pénétrèrent dans l'intérieur des maisons, en firent sortir les habitants, puis les alignèrent devant le feu de l'ennemi, qui, pour éviter d'atteindre des bourgeois inoffensifs, cessa le combat. Pareillement, les Allemands s'emparèrent de tous les habitants de Nimy et les firent marcher devant eux pour entrer dans Mons. Le lieutenant Aucour, du 2e régiment de dragons, relate comment, étant établi,

(1) *La Violation du droit des gens en Belgique*, II, p. 12.

le 14 octobre 1914, avec son peloton près d'une barri-
cade à la sortie nord-ouest de Roulers (Belgique), il
aperçut une pointe d'avant-garde allemande composée
de sept à huit hommes et d'un officier qui poussait
devant elle deux femmes, dont l'une tenait un bébé
dans les bras (1). S'abriter derrière les prisonniers,
civils ou militaires, est un fait courant dans l'armée
allemande. Des cas de ce genre ont été signalés en
France, à Courtacon (Seine-et-Marne), à Senlis, à Néry
(Oise), à Combes (Meuse). Le 24 août, près Maulde, le
sous-lieutenant de Gueydon, du 14e hussards, a vu une
troupe allemande arriver sur son peloton, précédée de
femmes et d'enfants qui poussaient des cris de terreur. Le 27 août, le lieutenant Nazat, du 20e régiment
d'infanterie, placé avec sa section dans un faubourg de
Mouzon (Ardennes), découvrit trois ou quatre Allemands qui rasaient les murs en poussant devant eux
des civils. Un nouveau groupe ayant tenté, quelques
instants après, mais en vain, de traverser la rue, les
Allemands placèrent devant leurs rangs, sur toute la
largeur de la voie publique, une douzaine d'habitants
parmi lesquels se trouvaient un prêtre et un jeune
homme de quinze à dix-sept ans. « Nous étions si près,
a dit l'officier dans sa déposition, que je conserverai le
triste souvenir de l'attitude résignée de ces pauvres
gens marchant à la mort. » Les Allemands n'ayant
abouti qu'à un nouvel échec, ils dirigèrent leur fusillade, pour assouvir leur colère, contre les hommes dont
ils venaient de se servir comme boucliers et dont plusieurs roulèrent à terre. Dans la nuit du 25 au
26 octobre, ayant employé à creuser des tranchées une

---

(1) *Les Violations des lois de la guerre par l'Allemagne*, p. 193 et
194.

cinquantaine d'hommes du 68ᵉ régiment d'infanterie qui venaient d'être faits prisonniers, les Allemands procédèrent, le lendemain, à une attaque en se faisant précéder par eux. Revolver au poing et fusil au bras, les Allemands tiraient des coups de feu pour forcer leur obéissance. En Serbie, les Autrichiens ne manquèrent pas, tout de même, de faire marcher devant eux des troupeaux de femmes et d'enfants. Voici, d'ailleurs, comment un officier bavarois, le lieutenant A. Eberlein, juge ce stratagème : « ... Mais nous avons arrêté trois autres civils et alors me vient une bonne idée. Ils sont installés sur des chaises et on leur signifie d'avoir à aller s'asseoir au milieu de la rue, lit-on dans une lettre envoyée par lui aux *Münchner Neueste Nachrichten*. Supplications, d'une part ; quelques coups de crosse de fusil, d'autre part. On devient peu à peu terriblement dur. Enfin, ils sont assis dehors, dans la rue. Combien de prières angoissées ont-ils dites, je l'ignore, mais leurs mains sont continuellement jointes comme dans une crampe. Je les plains, mais le moyen est d'une efficacité immédiate. Le tir dirigé des maisons sur nos flancs diminue aussitôt, et nous pouvons maintenant occuper la maison en face et sommes ainsi les maîtres de la rue principale (1). » Une dame exposée de la sorte ayant demandé à un officier allemand s'il n'était pas honteux d'agir de cette façon : « Si notre sang doit couler, le vôtre peut bien couler aussi, » lui fut-il répondu.

Les Allemands, en effet, n'ont cure de l'article 46 de la Convention de La Haye qui prescrit que « la vie des individus doit être respectée ». Ils n'ont pas craint

---

(1) *Les Violations des lois de la guerre par l'Allemagne*, p. 196.

de prendre des otages. C'est ainsi qu'à Louvain, le
bourgmestre, le sénateur van der Kelen, le vice-rec-
teur de l'Université catholique, le curé-doyen de la
ville, des magistrats et des échevins furent pris comme
tels. A Marche, en Belgique, les trois principaux fonctionnaires de la localité ont été à tour de rôle, et
pendant des semaines, retenus prisonniers dans une
cellule où, d'ordinaire, sont enfermés les malfaiteurs
de droit commun. C'est au même titre que le vénérable évêque de Tournai, vieillard malade et presque
infirme, fut emprisonné à Ath, pendant cinq jours,
dans un local infect, n'ayant qu'une paillasse comme
lit et pour nourriture ce que des personnes dévouées
lui apportaient. Partout, en France et en Serbie, les
mêmes faits se reproduisent. Quant au sort des otages,
le commandement n'en fait pas mystère : « Toutes les
rues seront occupées par une garde allemande qui
prendra dix otages dans chaque rue, qu'ils garderont
sous leur surveillance. Si un attentat se produit dans
la rue, les dix otages seront fusillés », proclame von
Bulow, par voie d'affiche placardée à Namur le
25 août 1914. « Il y va de la vie de ces otages que la
population des communes précitées se tienne paisible
en toutes circonstances, » stipule une autre, signée
Dieckmann, qui fut apposée à Grivegnée le 8 septembre 1914. Elle rend, qui plus est, les otages responsables de l'absence de ceux qui doivent les rem-
placer. « Après vingt-quatre heures, y est-il dit, l'otage
encourt la peine de mort si le remplacement n'est
pas fait. » Voici, enfin, comment s'expriment sur cette
question des otages les *Directions* données par l'état-
major austro-hongrois *pour la conduite vis-à-vis de la
population en Serbie*. « En traversant un village, on
les emmènera si possible jusqu'au passage de la

« queue » et on les exécutera sans conditions si un seul coup de feu est tiré sur la troupe dans la localité (1). » Ces instructions furent suivies ; l'ordre suivant du général autrichien Hortstein le prouve : « Par suite de l'attitude hostile de la population de Klenak et de Chabatz, on prendra de nouveau des otages dans toutes les localités serbes, même situées de ce côté de la frontière, qui sont ou seront occupées, et ils seront maintenus dans la troupe. Ces otages devront être tués de suite en cas de crime des habitants contre la force armée (complots, trahison) et les villages ennemis devront être incendiés (2). » Bien mieux, la vie des otages paye souvent les revers des armées germaniques. « Si les Français tirent encore, vous y passerez tous, » dit un officier à un groupe d'otages des deux sexes rangés près de la brasserie d'Anseremme, en Belgique. Ils y passèrent tous, en effet.

Cela n'est rien cependant, auprès des meurtres en masses auxquels se sont livrés les Allemands. Quoique les accords internationaux défendent de molester les populations pour des actes individuels dont elles ne peuvent être considérées comme solidaires et que, même, ils reconnaissent la qualité de belligérants aux habitants en armes des régions envahies, ce qui, tout en les exposant aux risques de guerre, interdit de les traiter en rebelles, l'Allemagne a constamment rendu responsables et puni en criminels les habitants notoirement inoffensifs des localités qu'ils occupaient pour tout acte hostile, si isolé et si peu grave fût-il, quand bien même son auteur était connu. Des populations

(1) R.-A. REISS, *Comment les Austro-Hongrois ont fait la guerre en Serbie*, p. 46.
(2) *Id.*, p. 20.

entières ont ainsi été massacrées sous les plus minces
et, pire encore, sous les plus fallacieux prétextes.
Combien d'habitants des villes et des villages envahis
payèrent de leur vie, non seulement les actes des
civils, mais ceux-là même des soldats de leur pays !
A Visé, des coups de feu ayant été tirés sur les troupes
teutonnes, cette cité fut incendiée, 375 hommes furent
fusillés et les autres transportés à Aix-la-Chapelle.
« Ainsi, note le lieutenant K... du 49ᵉ d'infanterie, la
faute d'un seul fanatique retombe sur toute une ville
de plus de 12 000 habitants (1). » Et il ajoute avec
candeur : « Pourtant ces gens sont avertis, aussi bien
par le gouvernement allemand que par le gouvernement belge (2). » Le mercredi 19 août, dès leur entrée
à Aerschot, les Allemands fusillèrent cinq ou six habitants qu'ils avaient contraints à sortir de leur
demeure. Puis, dans la soirée, prétextant qu'un officier
supérieur allemand avait été tué sur la Grand'Place
par le fils du bourgmestre, ils s'emparèrent de tous
les hommes, en conduisirent une cinquantaine à
quelque distance de la ville, les groupèrent par séries
de quatre et, les faisant courir devant eux, les abattirent à coups de fusil et les achevèrent à coups de
baïonnette. Plus de quarante périrent de cette manière. Le lendemain, les Allemands disposèrent le
reste des prisonniers par rangs de trois et prirent
dans chaque rang un homme qu'ils fusillèrent. En
tout, on évalue à 150 le nombre des victimes. Parmi
les morts, on compte huit femmes et plusieurs enfants.
A Louvain, où 210 personnes auraient trouvé la
mort en comptant les environs, les cadavres de civils

---

(1) Jacques DE DAMPIERRE, *l'Allemagne et le droit des gens*, p. 200.
(2) *Id.*, p. 217.

jonchent les rues et les places. Sur la seule route de
Tirlemont, un témoin en a compté plus de cinquante.
Partout où ils passent, les Allemands tirent sur les
passants, voire sur les paysans dans les champs. A
Lebbecke et à Saint-Gilles, vingt-cinq habitants furent
massacrés à coups de baïonnette, de pic ou de hache ;
la plupart étaient défigurés à un tel point qu'il n'a
pas été possible de les reconnaître (1). A Surice, les
Allemands réunirent un groupe de cinquante à soixante
personnes, hommes et femmes, puis, les ayant séparés,
ils fusillèrent les dix-huit hommes sous les yeux de
leurs femmes, de leurs mères et de leurs filles. Et
comme quelques-uns, après l'exécution, remuaient
encore, les soldats les achevèrent à coups de crosse (2).
A Buecken, on fusilla seize hommes, après lecture
d'un semblant de jugement, accusant l'un d'avoir été
trouvé en possession d'un livre appartenant à un
soldat allemand et un autre d'avoir porté sur lui un
morceau de cartouche allemande (3). Le dimanche
23 août, à Dinant, vers 6 h. 30 du matin, les soldats
du 108e régiment d'infanterie firent sortir les fidèles
de l'église de Prémontrés, placèrent les femmes d'un
côté et les hommes d'un autre, après quoi ils fusillèrent
une cinquantaine de ces derniers. A 6 heures du soir,
ils recommencèrent. Les femmes ayant été disposées
derrière un cordon de fantassins, les hommes furent
alignés le long d'un mur. Le premier rang dut se
mettre à genoux, tandis que les autres se tenaient
debout. Un peloton de soldats vint, alors, se placer
en face du groupe ; un officier commanda le feu. Une
vingtaine d'hommes n'ayant été que blessés, une

(1) *La Violation du droit des gens en Belgique*, I, p. 113.
(2) *Id.*, p. 128.
(3) *Id.*, p. 128.

nouvelle décharge fut ordonnée. Au total, 84 victimes.
Le 23 août, des soldats, ayant découvert, dans les
caves d'une brasserie, des habitants du faubourg
Saint-Pierre, les fusillèrent à bout portant. D'autres,
qui s'étaient réfugiés dans les sous-sols de la soierie
Himmer, subirent le même sort. Dans une autre
partie de la ville, douze civils sont fusillés de la
même façon. Presque tous les hommes du faubourg
de Leffe sont exécutés en masse. Des habitants de
celui de Neffe sont conduits en barque jusqu'au
Rocher Bayard pour y être mis à mort. « Quelques
hommes passent les mains liées derrière le dos,
raconte M. Tschoffen. Peu après, au milieu des bruits
de la bataille, nous distinguons nettement des salves.
On se regarde : les Allemands viennent de fusiller
ces malheureux (1). » Par ailleurs, un certain nombre
d'hommes et de femmes ayant été enfermés dans la
prison, une mitrailleuse allemande, placée sur la mon-
tagne, ouvrit le feu sur eux : une vieille femme et
trois autres personnes tombèrent. Enfin, M. Wasseige,
directeur de la Banque centrale de la Meuse, ayant
refusé d'ouvrir ses coffres-forts, les Allemands l'emmenèrent, lui et ses deux fils aînés, sur la place d'Armes
où ils les abattirent à la mitrailleuse avec 120 de
leurs compatriotes. Sur 7 600 habitants, que comptait
Dinant, les Allemands en ont ainsi massacré 606 (2).
A Andennes, un coup de feu ayant été entendu pendant que les troupes défilaient, les soldats tirèrent
dans les habitations et une mitrailleuse fut postée à
un carrefour. Le lendemain 21 août, dès 4 heures du
matin, les soldats allemands chassèrent les habitants

---

(1) *La Violation du droit des gens en Belgique*, II, p. 88.
(2) *Id.*, p. 142, 143, 144.

de leurs demeures. Ceux qui n'obéissaient pas assez
vite ou ne comprenaient pas les ordres donnés étaient
immédiatement exécutés. Puis, quand tous les habitants furent rassemblés sur la place des Tilleuls, les officiers choisirent 40 ou 50 hommes, les emmenèrent et les
fusillèrent, les uns le long de la Meuse, les autres près
de la gendarmerie. En tout, 300 habitants périrent (1).
Mais rien n'égale l'horreur des boucheries de Tamines.
Le samedi 22 août, vers 7 heures du soir, un groupe
de 450 civils fut réuni devant l'église, à peu de distance de la Sambre. Après quoi, un détachement
ouvrit le feu sur eux. Mais, comme cela n'allait pas
assez vite, les officiers firent avancer une mitrailleuse
qui abattit ceux qui restaient debout. Puis, comme
certains, qui n'étaient que blessés, tentaient de se
relever, une nouvelle décharge les coucha à terre.
Enfin, des soldats s'approchèrent pour achever, à
coups de baïonnette, à coups de talon et à coups de
crosse, les malheureux qui respiraient encore. Le lendemain, d'autres prisonniers furent chargés de les
enterrer. « En arrivant sur la place, a déposé l'un d'eux,
la première chose que nous vîmes fut un tas de cadavres
de civils qui avait au moins 40 mètres de longueur,
6 mètres de largeur et un mètre de hauteur... Nous
avons enterré de 350 à 400 cadavres (2). » A ce chiffre
il faut ajouter celui des malheureux qui furent tués
chez eux, brûlés vifs ou massacrés au hasard dans les
rues. Cent onze personnes des communes d'Ethe et de
Rossignol, près d'Arlon, furent également fusillées.
Quelques jours plus tard, huit habitants des communes
voisines subirent le même sort. Les plus humbles vil-

(1) *La Violation du droit des gens en Belgique*, p. 138, 139, 140.
(2) *Id.*, p. 134, 135 et 136.

lages de Belgique ne trouvèrent pas grâce devant l'envahisseur. Neufchâteau compte 18 personnes passées par les armes, Vance 1, Etalle 30, Houdemont 11, Tintigny 157, Izel 10, Rossignol 106, Bertrix 21, Ethe 300, Bellefontaine 1, Saint-Léger 11, Maissin 12, Villance 2, Anloy 52, Claireux 2 ; deux autres furent pendues. Dans le village de Latour, il ne reste que 17 hommes (1). A Battice, 35 personnes ont été tuées. A Bouxhe-Melen il y eut plus de 80 victimes. A Soumagne, les Allemands, ayant arrêté les habitants, en rassemblèrent un grand nombre dans une prairie dénommée « le Fonds Leroy » où ils les massacrèrent. « Détail horrible, rapporte un témoin, les assassins achevèrent les blessés et s'acharnèrent sur les cadavres. Un survivant tombé, protégé par d'autres corps, reçut ainsi plusieurs coups de baïonnette, dont deux dans le bras (2). » Sur 4 700 habitants, 102 furent mis à mort, à Barchon 27, à Francorchamps 12. A Oluc, le fermier Chaineux, qui sortait de chez lui, et le jeune Nizet, qui s'approchait trop près des canons, furent abattus à coups de fusil. A Heure-le-Romain, 27 personnes ont été tuées. « Du 5 au 6 août, vers 4 heures du matin, les soldats allemands ont fusillé un certain nombre de personnes, rapporte un témoin de ce qui se passa à Hermée. J'en connais douze. J'ai vu leurs cadavres après le passage des troupes. Il y en avait qui portaient la trace de balles, d'autres qui avaient la boîte cranienne enlevée et d'autres qui avaient été liés à des arbres et avaient été fusillés (3). » A Tongres, les Allemands tirèrent dans les habitations, tuant dix personnes. A Tournai, fau-

(1) *La Violation du droit des gens en Belgique*, p. 108.
(2) *Id.*, II, p. 54.
(3) *Id.*, p. 68 et 69.

bourg Morelles, des soldats français, retranchés dans les maisons, ayant ouvert le feu sur les Allemands, ceux-ci, lorsque les Français furent partis, s'emparèrent d'une certain nombre d'habitants et, les rendant responsables de la résistance rencontrée, les fusillèrent sur le champ (1). A Nimy, pour se venger de la défense des troupes anglaises, ils massacrèrent le même jour un certain nombre de civils (2). A Jurbise, un pétard ayant éclaté sur la ligne du chemin de fer, des Allemands, s'imaginant qu'un coup de feu avait été tiré, descendirent du train qui les conduisait et, s'emparant de sept personnes, les tuèrent à coups de sabre et de baïonnette (3). On évalue le nombre des civils mis à mort dans la province de Brabant à 839, dans la province de Hainaut à 351, dans la province de Liége à 1 032, dans la province du Luxembourg à 575 et à 1 545 dans celle de Namur, soit un total de 5 000.

Les mêmes scènes se sont répétées en France. A Triaucourt, les Allemands ont organisé le massacre. Ayant mis le feu aux maisons, ils fusillèrent tous les habitants qui tentaient de s'échapper. Mlle Procès, entre autres, ayant tenté de fuir avec sa mère, sa grand'mère, âgée de soixante et onze ans, et sa vieille tante de quatre-vingt-un ans, ses trois compagnes furent abattues à coups de fusil. Le sieur Igier, qui, pendant ce temps, s'efforçait de sauver son bétail, fut poursuivi sur un parcours de 300 mètres par des soldats qui ne cessaient de tirer sur lui. Il eut la chance de n'être pas blessé : cinq balles avaient traversé son pantalon (4).

(1) *La Violation du droit des gens en Belgique*, p. 134.
(2) *Id.*, p. 135.
(3) *Id.*, p. 136.
(4) *Journal officiel* du 8 janvier 1915, p. 122.

A Nomény, pareillement, les malheureux que la crainte de l'incendie chassait de leurs caves furent abattus comme un gibier, les uns chez eux, les autres sur la voie publique. « Après le 20 août, rapporte un témoin, les habitants survivants ont continué à habiter dans les caves sans aucune nourriture ; lorsque l'un d'eux sortait pour chercher quelque aliment, les soldats allemands le tuaient à coups de fusil dans la rue. Ils tiraient sur ceux qui s'aventuraient au dehors de jour comme de nuit (1). » Cinquante personnes furent fusillées ou brûlées. Le sieur Vassi ayant recueilli dans sa cave un certain nombre de personnes, une cinquantaine de soldats envahirent la maison, y mirent le feu et abattirent, les uns après les autres, les réfugiés au fur et à mesure qu'ils s'enfuyaient. « Le sieur Mestré est assassiné le premier, rapporte la Commission d'enquête. Son fils Léon tombe ensuite avec sa petite sœur de huit ans dans les bras. Comme il n'est pas tué raide, on lui met l'extrémité du canon d'un fusil sur la tête et on lui fait sauter la cervelle. Puis, c'est le tour de la famille Kieffer. La mère est blessée au bras et à l'épaule, le père, le petit garçon de dix ans et la fillette âgée de trois ans sont fusillés. Les bourreaux tirent sur eux quand ils sont à terre. Kieffer, étendu sur le sol, reçoit une nouvelle balle au front ; son fils a le crâne enlevé d'un coup de feu. Ensuite, c'est le sieur Struffert et un des fils Vassé qui sont massacrés, tandis que la dame Mentré reçoit trois balles. Le sieur Guillaume, traîné dans la rue, y trouve la mort. La jeune Simonin, âgée de dix-sept ans, sort enfin de la cave avec sa sœur Jeanne, âgée de trois ans. Cette dernière a un coude presque emporté par une balle. L'aînée se

---

(1) *Les Violations des lois de la guerre par l'Allemagne*, p. 127.

jette à terre et feint d'être morte, restant pendant cinq minutes dans une angoisse affreuse. Un soldat lui porte un coup de pied, en criant « capout ». Toutes ces abominations ont été commises surtout par les 2e et 4e régiments d'infanterie bavaroise (1). » A Lunéville, les massacres durèrent deux jours. A Gerbéviller, plus de cinquante personnes ont été assassinées. Quinze d'entre elles furent amenées, pour y être fusillées, au lieu dit « le Prèle ». Quand leurs concitoyens les enterrèrent, ils constatèrent que presque tous avaient les mains liées derrière le dos ; quelques-uns avaient les yeux bandés ; leurs pantalons étaient déboutonnés et rabattus jusque sur les pieds afin de les empêcher de se sauver (2).

Les Serbes ne furent pas plus ménagés. Persida Simovitch, aubergiste à Kroupany, raconte que chaque fois que les soldats amenaient un paysan au major qui logeait chez elle, il l'envoyait « au noyer ». Elle dit avoir vu pendre ainsi vingt de ses compatriotes devant sa maison (3). Quand les Austro-Hongrois arrivèrent au village de Prenievor, le commandant rassembla la population, tira de sa poche une liste des membres de la « Naroua Odbrana », la société patriotique serbe, les fit sortir du rang et fusiller (4). A Petrovitza, vingt-quatre femmes et enfants, avec six hommes, s'étant réfugiés dans une maison, les Autrichiens firent sortir les femmes et abattirent dans une chambre les hommes à coups de revolver (5). Après une ronde au

(1) *Les Violations des lois de la guerre par l'Allemagne*, p. 123 et 124.

(2) *Id.*, p. 125.

(3) R.-A. REISS, *Comment les Austro-Hongrois ont fait la guerre en Serbie*, p. 27.

(4) *Id.*, p. 32.

(5) *Id.*, p. 32.

village de Zoulkovitch, le lieutenant serbe Draguiche Stoiadinovitch affirme avoir vu, dans un ravin, entassés les uns sur les autres, balafrés de coups de couteau et percés de balles, vingt-cinq garçons de douze à seize ans et deux vieillards de plus de soixante. Dans une maison, il a trouvé deux femmes mortes et, dans une autre, une vieille femme tuée à côté de sa fille. Près du foyer éteint, un vieillard était assis couvert de plaies saignantes, mourant et hagard. « J'ignore comment il se fait que je sois encore vivant, dit ce dernier au témoin. Depuis trois jours, je suis là à regarder ma femme et mon enfant mortes, dont les corps gisent devant la porte. Après nous avoir couverts de honte, ils nous ont massacrés à coups de baïonnette, et puis, les lâches, ils ont pris la fuite. Et seul je survis, je regarde cette mare de sang, de leur sang, qui s'étend autour de moi sans que je puisse faire un pas pour m'en éloigner (1). » Le capitaine Stevan Bourmasovitch rapporte avoir vu, de son côté, au village de Bogo-Savatz, toute une famille de huit personnes tuée par les Autrichiens (2). Pareillement, le colonel Dioura Do-kitch dit avoir rencontré près d'un ruisseau, sur la rive gauche du Iadar, un groupe d'enfants, de jeunes filles, de femmes et d'hommes étendus, morts, attachés les uns aux autres par les mains. Une jeune fille avait été frappée d'un coup de baïonnette à la mâchoire gauche avec une telle force que l'arme était ressortie par la pommette droite et, sur le dos d'une vieille femme étendue à plat ventre, était répandu du sang caillé dans lequel on a trouvé des dents (3). Enfin

---

(1) R.-A. Reiss, *Comment les Austro-Hongrois ont fait la guerre en Serbie*, p. 21.

(2) *Id.*, p. 22.

(3) *Id.*, p. 23.

— ce qui confirme tous ces témoignages — M. Reiss s'est fait ouvrir, derrière l'église de Chabatz, une fosse de 10 mètres de long sur 3 m. 50 de large dans laquelle il a constaté que gisaient au moins 80 civils. Dans une maison près de laquelle on lui affirmait que les Autrichiens avaient amené environ 200 femmes et enfants qu'ils avaient assommés et jetés, ensuite, entre des murs en flammes, M. Reiss a trouvé également un grand nombre d'ossements humains carbonisés ou calcinés (1). A l'école de Preniavop, où 17 personnes furent assassinées, il a remarqué, de même, de nombreuses et fortes giclures de sang contre les murailles (2). Près de la gare, il s'est fait ouvrir une fosse qui contenait les cadavres de 25 personnes, de vingt à cinquante ans, fusillées par les Autrichiens (3). Non loin de la gare de Lechnitza encore, il a vu une grande fosse de 20 mètres de longueur et 3 mètres de largeur sur 2 mètres de profondeur, dans laquelle étaient ensevelis 109 paysans de huit à quatre-vingts ans. On les avait placés au bord, liés avec des cordes, puis entourés d'un réseau de fils de fer. Après quoi, les soldats ayant tiré un feu de salve, tout le groupe avait dégringolé dans le trou que d'autres soldats avaient aussitôt comblé de terre sans prendre la peine de vérifier si toutes les victimes étaient mortes (4). Au moment de son enquête, c'est-à-dire à la fin de 1914, M. Reiss estime que 3 000 à 4 000 civils avaient déjà été tués sur la portion envahie du territoire serbe.

---

(1) R.-A. Reiss, *Comment les Austro-Hongrois ont fait la guerre en Serbie*, p. 30 et 31.
(2) *Id.*, p. 34.
(3) *Id.*, p. 34.
(4) *Id.*, p. 34.

Les Allemands et les Austro-Hongrois tuent sans motifs. C'est ainsi que le 21 août, vers 5 heures du soir, les Allemands qui occupaient depuis dix-sept jours le village d'Audun-le-Roman, en Meurthe-et-Moselle, se mirent, sans raison, à tirer sur les maisons, blessant et tuant plusieurs personnes (1). Les Allemands ayant fait irruption, par ailleurs, le jeudi 20 août à 10 heures du matin, dans la demeure de Mme Dupuis, buraliste à Rouves, et emmené son mari dans la rue, un officier du 8ᵉ bavarois s'avança au-devant de lui et, sans l'ombre d'un prétexte, déchargea deux coups de son revolver sur l'infortuné, qui tomba raide mort (2). Le commandant Stantzer tua, de la même manière, le 10 septembre 1914, un paysan serbe qui lui montrait le chemin (3).

Nous possédons les aveux des bourreaux eux-mêmes. « A Dinant, sur la Meuse, les Belges ont tiré des maisons sur notre régiment. On fusilla tout ce qui se laissait voir ou ce qu'on jetait hors des maisons, femmes ou hommes. Les cadavres gisant dans les rues s'élevaient à un mètre de hauteur, » note sur son carnet le soldat Dressler Erich, du 100ᵉ régiment de grenadiers (4). « 1ᵉʳ septembre. Vreil. On a fait sauter le pont de fer. A cause de quoi, des rues incendiées, des civils fusillés, » note un soldat du 32ᵉ régiment d'infanterie de réserve (5). « 3 septembre. Horrible carnage. Le village entièrement brûlé, les Français jetés dans les maisons en flammes, les civils brûlés, avec tout le

(1) *Journal officiel* du 8 janvier 1915, p. 129.

(2) *Les Violations des lois de la guerre par l'Allemagne*, p. 59.

(3) R.-A. Reiss, *Comment les Austro-Hongrois ont fait la guerre en Serbie*, p. 16.

(4) *Les Violations des lois de la guerre par l'Allemagne*, p. 90.

(5) *Id.*, p. 82.

reste, » note le soldat Hassener du VIIIᵉ corps d'armée (1). — « 19 août 1914. On a tiré, dit-on, sur notre colonne d'approvisionnement. En peu d'instants Birisceau (?) — un village bâti dans un site charmant — incendié. Un enfant et une vieille femme reçoivent des coups de fusil, » note l'officier-adjudant Kohler G.-J., du 3ᵉ bataillon de chasseurs de réserve (2). « 24 août. On fouille encore une fois la tuilerie et nous sortons encore d'un four trois hommes et un jeune garçon. Ils sont ensuite fusillés, » note le soldat Peich Max, du 179ᵉ régiment d'infanterie (3). — « Le soir, à 10 heures, le premier bataillon du 178ᵉ descendit par la pente raide dans le village en flammes au nord de Dinant. Spectacle tristement beau à donner le frisson. A l'entrée des villages gisaient environ cinquante civils, fusillés pour avoir, par guet-apens, tiré sur nos troupes. Au cours de la nuit, beaucoup d'autres furent pareillement fusillés, si bien que nous en pûmes compter plus de deux cents, » note le soldat Philipp du 178ᵉ régiment d'infanterie (4). « Dans la nuit du 18 au 19 août, le village de Saint-Maurice, en punition de ce qu'ils avaient tiré sur des troupes allemandes, fut complètement incendié par les troupes allemandes. Le village fut encerclé, les hommes à un mètre les uns des autres, de sorte que personne ne pouvait sortir. Puis les uhlans mirent le feu, maison par maison. Ni homme, ni femme, ni enfant ne pouvait sortir ; on se contenta d'emmener la plus grande partie du bétail, parce qu'on pouvait en tirer parti. Qui se risquait à sortir était

(1) *Les Violations des lois de la guerre par l'Allemagne,* p. 100.

(2) *Id.*, p. 104.

(3) *Id.*, p. 111.

(4) *Id.*, p. 112.

abattu à coups de fusil. Tout ce qui se trouvait d'habitants dans le village fut brûlé avec lui, » note le soldat Schenfele Carl, du 3e régiment bavarois d'infanterie de landwehr (1). « 23 août à Spontin. Une compagnie du 107e et une du 133e reçurent l'ordre de rester en arrière pour fouiller le village, pour faire les habitants prisonniers et pour incendier les maisons. A l'entrée du village, à droite, gisaient deux jeunes filles, l'une morte, l'autre grièvement blessée. Le curé aussi fut fusillé devant la gare. Trente autres hommes furent aussi fusillés selon la loi martiale et cinquante faits prisonniers, » lit-on sur le carnet du soldat Thomas Max, du 107e régiment d'infanterie. « 3 octobre 1914. A Sommepy (Marne), horrible carnage, le village brûlé jusqu'à ras du sol, les Français jetés dans les maisons en flammes, les civils et tout brûlés ensemble (2) », consigne le soldat Hassemer. Voici comment s'exprime un officier saxon du 178e régiment : « Nous pénétrons (au village de Bouvignes) par une brèche pratiquée par derrière, dans la propriété d'un habitant aisé, et nous occupons la maison. A travers un dédale de pièces, nous atteignons le seuil. Là, le corps gisant du propriétaire. A l'intérieur, nos hommes ont tout détruit, comme des vandales. Tout a été fouillé. Au dehors, dans le pays, le spectacle des habitants fusillés, étendus contre le sol, défie toute description. La fusillade à bout portant les a presque décapités (3). » Et voici ce que voit le réserviste Schlauter : « 25 août. En Belgique : Des habitants de la ville, on en fusilla trois cents. Ceux qui survécurent au feu de salve furent réquisitionnés

---

(1) *Les Violations des lois de la guerre par l'Allemagne*, p. 116.
(2) Joseph Bédier, *les Crimes allemands d'après des témoignages allemands*, p. 10.
(3) *Id.*, p. 4.

comme fossoyeurs (1). » — « Les habitants ont fui par
le village, avoue aussi le Gefreite Paul Spielmann.
Ce fut horrible. Du sang est collé contre toutes les
maisons ; et, quant aux visages des morts, ils étaient
hideux. On les a enterrés tous aussitôt, au nombre de
soixante. Parmi eux, beaucoup de vieilles femmes,
des vieux et une femme à moitié délivrée, le tout
affreux à voir, et trois enfants qui s'étaient serrés les
uns contre les autres et sont morts ainsi (2). »

Que ces massacres aient été voulus par le haut commandement, on n'en saurait douter de la part d'une
armée aussi disciplinée que l'armée allemande. Leur
nombre en est garant. On ne tue pas, en effet, tous les
habitants d'un village, et, à plus forte raison, d'une
ville, sans obéir à un plan. Nous avons, au surplus, des
témoignages. « Encore dix hommes fusillés. Vu que
le roi (des Belges) a ordonné de défendre le pays par
tous les moyens, l'ordre nous a été passé de fusiller
tous les habitants mâles », consigne sur son carnet un
soldat du 11e bataillon de chasseurs (3). « J'ai vu des
enfants pleurant, s'accrochant aux robes de leurs
mères sans défense, sortir d'une meule de paille dans
laquelle ils avaient cherché un abri et j'ai vu comment
ces mères et leurs enfants furent tués lâchement. Bien
que nous fussions obligés d'obéir sous peine de mort
à tous les ordres de nos officiers, déclare le soldat
allemand, réfugié en Hollande, Karl-Johannès Kal-
teuschner, j'ai vu de mes compagnons qui accom-
plissaient avec joie leur lugubre besogne. A un certain

(1) Joseph BÉDIER, les Crimes allemands d'après des témoignages
allemands, p. 18.
(2) Id., p. 7.
(3) Les Violations des lois de la guerre par l'Allemagne, p. 77.

moment, je fus moi-même obligé de fusiller deux garçons âgés respectivement de quinze et de douze ans,
dont le père avait déjà été tué. Je ne m'en sentais pas
le courage et déjà j'avais mis l'arme bas, attendant
d'être exécuté moi-même, quand un de mes camarades,
se moquant de ma sensibilité, me sauva en me jetant
sur le côté et en tirant lui-même sur les deux gosses.
L'aîné tomba raide mort, et le second, qui reçut une
balle dans le dos, fut achevé à coups de revolver (1). »
Quant aux dépositions des soldats austro-hongrois,
elles sont concluantes. B. X... du 78e régiment, déclare
que les supérieurs ont ordonné de n'épargner personne. Le premier lieutenant Fojtek, de la 2e compagnie de marche, a dit à Essez qu'il faut montrer aux
Serbes ce que sont les Autrichiens. C. X..., du 78e régiment, raconte que le premier lieutenant a recommandé
de tuer tout ce qu'on trouve vivant. E. X..., du 6e régiment d'infanterie, rapporte que le capitaine hongrois
Bosnai a donné l'ordre, avant de passer la frontière, de tuer tout ce qui vit, depuis l'enfant de cinq
ans jusqu'au plus vieux. H. X..., du 28e de ligne,
affirme que le capitaine Eisenhut a ordonné, lui aussi,
d'abattre tout ce qui vit en Serbie (2).

Plus que des témoignages, nous avons des preuves.
« Sur ordre du A. O. K. Op. Kr. 259. Par suite de l'attitude hostile de la population de Klenak et de Chabatz, on prendra de nouveau des otages dans toutes les
localités serbes, même situées de ce côté de la frontière, qui sont ou seront occupées, et ils seront maintenus dans la troupe. Ces otages devront être tués
de suite en cas de crime des habitants contre la force

(1) *Les Violations des lois de la guerre par l'Allemagne*, p. 77.
(2) A.-R. Reiss, *Comment les Austro-Hongrois ont fait la guerr*
en Serbie, p. 16, 17 et 18.

armée (complots, trahison) et les villages ennemis
devront être incendiés. Le commandant du corps
d'armée se réserve d'incendier les villages sur notre
propre territoire. Cet ordre sera communiqué sans
retard à la population par les autorités politiques, »
édicte le général autrichien Hortstein (1). « Envers
une telle population (le peuple serbe), toute humanité et toute bonté de cœur sont mal placées ; elles
sont même nuisibles, car ces égards, qui sont parfois
possibles à la guerre, mettent ici gravement en danger
nos propres troupes. J'ordonne, par conséquent, que
pendant toute la durée de l'action militaire, on observe
envers tout le monde la plus grande sévérité, la plus
grande dureté et la plus grande méfiance, » promulgue
le haut commandement autrichien dans une brochure
qui se trouvait aux mains des soldats austro-hongrois.
« D'abord, je ne tolère pas, continuent ces *Directions*,
que des gens du pays ennemi, sans uniforme, mais
armés, rencontrés isolément ou en groupes, soient faits
prisonniers. Ils doivent être exécutés sans conditions. »
Et elles ajoutent : « On considérera chaque habitant
qui sera rencontré en dehors des localités, tout spécialement dans les bois, comme un membre d'une bande
qui a caché quelque part ses armes ; nous n'avons pas
le temps de les chercher : on exécutera ces gens s'ils
paraissent tant soit peu douteux (2). » C'est l'exci-
tation au meurtre. S'adressant aux recrues, le major
commandant le 22e régiment de honved hongrois, qui
opérait contre les Russes, leur dit à son tour : « Lorsque
vous aurez pénétré en Russie, n'accordez ni merci,
ni quartier aux vieillards, aux femmes et aux enfants,

(1) A.-R. REISS, *Comment les Austro-Hongrois ont fait la guerre en
Serbie*, p. 20.
(2) *Id.*, p. 45, 46, 47.

quand même ces derniers seraient encore au ventre de leur mère. » Bien mieux, pour éveiller la fureur des soldats, les autorités allemandes ont été jusqu'à avertir mensongèrement les hommes que les habitants tiraient sur les troupes et coupaient les oreilles des blessés. « Langage imprudent, dit Mgr Heylen, dans la bouche de chefs d'armées qui, au lieu de fournir la moindre occasion aux excès, doivent rappeler sans cesse le respect des civils et mettre un frein aux sentiments trop violents qui se feront aisément jour au sein des armées. » Ce langage qui devait accréditer dans l'esprit des soldats et de la nation allemands la légende des francs-tireurs — légende qui fut soigneusement entretenue par la presse et par l'image — n'est qu'une affreuse calomnie. « La légende des francs-tireurs, déclare Mgr Heylen, repose sur une simple affirmation de l'armée allemande, affirmation qu'elle est dans l'impossibilité de prouver. Ce qui revient à dire que la conduite des armées allemandes, en nos régions, a été une série d'actes injustifiés et inhumains à l'égard de populations innocentes. »

Voici, maintenant, les ordres. Dans un avis qui fut affiché le 5 octobre 1914 à Bruxelles, le maréchal von der Goltz menace de la peine de mort les habitants des endroits près desquels le télégraphe aurait été coupé ou le chemin de fer détruit, qu'ils soient coupables ou non. Et, le 22 août, après le sac d'Andenne, le général de Bulow ne craint pas d'avouer : « C'est avec mon consentement que le général en chef a fait brûler toute la localité et que cent personnes environ ont été fusillées. » Il faut, de cette proclamation, rapprocher celle qui fut apposée sur les murs de Reims le 12 septembre 1914 : « Afin d'assurer suffisamment la sécurité des troupes et afin de répondre du calme de la population de Reims, les personnes ci-après ont été prises en otage par le commandant général de l'armée allemande. Ces otages seront pendus à la moindre tentative de désordre. De même, la ville sera entièrement ou partiellement brûlée et les habitants pendus si une infraction quelconque est commise aux prescriptions précédentes. » D'autre part, ayant réclamé de la petite ville de Wavre l'exorbitante contribution de guerre de trois millions de francs, « Wavre sera incendiée et détruite, si le payement ne s'effectue pas à terme utile, sans égards pour personne : les innocents souffriront avec les coupables, » écrit au bourgmestre le lieutenant-général Nieber. « Celui qui n'obtempère pas de suite au commandement *levez les bras* se rend coupable de la peine de mort, » stipule, de son côté, le major-commandant Dieckmann dans une proclamation qui fut affichée à Grivegné le 8 septembre 1914. « Le lieutenant Haag, du 19e régiment de uhlans, étant chef de patrouille, a marché énergiquement contre les habitants ameutés et a, comme il convient, fait faire usage des armes. Je lui exprime ma reconnaissance pour son énergie et sa décision » met à l'ordre du jour du 13e corps d'armée le général von Fabeck. De fait, le lieutenant-colonel comte Kielmansegg déclare, sans détour, qu'il a, sur un ordre supérieur, fait fusiller cent Dinantais coupables, sans faire mention d'aucune enquête préalable. « Nous n'avons fait qu'une petite partie de ce qui nous a été commandé, » ont, par ailleurs, avoué de nombreux soldats. Le 23 août 1914, à Dinant, le capitaine Wilke ayant été chargé de prendre des mesures contre la population civile éprouve le besoin de se couvrir de l'autorité de ses chefs, tant les ordres lui paraissent rigoureux. Ceux-ci lui ayant enjoint d'agir sans ménagement,

Wilke considère sa mission comme accomplie quand il a fait massacrer une cinquantaine d'hommes. Aussi bien, les encouragements au meurtre sont partis de haut. « Malheur aux vaincus ! Le vainqueur ne connaît pas de grâce, » prononçait dans une allocution à ses troupes Guillaume II en personne, la veille de la bataille de la Vistule.

CHAPITRE IV

LA CRUAUTÉ ALLEMANDE

La cruauté, tout comme le meurtre, le pillage et l'incendie, rentre dans le système de guerre allemand. Quand il ne la commande pas, le haut commandement la tolère, s'il ne l'approuve comme le plus sûr moyen de hâter la paix par la terreur. Néanmoins, il faut reconnaître que, si le caractère allemand ne renfermait un naturel fonds de férocité, les atrocités n'auraient été ni si nombreuses ni si raffinées.

Les exécutions en masse auxquelles procédèrent les armées allemandes furent, en effet, le plus souvent accomplies avec l'évident souci de faire souffrir leurs infortunées victimes. Partout, les soldats jouent avec elles comme le chat avec la souris. Qu'on compte ou non les fusiller, on leur fera accomplir, sous les coups de crosse, d'interminables promenades ; tels les otages de Louvain. On leur prodiguera les menaces. A Liége, ayant réuni sur la place d'Armes, où ils furent retenus toute une journée, les hommes, les femmes et les enfants dont ils s'étaient emparés, les soldats allemands prennent plaisir à leur répéter qu'ils seront bientôt mis à mort (1). On les soumettra à des simulacres d'exécution. Les Allemands font s'agenouiller les

(1) *La Violation du droit des gens en Belgique*, I, p. 142.

otages de Louvain, les couchent en joue, puis éclatent de rire : ce ne sera pas pour cette fois. A Heure-le-Romain, la plus grande partie de la population ayant été enfermée dans l'église, une mitrailleuse fut placée en batterie par des soldats qui feignirent de tirer sur quatre ouvriers agricoles placés devant (1). A Jumet, les Allemands s'emparent de cinq hommes et de cinq femmes, qu'ils parquent dans une prairie, lient ensemble, menacent de fusiller et ne cessent de mettre en joue (2). On oblige ceux-ci à creuser leur propre tombe pendant qu'on les harcèle de quolibets. « Regardez une dernière fois votre belle patrie, » crie un officier en ricanant à des otages sur le point d'être exécutés. On les insulte ; on les maltraite. Un rescapé de Warsage raconte que, les ayant fait se jeter à genoux pour implorer la Vierge, les soldats allemands les frappèrent à l'aide d'éperons, de baïonnettes, de crosses de fusil, à coups de pied et à coups de poing, les tirèrent par les cheveux et que l'un d'eux tâcha même, à sept ou huit reprises, de lui arracher un œil (3). Tantôt, on les laisse fuir pour les abattre comme des pigeons, ainsi qu'à Louveigné ; tantôt on tire dans le tas, le plus souvent, pour augmenter le supplice, sous les yeux de leur femme et de leurs enfants. On ne se donne même pas toujours la peine d'achever les mourants : on les enfouit. « Parmi ceux que l'on enterre, une femme vit encore, rapporte M. Tschoffen des massacres de Dinant. Elle gémit. Peu importe. Son corps est jeté dans la fosse avec les autres (4). » A Tamines, l'un des fossoyeurs, ayant

(1) *La Violation du droit des gens en Belgique*, II, p. 68.
(2) *Id.*, II, p. 138.
(3) *Id.*, II, p. 36.
(4) *Id.*, p. 93.

remarqué que l'homme qu'il transportait vivait encore, prévint le médecin, qui se pencha sur lui et fit signe de passer outre. Mais le témoin, ayant vu le bras du blessé se soulever d'une vingtaine de centimètres, alla de nouveau appeler le docteur, qui fit signe d'enterrer cet homme : on le jeta dans la fosse avec les autres (1).

Quels supplices n'infligèrent pas, d'autre part, les soldats allemands et autrichiens à leurs victimes isolées. A Flémalle-Grande, M. R. Pirotte, étant sorti de chez lui pour s'enfuir avec sa femme et son enfant, se trouvait à peine à 5 mètres de sa maison qu'un soldat lui fendait le crâne avec son sabre, tandis que ses compagnons se jetaient sur lui, le lardaient de coups de baïonnette et lui brisaient les membres à coups de crosse de fusil (2). A Hartennes, dans l'Aisne, des uhlans ayant surpris trois hommes cachés dans un grand tuyau conduisant au fourneau d'une boulangerie, bouchèrent le tuyau après avoir rempli le fourneau de paille enflammée. Puis, quand les trois Français eurent été asphyxiés par la fumée, les uhlans sortirent leurs corps (3). Le 6 septembre, à Champguyon, la dame Louvet ayant vu son mari entre les mains de dix ou quinze soldats qui l'assommaient devant chez lui, accourut et l'embrassa à travers la grille. Mais, brutalement repoussée, elle tomba, tandis que les bourreaux entraînaient le malheureux qui, couvert de sang, les suppliait de lui laisser la vie, protestant qu'il n'avait rien fait pour être ainsi maltraité. Quand sa femme le retrouva à l'extrémité du village où on l'avait achevé, sa tête était fracassée,

---

(1) *La Violation du droit des gens en Belgique*, I, p. 136.
(2) *Id.*, II, p. 70.
(3) *Les Violations des lois de la guerre par l'Allemagne*, p. 198.

un de ses yeux pendait hors de l'orbite et il avait un poignet brisé (1). A Gerbeviller, les Allemands fusillent le fils Lingenheld, puis, comme celui-ci remue encore, ils l'arrosent de pétrole et y mettent le feu en présence de sa mère (2). A Einville, ils tranchent le nez d'un braconnier nommé Pierrat, qu'ils promènent ensuite dans le village couvert de sang et les yeux hagards. Le malheureux paraissait, selon un témoin, avoir vieilli de dix ans en un quart d'heure. Quand ils le fusillèrent, il était mort (3). A Crézancy, le gérant du familistère fut arrêté parce qu'il avait essayé de protéger sa caisse. Coiffé d'un bonnet de cavalier qu'on lui enfonça jusqu'au menton et les deux mains liées derrière le dos, les Allemands s'amusèrent à lui faire monter une pente raide en l'accablant de coups et le piquant avec leurs baïonnettes chaque fois qu'il lui arrivait de tomber. Après quoi, l'ayant contraint à suivre leur colonne, comme il ne pouvait se traîner par suite des violences qu'il avait endurées, ils le tuèrent d'un coup de lance ou de baïonnette au cœur (4). « Le 22 août, vinrent dix Français, que l'on forçait à courir avec la cavalerie lancée au trot, » écrit un infirmier allemand (5). A Noménى, un nommé Adam fut jeté dans le feu tout vivant et, comme il ne brûlait pas assez vite, achevé à coups de fusil. En Serbie, Maxime Vasitch fut attaché à la roue d'un moulin en mouvement et, chaque fois que la roue le ramenait devant les soldats autrichiens, percé de coups de baïon-

(1) *Journal officiel* du 8 janvier 1915, p. 121.
(2) *Id.*, p. 126.
(3) *Id.*, p. 127.
(4) *Id.*, p. 131 et 132.
(5) *Les Violations des lois de la guerre par l'Allemagne*, p. 8.

nette (1). Au village de Dobritch Donie, seize personnes furent torturées. Les unes curent le nez et
les oreilles coupés, d'autres le visage déchiqueté.
Boschko Kovatevitch a eu les deux mains section-
nées et les dents enfoncées (2). Le nombre des paysans serbes ainsi martyrisés est considérable. Égorgés,
fusillés, éventrés, pendus, lapidés, assommés, brûlés
vifs, bras ou jambes coupés, yeux crevés, émasculés,
déchiquetés, ils connurent toutes les variétés de supplices.

Aux tortures physiques, les Austro-Allemands ont
soin d'ajouter les tortures morales. Un vieillard de
quatre-vingt-six ans ayant eu le crâne traversé par
une balle, un Allemand amène devant son cadavre
la dame Bertrand en lui disant : « Vous avez vu ce
cochon-là ! (4) » Conduit à Chamant avant d'être fusillé,
le maire de Senlis, M. Odent, fut souffleté, pendant le
trajet, avec ses gants qu'on lui avait arrachés. Puis,
on lui prit sa canne dont on le frappa violemment à la
tête (5).

Quant aux femmes, les Allemands ne se contentèrent pas de les violer, ils les violèrent dans des conditions particulièrement répugnantes, très souvent en
présence de leurs parents, de leur mari ou même de
leurs enfants. A Corbeck-Loo, une femme de vingt-deux
ans, dont le mari se trouvait à l'armée, fut successivement violée par cinq soldats (6). A Namur, une jeune

(1) A.-R. REISS, *Comment les Austro-Allemands ont fait la guerre
en Serbie*, p. 22.
(2) *Id.*, p. 28 et 29.
(3) *Id.*, p. 18.
(4) *Journal officiel* du 8 janvier 1915, p. 123.
(5) *Id.*, p. 130.
(6) *La Violation du droit des gens en Belgique*, I, 48.

fille l'a été par quatre. A Aerschot, une autre le fut
par dix-huit Allemands sous les yeux de son père
ligoté. A la Masure, près de la Ferté-Gaucher, un
officier allemand a remis Mme I.... à trois soldats,
qui l'ont emmenée dans une grange où elle a dû passer
la nuit à côté d'eux, pendant que lui-même contrai-
gnait la fille Y... à coucher dans son lit (1). La
dame X..., à Sancy-lès-Provins, dut, le revolver sous
la gorge, se soumettre aux volontés d'un soldat (2). A
Coulommiers, une femme de ménage subit les derniers
outrages, toutes portes ouvertes, dans une chambre
contiguë à celle où se trouvaient son mari et ses deux
enfants (3). A Beton-Bazoches, la dame Z... a été jetée
sur un lit, malgré sa résistance, et outragée en présence de sa fillette âgée de trois ans (4). A Saint-Denis-
lès-Rebais, un uhlan obligea la dame X... à se désha-
biller, en la menaçant de son fusil, puis il la jeta sur
un matelas et la souilla, tandis qu'impuissante à intervenir la belle-mère de la victime s'efforçait de soustraire son petit-fils, âgé de huit ans, à la vue de cet
ignoble spectacle. Le même jour, au hameau de
Marais, trois jeunes filles, âgées respectivement de
dix-huit, de quinze et de treize ans, se trouvaient
auprès de leur mère malade, quand surviennent deux
soldats allemands qui se saisissent de l'aînée, l'en-
traînent dans une pièce voisine et la violent (5). A
Counigis, deux soldats allemands se livrent sur une
jeune femme, qu'ils menacent de leurs armes, et en
présence de sa belle-mère, à des actes d'une obscénité

---

(1) *Les Violations des lois de la guerre par l'Allemagne*, p. 67 et 68.
(2) *Journal officiel* du 8 janvier 1915, p. 119.
(3) *Id.*
(4) *Id.*
(5) *Id.*, p. 120.

révoltante (1). A Bézu-Saint-Germain, deux cyclistes
violent une petite domestique, âgée de treize ans,
en lui mettant la main sur la bouche (2). A Suippes,
une petite fille de onze ans est restée pendant trois
heures en butte à la brutalité d'un soldat qui, l'ayant
trouvée auprès de sa grand'mère malade, l'avait
emmenée dans une maison abandonnée et lui avait
enfoncé un mouchoir dans la bouche pour l'empêcher
de crier (3). A Loupy-le-Château, les Allemands violent
successivement une vieille demoiselle de soixante et
onze ans, une femme de quarante-quatre ans et ses
deux filles, l'une de treize ans, l'autre de huit (4).
« La nuit dernière, un homme de la Landwehr, âgé
de plus de trente-cinq ans, marié, a voulu violer la
fille de l'habitant chez qui il avait pris quartier : une
fillette ; et, comme le père intervenait, il lui a appuyé
sa baïonnette contre la poitrine (5). »

A Chabatz, les Austro-Hongrois enferment les
femmes à l'hôtel Europa, sans leur donner à boire
ni à manger. La nuit, ils viennent chercher les
jeunes filles, qu'ils enlèvent à deux, l'un par les
pieds, l'autre par la tête, pour les violer. Criaient-
elles, on leur enfonçait des mouchoirs dans la
bouche. Ils abusèrent ainsi d'une enfant de quatorze
ans.

Encore les Austro-Allemands ne se contentent-ils
pas de violer les femmes. Après les avoir violées, ils
les tuent. Des soldats, s'étant emparés d'une jeune

---

(1) *Journal officiel* du 8 janvier 1915, p. 131.
(2) *Id.*, p. 131.
(3) *Id.*, p. 121.
(4) *Id.*, p. 123.
(5) Joseph BÉDIER, *les Crimes allemands d'après des témoignages
allemands*, p. 26.

fille de seize ans, à Corbeck-Loo, ils la forcèrent à boire ; après quoi, ils la menèrent sur une pelouse et la violèrent l'un après l'autre. Puis, comme elle continuait à opposer de la résistance, ils lui percèrent la poitrine à coups de baïonnette (1). A Wacherzeel, sept Allemands abusent d'une femme, puis la mettent à mort.

Les femmes, d'ailleurs, ne furent nulle part épargnées. A Jumet, les Allemands étant entrés dans la cave où s'était réfugiée Fernande Pacot tirèrent sur elle huit coups de feu. Julia Coenen, qui s'était sauvée avec d'autres personnes dans les champs, fut blessée au visage. L'épouse Nils le fut dans des circonstances analogues. Comme elle fermait sa fenêtre, Charlotte Deplis servit de cible à un soldat (2). A Boignée, les Allemands ayant pénétré dans une ferme isolée, deux femmes qui s'y trouvaient prirent la fuite et allèrent se cacher dans un champ de betteraves. Découvertes par quatre soldats, ceux-ci tirèrent sur elles et en tuèrent une. A Gilly, un soldat déchargea son fusil à bout portant sur la boulangère Anna Flémal (3). A Charleroi, Mme Gérard fut tuée d'une façon semblable dans la cour de sa maison. Parmi les victimes de Dinant n'en compte-t-on pas 73 du sexe féminin ? « Langewiller (22 août). Village détruit par le 11e bataillon de pionniers. Trois femmes pendues aux arbres : les premiers morts que j'aie vus, » note un soldat allemand (4). « C'est de la sorte que nous avons détruit huit maisons avec leurs habitants, relate-t-il un peu plus loin,

(1) *La Violation du droit des gens en Belgique*, I, p. 48.
(2) *Id.*, II, p. 138.
(3) *Id.*, p. 139.
(4) Joseph BÉDIER, *les Crimes allemands d'après des témoignages allemands*, p. 15.

Dans une seule d'entre elles furent passés à la baïonnette deux hommes avec leurs femmes et une jeune fille de dix-huit ans. La petite a failli m'attendrir, son regard était si plein d'innocence ! Mais on ne pouvait plus maîtriser la troupe excitée, car, en de tels moments, on n'est plus des hommes, on est des bêtes (1). » — « Un chasseur de Marburg, ayant placé trois femmes l'une derrière l'autre, les abattit du même coup de feu (2), » rapporte, de son côté, un officier du 178e régiment saxon. Ceci se passait aux environs de Lisognes (Ardennes belges). « 23 août. A Spontin (Belgique). Une compagnie du 107e et une du 103e reçurent l'ordre de rester en arrière pour fouiller le village, pour faire les habitants prisonniers et pour incendier les maisons. A l'entrée du village, à droite, gisaient deux jeunes filles, l'une morte, l'autre grièvement blessée (3), » inscrit le soldat Max Thomas, du 107e d'infanterie. « Nous avons sorti les femmes, et nous avons conduit les femmes au commandant et alors nous avons reçu l'ordre de fusiller les femmes, » déclare un autre, un Westphalien fait prisonnier (4). « 25 août. A 10 heures, départ pour Orelius ; arrivé à 4 heures. On fouille les maisons. Tous les civils sont arrêtés. Une femme fut passée par les armes parce qu'elle ne s'arrêta pas au commandement de *halte!* mais voulut fuir (5), » enregistre le soldat Bissinger Heinrich, du régiment de pionniers bavarois.

Et quels martyrs ! A Revigny, la Commission d'en-

---

(1) Joseph BÉDIER, *les Crimes allemands d'après des témoignages* p. 16 et 17.

(2) *Id.*, p. 18.

(3) Joseph BÉDIER, *Comment l'Allemagne essaye de justifier ses crimes*, p. 35.

(4) *Les Violations des lois de la guerre par l'Allemagne*, p. 75.

(5) *Id.*, p. 84 et 85.

quête française signale le cas d'une femme qui fut trouvée morte dans sa cave, un sein coupé, ainsi que le bras droit. Sa petite fille, âgée de onze ans, avait un pied enlevé. A Sempst, en Belgique, une femme fut frappée à coups de baïonnette, enduite de pétrole et jetée dans une maison en flammes. A Averbode, le 20 août, les uhlans aperçoivent une femme qui, prise de peur, se cache dans un fossé : ils la percent de leurs lances. A une lieue de là, à Schaffen, ils éventrent une jeune fille de vingt ans. « Je certifie, déclare, d'autre part, le docteur Rochebois, avoir vu le 11 septembre 1914, près d'une ferme incendiée, située à 3 kilomètres au nord de Neuvy-l'Abbesse et à 500 mètres à l'ouest de la voie ferrée, qui va d'Esternay à Montmirail, les corps nus de trois jeunes femmes. Ces trois malheureuses, dont les seins étaient en partie détachés, avaient été empalées sur des baïonnettes fixées au canon de fusils enterrés jusqu'au pontet. La ferme détruite avait été occupée quatre heures auparavant par des troupes saxonnes et des soldats de la garde prussienne (1). »

L'âge ni les infirmités ne les arrêtent. Le dimanche 30 août, une patrouille de hussards s'amuse à tirer, chaussée de Bruxelles à Malines, sur une vieille de soixante-quatorze ans, Catherine van Kerkove, partout où ils peuvent l'atteindre sans la tuer ! Un coup de fusil lui emporte la main droite, un autre lui déchire la joue. A Marchiennes, une femme de soixante-quatorze ans est également fusillée après avoir été traînée sur le front des troupes (2). Le général Deruette, aide de camp du roi Albert, a vu à Hofstade le cadavre

(1) *Le Journal*, 14 janvier 1915.
(2) *La Violation du droit des gens en Belgique*, II, p. 139.

d'une vieille femme percée de dix coups de baïonnette : elle tenait encore l'aiguille et le bout de fil avec
lesquels elle cousait. A Olne, les Allemands mettent
le feu à la maison de la veuve Desonay, paralytique,
qui fut massacrée ainsi que sa fille Joséphine (1). A
Triaucourt, en France, une vieille femme de soixante-
quinze ans fut si violemment frappée à coups de botte
qu'elle en mourut (2). A Diarupt, les Allemands
enlèvent de son lit une infirme, la traînent pendant un
kilomètre et l'abandonnent (3). « A Bastave, rapporte
M. Reiss, les soldats austro-hongrois ont commis un
crime sans nom que j'ai pu contrôler par l'audition
de témoins oculaires, l'inspection des lieux et par les
photographies des victimes que je possède. A l'ap-
proche des Autrichiens, les femmes et les enfants du
village s'enfuirent à la « Tuilerie ». Seules, les deux
femmes Soldatovitch, âgées de soixante-cinq et
soixante-dix ans et infirmes, restèrent, croyant que
l'ennemi, même le plus cruel, épargnerait de vieilles
femmes malades. Lorsque, après le départ des troupes,
les paysans rentrèrent au village, ils trouvèrent les
deux femmes tuées et mutilées, l'une dans le lit,
l'autre derrière la porte de leur chambre. Les seins
étaient coupés et les corps portaient de multiples
traces de coups de baïonnette ou de couteau. » Et il
ajoute : « Michel Mladenovitch dit que les femmes,
qui, suivant la coutume serbe, ont lavé les cadavres
avant de les ensevelir, ont constaté que les deux victimes ont été violées avant d'être tuées (4). »

(1) *La Violation du droit des gens en Belgique*, p. 62.
(2) *Journal officiel* du 8 janvier 1915, p. 122.
(3) *Les Violations des lois de la guerre par l'Allemagne*, p. 62 et 63.
(4) R.-A. Reiss, *Comment les Austro-Hongrois ont fait la guerre
en Serbie*, p. 35 et 36.

Mêmes raffinements vis-à-vis des vieillards. Le consul général de Grande-Bretagne à Anvers, M. Edward Hertslet, déclare avoir vu le 26 août, non loin de Malines, un vieillard suspendu par les bras à une poutre du plafond de sa ferme, le corps complètement carbonisé (1). A Andenne, un soldat allemand se précipite sur un vieil homme de quatre-vingts ans et le frappe de sa hache dans le cou, son grand âge ne lui ayant pas permis de lever les bras comme il en avait reçu l'ordre (2). Au faubourg de Neffe, à Dinant, un vieux de soixante-cinq ans, sa femme, son fils et sa fille sont fusillés contre un mur (3). A Surice, le vieux chantre de la paroisse, Charles Colot, qui était sur le pas de sa porte, fut fusillé ; après quoi, les soldats le roulèrent dans une couverture à laquelle ils mirent le feu (4). A Warsage, un vieillard fut lié à la roue d'un caisson. « On serrait les liens au point de faire crier le patient ; je ne me suis pas retourné afin de ne pas voir cette horrible torture, raconte un témoin ; mais j'entendais les gémissements de la victime ; parfois elle voulait parler, elle criait qu'elle n'avait pas vu de blessés allemands ; mais des coups de crosse cruellement appliqués le forçaient au silence (5). » Toujours à Warsage, un octogénaire qui se trouvait sur le pas de sa porte fut fusillé (6). A Dinant, les Allemands obligent un autre octogénaire à tenir constamment les bras levés (7). Aux environs de Molenstede, un vieux de quatre-vingt-dix-huit

(1) *La Violation du droit des gens en Belgique*, I, p. 49.
(2) *Id.*, p. 130.
(3) *Id.*, p. 143.
(4) *Id.*, p. 145 et 146.
(5) *Id.*, t. II, p. 39.
(6) *Id.*, II, p. 47.
(7) *Id.*, p. 92.

ans est lié à un tronc d'arbre et brûlé vif. A Héraut, un octogénaire a le crâne ouvert. A Monlaud, un avocat de Liége raconte avoir déterré le cadavre d'un vieil homme enterré vivant la veille. A Triaucourt, en France, un vieillard fut jeté dans les flammes d'une maison qui brûlait. De Varreddes un vieillard de soixante-treize ans est traîné jusqu'au village de Coulombs, quand, ne pouvant plus marcher, le malheureux est frappé d'un coup de baïonnette au front et d'un coup de revolver au cœur (1). A Rebais, un vieillard de soixante-dix-neuf ans a reçu de multiples coups de poing sur la tête et un coup de revolver lui a éraflé le front (2). A Champuis, un septuagénaire, nommé Jacquemin, fut attaché sur son lit par un officier et laissé sans nourriture pendant trois jours. Il est mort peu de temps après (3). A Lamath, le 24 août, les Bavarois fusillèrent un autre septuagénaire qui, devant sa porte, satisfaisait un besoin naturel (4). A Jaulgonne, le sieur Rempenault, âgé de quatre-vingt-sept ans, a été trouvé, dans les champs, percé d'une balle (5). Le jour de leur arrivée à Raon-l'Étape, les Allemands, enfin, ont tué d'un coup de feu un vieillard de soixante-quinze ans, M. Richard, qui regardait par sa fenêtre (6). En Pologne, à Andrief, les Allemands, mécontents de n'avoir reçu de l'échevin, âgé de soixante-dix ans, que peu d'argent, l'enferment dans sa maison et y mettent le feu. En Serbie, le lieutenant Draguicha Stoiadinovitch rapporte qu'il

(1) *Journal officiel* du 8 janvier 1915, p. 119.
(2) *Id.*, p. 120.
(3) *Id.*, p. 120.
(4) *Id.*, p. 127.
(5) *Id.*, p. 131.
(6) *Les Violations des lois de la guerre par l'Allemagne*, p. 66.

a vu au village de Zoulkovitch deux vieillards tués
devant la porte d'une petite maisonnette (1). Milan
Despotovitch, qui est âgé de soixante-cinq ans, déclare
avoir été lié avec trois autres hommes de plus de
soixante ans et un garçon de treize ans, et emmené
au village de Schor où on les plaça à côté d'une
maison en feu. Comme ils priaient leurs bourreaux de
les achever tout de suite, ceux-ci répondirent qu'ils
voulaient les martyriser d'abord. Mais, les flammes ne
les ayant pas atteints, les soldats tuèrent les compagnons de Despotovitch à coups de baïonnette (2).

Le charme de l'enfant n'est pas mieux pour attendrir ces brutes. Non loin de Malines, M. Edward
Hertslet déclare avoir vu, à côté du cadavre de vieillard dont nous avons parlé, un enfant de quinze ans,
les mains attachées derrière le dos, le corps complètement lardé de coups de baïonnette. Parmi les victimes
de Bouxhe-Melen se trouvent quatre fillettes âgées
de moins de treize ans. A Andenac, un témoin a vu un
petit garçon de quatorze ans le corps transpercé (3).
A Monceau-sur-Sambre, un enfant de huit ans a été
massacré avec son père. A Werchter, le 27 août,
M. Vincent Ernsta perçut, sous un pont, flottant sur
l'eau, le cadavre d'une petite fille d'une douzaine
d'années. Près de Malines, le comte H. de Hemptinne
ramasse le corps d'un garçon de moins de quatorze ans.
A Hofstade, le général Deruette déclare avoir rencontré le cadavre d'un enfant qui avait été tué au
moment où il demandait grâce. A Bantheville, le jeune

(1) A.-R. REISS, *Comment les Austro-Hongrois ont fait la guerre en
Serbie*, p. 22.
(2) *Id.*, p. 28.
(3) *La Violation du droit des gens en Belgique*, II, p. 124.

Miguel, âgé de quinze ans, qui s'était caché derrière
un tas de fagots pour n'être pas arrêté, reçut du soldat qui le découvrit un violent coup de sabre qui lui
fendit les lèvres ; puis, comme il essayait de se sauver tandis qu'on l'emmenait, il se heurta à une senti-
nelle qui, d'un coup de baïonnette, lui enleva une
phalange de la main gauche. A Pin, près d'Izel, les
uhlans font courir deux jeunes gens, les bras liés,
entre leurs chevaux galopant. Leurs cadavres furent
trouvés une heure après dans un fossé : ils avaient les
genoux « littéralement usés » ; l'un avait la gorge coupée et la poitrine ouverte, les deux avaient du plomb
dans la tête. A Schaffen, un adolescent est attaché
sur un volet arrosé de pétrole et brûlé vif. A Sempst,
les soldats qui marchent sur Anvers s'emparent du
couteau d'un boucher, saisissent un petit domestique,
lui coupent les jambes, puis la tête, et le rôtissent
dans une maison qui flambe. Enfin, à Dobritch, en
Serbie, K. X..., du 16e régiment d'infanterie, a vu
des soldats du 38e régiment hongrois tuer à coups
de baïonnette onze ou douze enfants de six à douze
ans (1). Comme Michaïlo Tarlanovitch, âgé de seize
ans, était dans la rue à l'arrivée des soldats austro-
hongrois dans Chabatz, l'un d'eux le blessa d'un
coup de baïonnette, après quoi les autres s'acharnèrent
sur lui (2).

Les tout petits eux-mêmes ne sont pas à l'abri de la
fureur sanguinaire des soldats allemands. Parmi les
victimes de Dinant, on compte trente-neuf enfants
des deux sexes de six mois à quinze ans. A Andenne,
un tout jeune enfant fut tué à coups de hache dans les

(1) R.-A. REISS, *Comment les Austro-Hongrois ont fait la guerre en
Serbie*, p. 19.
(2) *Id.*, p. 28.

bras de sa mère (1). A Micheroux, le petit Pierre Gorrès, nourrisson de sept semaines, est arraché par un soldat des bras de la personne qui le porte et jeté à terre. Son cadavre a été retrouvé le lendemain (2). A Farciennes, trois enfants, dont l'un n'avait que cinq mois, furent massacrés (3). A Nomény, les Allemands ont tiré sur un enfant de deux ans. « J'ai vu l'enfant, vêtu d'une robe rayée rouge et blanc ; il est tombé raide mort », dépose un témoin (4). « A Ans, raconte un Liégeois, je vis un petit garçon de six ans, muni d'un petit fusil. Il criait : « Gare ! Feu ! » Un soldat voyant ce gamin jouer à la guerre le tua d'une balle à deux mètres. » En Serbie, M. Reiss a constaté le massacre de bébés de deux mois. Au nombre des cent neuf otages de Lechnitza, qui furent fusillés devant leur fosse, il y avait des enfants de moins de huit ans. Le lieutenant serbe Draguicha Stoiadinovitch rapporte avoir trouvé dans la cour d'une maison du village de Zoulkovitch le corps d'un garçonnet de quatre ans qu'on avait jeté là après l'avoir tué. M. Reiss s'étant fait ouvrir, à Preniavor, une fosse commune, qui contenait environ vingt cadavres, vit, presque à fleur de terre, le bras d'un enfant de deux à trois ans portant encore un pauvre bracelet de perles en verre (5). Un réfugié belge a déposé devant la Commission d'enquête anglaise avoir rencontré, à Dinant, une petite fille de sept ans blessée à une jambe d'un coup de baïonnette, l'autre jambe brisée.

(1) *La Violation du droit des gens en Belgique*, I, p. 140.
(2) *Id.*, II, p. 54.
(3) *Id.*, p. 139.
(4) *Les Violations des lois de la guerre par l'Allemagne*, p. 129.
(5) *Comment les Austro-Hongrois ont fait la guerre en Serbie*, p. 33.

En France, à Vingras, une fillette de huit ans fut précipitée dans les flammes avec ses parents, dont la ferme fut incendiée. A Triaucourt, un bambin de deux ans fut également brûlé vif. « J'ai vu ce matin, note Paul Spielmann, le soldat de la garde prussienne dont nous avons déjà lu l'aveu, quatre petits garçons emporter sur deux bâtons un berceau où était le cadavre d'un enfant de cinq à six mois... Et j'ai vu aussi une maman avec ses deux petits, et l'un avait une grande blessure à la tête et un œil crevé (1). »

Ne respectant ni les femmes, ni les vieillards, ni les enfants, les Allemands ne respectent pas davantage la vie des prisonniers de guerre. Ils ont, à maintes reprises, violé ouvertement l'article 23 du Règlement· de La Haye qui interdit « de tuer ou de blesser un ennemi qui, ayant mis bas les armes ou n'ayant plus les moyens de se défendre, s'est rendu à discrétion ». Vingt-sept prisonniers belges faits à Aerschot furent ainsi conduits devant deux compagnies allemandes et abattus à coups de fusil. Un témoin raconte que, s'étant jeté à terre pour contrefaire le mort, un soldat s'approcha de lui et, voyant qu'il vivait, s'apprêtait à l'achever en lui tirant un coup de feu, quand un officier intervint qui, en disant qu'une balle était de trop, ordonna de le jeter dans le Démer, d'où il parvint à se sauver après une nuit passée dans l'eau (2). Un carabinier cycliste belge tombé entre les mains des Allemands, à la bataille d'Orsmael, fut trouvé pendu à une haie (3).

(1) Joseph BÉDIER, *Les Crimes allemands d'après des témoignages allemands*, p. 8.
(2) *La Violation du droit des gens en Belgique*, I, p. 65.
(3) *Id.*, p. 94.

Après l'attaque par les Allemands du pont de Dixmude, le corps du sous-lieutenant Camille Poncin a été retrouvé percé de balles. On l'avait lié, au moyen d'un fil de fer enroulé une dizaine de fois autour des jambes, à la hauteur des chevilles, et fusillé (1). A Esneux, les Allemands ont de même fusillé, près du pont, trois soldats belges prisonniers (2). A Saint-Dié, trente soldats français du 99ᵉ régiment d'infanterie ayant été surpris dans une cave, se rendirent après avoir mis bas les armes. Les Allemands les firent d'abord mettre à genoux dans le jardin ; ensuite, ils les placèrent devant la maison à un mètre du mur, face à la route, et, dans cette position, les criblèrent de balles (3). S'étant repliés près de la tranchée de Calonne, ils en firent autant, après leur avoir ordonné de se coucher à terre, d'une quinzaine de prisonniers français qu'ils avaient avec eux (4). Le 23 septembre, cinquante ou soixante soldats du 254ᵉ régiment d'infanterie et un adjudant ayant été capturés aux environs de Mouilly, un capitaine allemand les désarma et de son revolver brûla la cervelle de l'adjudant. Ce fut le signal du massacre. Sur l'ordre du capitaine, les soldats tirèrent à bout portant sur les Français. Pas un n'eut la vie sauve (5). Le 22 août, trois sections de la 3ᵉ compagnie du 67ᵉ de ligne ayant été prises par les Allemands, ceux-ci massacrèrent leurs prisonniers à coups de fusil et à coups de crosse. Ils firent de même d'une section du 14ᵉ de ligne. Un soldat du 38ᵉ régiment prussien de réserve déclare que le lieu-

(1) *La Violation du droit des gens en Belgique*, p. 96.
(2) *Id.*, II, p. 64.
(3) *Les Violations des lois de la guerre par l'Allemagne*, p. 34.
(4) *Id.*, p. 37.
(5) *Id.*, p. 39.

tenant Nering leur donna l'ordre de fusiller dix-huit prisonniers qu'ils avaient faits, vu qu'il ne savait, disait-il, où mettre ce monde-là (1). Un autre soldat du même régiment raconte que, comme on avait amené au lieutenant Kaps six prisonniers à évacuer, il donna l'ordre à deux escouades de les placer, les yeux bandés, contre des arbres et de les exécuter. Le lieutenant Kaps commanda lui-même le feu de salve (2). Enfin, le soldat Lafleur, du 21e régiment d'infanterie coloniale, dépose que, prisonnier, il fut amené devant un lieutenant du 69e bavarois, qui le fit désarmer et mettre au garde à vous. Puis, après l'avoir fouillé et lui avoir volé son porte-monnaie, qui contenait 62 francs, ainsi que tous ses papiers personnels, il lui tira à bout portant dans la figure une balle qui pénétra près de l'aile gauche du nez, traversa la voûte palatine et ressortit sous l'oreille droite en lui brisant la mâchoire (3). Pareillement, à Iovanovatz, près de Chabatz, cinquante soldats serbes qui s'étaient rendus aux Autrichiens après leur avoir remis leurs armes, furent massacrés dans l'intérieur d'une maison (4). Sur ces faits, nous avons non seulement des dépositions de soldats allemands ; nous avons encore leurs lettres. « En campagne, 16 septembre 1914. La France sera bientôt finie, car ils n'ont plus d'hommes, écrit l'un d'eux. Maintenant ils sont tués (fusillés) sur-le-champ, car nous en avons tant pris que nous ne savons plus où les mettre (5). » Non contents de tuer

---

(1) *Les Violations des lois de la guerre par l'Allemagne*, p. 48.
(2) *Id.*, p. 48.
(3) *Id.*, p. 42.
(4) R.-A. Reiss, *Comment les Austro-Hongrois ont fait la guerre en Serbie*, p. 15.
(5) *Les Violations des lois de la guerre par l'Allemagne*, p. 55.

leurs prisonniers, très souvent les Allemands les torturent. Le soldat Lootens, chargé de relever les blessés
après le combat livré aux environs de Sempst, aperçut
deux soldats belges liés à un arbre. Ils portaient encore
leurs effets, mais leur veste ouverte permettait de constater qu'on leur avait ouvert le ventre. Les entrailles
en sortaient. Le 11 septembre 1914, le nommé Burne,
du 24e régiment de ligne, a déclaré que, capturé par les
Allemands près d'Aerschot, ceux-ci, pour l'obliger à
parler, lui plongèrent les mains dans une marmite d'eau
bouillante. Le médecin Thomé, attaché au 24e de ligne,
a témoigné que l'intéressé portait encore des traces
de brûlures. Burne, enfin, déclare avoir vu supplicier
deux de ses camarades : l'un, parce qu'il s'était révolté,
fut appréhendé par les Allemands, qui, tandis qu'ils
ui tenaient bras et jambes, lui tordirent le cou jusqu'à
la mort ; le second eut un doigt coupé (1).

Leurs blessures ne protègent pas les prisonniers.
Entre Impde et Wolverthen, deux blessés belges qui
étaient couchés près d'une maison en flammes furent
jetés dans le brasier (2). Le 16 août, des soldats français, blessés la veille à la bataille de Dinant, ont été
retrouvés la tête fracassée à coups de crosse. Le
23 août, à Namur, les Allemands, après avoir fait
sortir les blessés allemands de la clinique du docteur
Bribosia, transformée en ambulance, tuèrent deux
soldats belges et deux soldats français qui étaient
soignés en même temps qu'eux ; après quoi, ils mirent
le feu à l'ambulance (3). Le 15 août, à Hofstade, un
soldat belge, appartenant à un régiment de carabiniers
et qui était légèrement blessé, eut le crâne défoncé.

(1) *La Violation du droit des gens en Belgique*, I, p. 95.
(2) *Id.*, p. 49.
(3) *Id.*, p. 94.

Pareillement, sur les vingt-deux soldats de la même arme trouvés morts dans un petit bois à droite de la route Malines-Tervueren, dix-huit avaient été achevés à coups de baïonnette dans le crâne (1). Le 25 août, à 4 heures de l'après-midi, une infirmière a vu à Eppeghem un soldat allemand achever à coups de crosse sur la tête un soldat belge blessé légèrement au bas de la figure (2). De nombreux soldats, laissés pour morts sur le champ de bataille, ont affirmé avoir vu ainsi les Allemands achever les blessés. « Des Allemands arrivent à plusieurs vers nous en criant : *Si leben noch!* raconte le caporal Léopold Devis. Je fermai instinctivement les yeux et j'entendis un coup de feu ; le soldat Goidsnoven avait reçu une balle dans la tête. J'étais couché sur le ventre, ma coiffure enfoncée sur la tête et le bras sur les tempes. Des soldats allemands m'ont tiré un coup de fusil qui a traversé mon schako et m'a éraflé le sommet du crâne (3). » Le soldat Joseph Ecran a été victime d'un attentat analogue : « ... Deux soldats, dit-il, au bout d'un certain temps sont venus, qui ont commencé par retourner le cadavre d'un de mes camarades et m'ont retourné moi-même. L'un d'eux, m'ayant donné un coup de crosse sur le ventre avec mon fusil qu'ils avaient ramassé, ils ont vu que je vivais. L'un d'eux dit en allemand : « Il vit encore », et, armant mon fusil, il me tire un coup à travers la figure (4). » Le soldat Pierre Mertens a vu le 18 août, à Op-Linter, les Allemands assommer à coups de sabre un commandant blessé. Un civil affirme même avoir vu, à Ham-sur-Sapt, des soldats allemands jeter

(1) *La Violation du droit des gens en Belgique*, p. 94.
(2) *Id.*, p. 95.
(3) *Id.*, II, p. 130.
(4) *Id.*, p. 130.

trois zouaves dans une maison en feu. Le rapport de la Commission d'enquête française est rempli de faits semblables. Le 16 août, le soldat Vincent, du 21ᵉ de ligne, a trouvé, à proximité d'un village situé sur la frontière d'Alsace, le cadavre d'un de ses camarades du 17ᵉ percé de coups de baïonnette. Une balle lui ayant fracturé la cuisse, des Bavarois s'étaient avancés, l'avaient achevé avec sa propre baïonnette, puis la lui avaient enfoncée dans la bouche. Resté depuis la veille sur le champ de bataille où il était tombé, le soldat Alliguet, du 95ᵉ de ligne, aperçut un officier allemand qui, accompagné d'un soldat et armé d'un revolver, parcourait le champ de bataille, massacrait tous les Français qui donnaient signe de vie. Lui-même reçut une balle dans la joue gauche. Le soldat Romeu, du 24ᵉ d'infanterie coloniale, atteint de deux balles près de Beaumont, venait de se coucher par terre quand il vit des soldats ennemis prendre par les oreilles deux de ses camarades et leur enfoncer leur baïonnette en pleine poitrine, tandis que les victimes poussaient des cris déchirants. « Le 22 août 1914, vers 2 heures du soir, dépose le sieur Houillon, cultivateur à Benviller, neuf blessés, dont un caporal fourrier du 81ᵉ régiment d'infanterie, sont arrivés chez moi. Je les ai fait coucher dans ma grange en attendant des secours ; mais, environ vingt minutes après, une compagnie d'infanterie allemande est arrivée. Le capitaine, en voyant ces soldats français, a ordonné à quatre de ses hommes de les achever d'un coup de fusil dans l'oreille. Aussitôt, cet ordre a été mis à exécution et ces pauvres blessés ont été passés par les armes, puis ils ont laissé ces cadavres dans ma grange (1). » Paralysé par un éclat

(1) *Les Violations des lois de la guerre par l'Allemagne*, p. 32 et 33.

d'obus, le soldat Godefroy, du 39e régiment d'infanterie, eut les pieds broyés par les troupes allemandes.
Les doigts, complètement écrasés, avaient éclaté et
formaient une bouillie sanglante, coagulée en une seule
masse noirâtre et violette (1). Tout de même, le cadavre du soldat Ancel a été retrouvé le crâne en
bouillie et la cervelle répandue. Du visage, dont une
oreille avait été coupée, il ne restait plus forme
humaine. Le malheureux avait eu la tête brisée à
coups de talon (2). « A l'hôpital de Nancy, rapporte,
enfin, la Commission d'enquête française, nous avons
vu le soldat Voyer, du ..e régiment d'infanterie, qui
porte encore les traces de la barbarie allemande. Grièvement blessé à la colonne vertébrale, en avant de la
forêt de Champenoux, le 24 août, et paralysé des
deux jambes par suite de sa blessure, il était resté
étendu sur le ventre, quand un soldat allemand l'avait
brutalement retourné avec son fusil, et lui avait porté
trois coups de crosse sur la tête. D'autres, en passant
auprès de lui, l'avaient également frappé à coups de
crosse et à coups de pied. Enfin, l'un d'eux lui avait,
d'un seul coup, fait une plaie au-dessous et à trois
ou quatre centimètres de chaque œil, à l'aide d'un
instrument que la victime n'a pas pu distinguer,
mais qui, d'après l'opinion du docteur Weiss, médecin
principal et professeur à la Faculté de Nancy, devait
être une paire de ciseaux. »

A Preglevska-Tzerkva, les soldats hongrois ont, pour
leur part, égorgé les blessés serbes avec leurs couteaux
et leurs baïonnettes. Ils en firent autant partout.
On possède même la photographie d'un jeune soldat

---

(1) *Les Violations des lois de la guerre par l'Allemagne*, p. 41.
(2) *Id.*, p. 43.

serbe blessé auquel les Autrichiens ont arraché la peau du maxillaire inférieur.

Que le meurtre des blessés ait été commandé, cela ne fait pas de doute : partout il s'est accompli sous les yeux et avec la participation des officiers. Les carnets des soldats allemands en font foi. « Il ne doit être fait aucun quartier aux turcos blessés, » porte celui du vice-feldwebel Bruchmann, du 146e régiment d'infanterie (1). « Ceux qui étaient grièvement blessés, d'un coup à la tête ou aux poumons, etc., et qui ne pouvaient plus se mettre debout, reçurent une balle de plus qui mit fin à leur vie. C'était d'ailleurs l'ordre qui nous avait été donné, » nous confie le réserviste Fahlenstein, du 34e fusiliers (2). « Les mutilations de blessés sont à l'ordre du jour, » consigne le soldat Paul Glöde, du 9e bataillon de pionniers (3). « Le capitaine nous fit faire le cercle et dit : « Dans le « fort que nous avons à prendre il y a, selon toute vrai- « semblance, des Anglais. Mais je désire ne voir dans la « compagnie aucun prisonnier anglais. » Un bravo général fut la réponse, » lit-on dans le carnet du sous-officier Göttsche, du 85e régiment d'infanterie (4). Nous possédons, du reste, l'ordre du jour du général Stenger, commandant la 58e brigade allemande : « A partir d'aujourd'hui, il ne sera plus fait de prisonniers. Tous les prisonniers seront massacrés. Les blessés, en armes ou sans armes, massacrés. Même les prisonniers déjà groupés en convois seront massacrés. Derrière

---

(1) *Les Violations des lois de la guerre par l'Allemagne*, p. 50.
(2) *Id.*, p. 51.
(3) Joseph BÉDIER, *les Crimes allemands d'après des témoignages allemands*, p. 38.
(4) Joseph BÉDIER, *Comment l'Allemagne essaye de justifier ses crimes*, p. 44.

nous, il ne restera aucun ennemi vivant. Le lieutenant en premier commandant la compagnie, Stoy ; le colonel commandant le régiment, Menbauer ; le général commandant la brigade, Stenger (1). » Aussi bien, « l'ordre est venu de la brigade de fusiller tous les Français. blessés ou non, qui nous tomberont entre les mains. On ne doit faire aucun prisonnier, » nous apprend le réserviste Reinhard Brenneisen, de la 4e compagnie du 112e régiment (2).

La cruauté allemande ne s'est même pas toujours inclinée devant le dévouement du personnel sanitaire auquel, cependant, les articles 6 et 9 de la Convention de Genève, renouvelée le 6 juillet 1906, auraient dû assurer la protection de tous les belligérants. C'est ainsi qu'à Aerschot un ambulancier de la Croix-Rouge rapporte que les troupes allemandes ont tiré sur lui malgré son brassard. Le 19 août 1914, un officier le prit par la tête et lui appuya sur le front le canon de son revolver. Dans la soirée du même jour, un brancardier, fils du receveur communal, lui aussi portant les insignes de la Croix-Rouge, fut tué rue de l'Hôpital (3). Le 19 août 1914, à Aerschot, des ambulanciers, revêtus du costume ecclésiastique, ont essuyé pareillement des coups de feu de la part des troupes allemandes, alors qu'ils ramassaient des blessés et bien qu'ils eussent montré leurs insignes. A Lovenjoul, les Allemands ont arraché à trois ambulanciers leur brassard qu'ils ont jetés à terre. Arrêtés, frappés et injuriés, puis relâchés, ils ont dû déposer sept fois le blessé

(1) Joseph BÉDIER, *les Crimes allemands d'après des témoignages allemands*, p. 29.
(2) *Les Violations des lois de la guerre par l'Allemagne*, p. 46.
(3) *La Violation du droit des gens en Belgique*, I, p. 45.

qu'ils portaient, les Allemands ayant dirigé sur eux le feu de leurs mitrailleuses (1). Le 22 août, le caporal infirmier Lefort, du 104ᵉ, étant resté avec quelques-uns de ses hommes près de la gare d'Ethe, après la retraite de son régiment, fut surpris par une compagnie appartenant, croit-il, au 6ᵉ régiment d'infanterie bavarois, alors qu'il venait d'enlever d'un hangar plusieurs blessés pour les transporter à la mairie. Le commandant, sous prétexte que les infirmiers étaient trop nombreux, en prit douze qu'il emmena. Quelques instants après, Lefort entendit une fusillade. S'étant rendu sur les lieux, il constata que soixante soldats français, dont vingt-cinq infirmiers ou brancardiers, avaient été fusillés. Le même jour, les Allemands incendièrent le hangar sous lequel se trouvaient encore les blessés qu'on n'avait pas eu le temps de transporter.

Les médecins ne furent pas mieux traités. Le 22 août 1914, après la bataille de Mercy-le-Haut (Meurthe-et-Moselle), le médecin auxiliaire Mozer, qui avait passé une partie de la journée à donner ses soins, essuya, dans la soirée, le feu d'une patrouille ennemie. S'étant abrité derrière une voiture, il tenta de s'expliquer en allemand, quand une voix lui dit en français : « Levez-vous et venez. » Il obéit et se trouva en face d'un sous-officier qui le conduisit devant un capitaine qui lui ordonna de le précéder pour entrer dans une maison. Mais comme, en arrivant près de la porte, le capitaine commandait au médecin de tourner la tête, celui-ci sentit sur sa tempe gauche le canon d'un revolver. S'étant retourné pour demander si ce qu'il croyait être une mauvaise plaisanterie allait cesser, un coup partit. Atteint derrière l'oreille gauche par une

---

(1) *La Violation du droit des gens en Belgique*, p. 97 et 98.

balle qui ressortit au-dessous de l'œil droit, M. Mozer tomba sur le sol, souffrant affreusement et crachant le sang, cependant que son agresseur continuait à le viser en lui ordonnant de ne pas bouger, quand un autre officier survint qui mit fin à cette scène. M. Tschoffen rapporte, de son côté, avoir vu un officier allemand tirer un coup de feu, à travers la fenêtre du bureau directorial de la prison de Dinant, sur un médecin en train de panser les blessés (1). Le 26 août, M. Morillon, médecin-major, s'étant porté avec quatre infirmiers et l'aumônier Fourneau vers le pont de la gare de Cambrai pour secourir un capitaine et un soldat blessés, les Allemands, qui étaient sur le toit de la gare, laissèrent ceux-ci approcher, puis, soudain, ouvrirent le feu. Le 26 août 1914, vers 3 heures, sur la route de Wechter à Hœcht, une voiture, avec fanion de la Croix-Rouge, qui transportait trois blessés, fut attaquée par des Allemands ; de nombreux coups de feu ayant été tirés, une balle traversa la carrosserie et transperça les jambes de deux blessés qui se trouvaient dans l'automobile (2). Trois cents blessés environ ayant été recueillis au château de Gomery, le 22 août 1914, une patrouille de uhlans se présente à la grille du parc. Sur l'ordre de l'officier qui la commande, le docteur Dutheil, médecin-aide-major du 14e régiment de hussards, et l'étudiant en médecine Duflos sont saisis brutalement, jetés à terre et conduits au village voisin les mains liées derrière le dos, entre des uhlans qui leur braquent le revolver sur la tempe, après quoi on les réintègre. Mais arrive une nouvelle patrouille sous la conduite d'un sous-officier

---

(1) *La Violation du droit des gens en Belgique.* II, p. 89.
(2) *Id.*, I, p. 98.

qui tire un coup de revolver sur le docteur Sédillot, médecin-major du 26ᵉ régiment d'artillerie. Ayant réussi à faire dévier l'arme, ce dernier reçoit la balle dans l'épaule et s'échappe. Mais, pendant qu'il fuit, deux nouveaux coups de feu l'atteignent, l'un au bras gauche, l'autre à la jambe droite. C'est le signal d'un massacre général : les Allemands tirent de tous côtés, ils blessent le brancardier Bourgis et tuent le médecin auxiliaire Vaissière, occupés tous deux à un pansement, pendant que d'autres jettent dans la pièce de la paille enflammée. Caché dans le potager, le brancardier Bourgis voit alors un lieutenant, amputé d'une jambe le matin même, sauter du premier étage pour tâcher d'échapper à l'incendie. Repris au bout de vingt minutes, Bourgis est obligé de traverser la grange remplie de blessés et déjà toute en feu. On le conduit au mur du cimetière devant le peloton d'exécution. Là, il voit passer un premier groupe de ses camarades, parmi lesquels il reconnaît le brancardier Gresse ; collé au mur et soumis à la fusillade, il n'échappe qu'en contrefaisant le mort. Pendant ce temps, le médecin-major de Charette est tué. On évalue à trois cents le nombre des hommes blessés ou non qui ont péri dans l'incendie et à cent ou cent vingt celui des militaires fusillés au cimetière durant cet horrible drame (1).

Mais il y a mieux : les Allemands ne font même pas grâce à qui leur prodigue ses soins. Le 22 août, près de Saint-Médard en Belgique, le capitaine Coustre, du 108ᵉ régiment d'infanterie, donnait à boire à un Allemand blessé qui le tua net d'un coup de revolver dans la poitrine. Le même jour, aux environs de Neuf-

---

(1) *Les Violations des lois de la guerre par l'Allemagne*, p. 143-148.

château, un officier ennemi blessé demande à boire au
capitaine Le Sourd, du 50ᵉ de ligne : au moment où
celui-ci se penchait pour lui présenter son quart, l'officier allemand lui brûla la cervelle. Dans le courant
du mois de septembre, enfin, pour nous en tenir à ces
trois cas, le soldat Dejean, aide-pharmacien incorporé
au 341ᵉ, ayant rencontré pendant le combat un officier
allemand blessé, s'empresse de le secourir ; or, au
moment où il s'apprêtait à le panser, ce dernier lui
tira un coup de revolver dans le bras.

De pareils faits dénotent une méchanceté qui prend
plaisir à s'exercer et, pour tout dire, une indéniable
tendance au sadisme. Cela est d'autant moins discu-
table que les villes à demi consumées servirent de
cadres aux pires orgies. A Louvain, au milieu des
ruines, circulent des soldats ivres, des bouteilles de
vin et de liqueurs sous le bras. Les officiers eux-
mêmes, au milieu des rues où pourrissent les cadavres,
sont assis dans des fauteuils autour des tables et
boivent (1). A Tamines, pendant que l'on jette dans la
grande fosse creusée pour les recevoir les cadavres
des civils fusillés, et cela sous les yeux de leurs femmes
amenées tout exprès, sur la place entourée des ves-
tiges encore fumants des maisons qui viennent d'être
brûlées, soldats et officiers s'abreuvent de champagne.
A Andenne, où trois cents maisons ont été incendiées
et où trois cent vingt bourgeois ont péri, ils organisent
sur la grand'place un banquet qu'ils baptisent *pardon
d'Andenne* et auquel ils obligent les autorités locales
à assister. Partout, dans les maisons dévastées et
pillées, les officiers consomment du champagne parmi

_____

(1) *La Violation du droit des gens en Belgique,* I, p. 51 et 52.

les cadavres. Des airs de valse se mêlent au râle des mourants. Tuer et détruire est, pour ces brutes déchaînées, une véritable volupté. A Dinant, des soldats allemands, qui assistent du haut d'une terrasse au massacre de malheureux civils, rient aux éclats (1). La vue des cadavres de leurs ennemis leur plaît. Après avoir massacré, à Battice, quelques douzaines d'habitants, ils n'en permirent l'inhumation que huit jours plus tard. Aussi bien, partout où passent les armées germaniques, elles ne se contentent pas de piller, de tuer et de détruire : elles souillent. Qu'on lise la description des traces laissées par leur passage dans une maison que M. Pierre Orts, le secrétaire de la Commission d'enquête belge, a visitée : « J'ai parcouru, dit-il, les divers étages. Partout le mobilier bouleversé, éventré, souillé d'une façon ignoble. Les papiers de tenture pendent en lambeaux le long des murs, les portes des caves sont enfoncées, les armoires, les tiroirs, tous les réduits ont été crochetés et vidés. Le linge, les objets les plus disparates jonchent le sol, en même temps qu'un nombre incroyable de bouteilles vides. » Dans une autre demeure, qu'une inscription recommandait de ne pas piller et où furent logés des officiers, le spectacle était le suivant : « Dès le seuil, une odeur fade de vin répandu attirait l'attention sur des centaines de bouteilles vides ou brisées qui encombraient le vestibule, l'escalier et jusqu'à la cour. Dans les appartements régnait un désordre inexprimable ; je marchais sur un lit de vêtements déchirés, de flocons de laine de matelas éventrés. Partout des meubles béants et dans toutes les chambres, à côté du lit, encore des bouteilles vides. La salle à manger était

(1) *La Violation du droit des gens en Belgique*, I, p. 92.

encombrée de douzaines de verres qui couvraient la table et les guéridons qu'entouraient des fauteuils lacérés ; tandis que, dans un coin, un piano au clavier maculé semblait avoir été défoncé à coups de botte. » Il en fut de même partout où les officiers allemands élurent domicile. Ils allèrent jusqu'à déposer leurs excréments en plein salon, dans des coupes de cristal ou autres objets précieux. Les Allemands n'ont même pas respecté les morts. C'est ainsi que dans les cimetières des environs de Saint-Quentin ils ont ouvert plusieurs tombes. « Dans le cimetière de Carlepont, note la Commission d'enquête française, la porte de la chapelle sépulcrale de la famille suisse de Graffenried de Villars a été enlevée. Il n'en reste que les paumelles en cuivre. Une pierre du caveau a été descellée, et par l'orifice ainsi pratiqué, on aperçoit des ossements. La tombe de la famille Caillé a été également profanée. La pierre qui la recouvre est brisée et des restes humains sont à découvert... » « Tous ces dégâts, fait observer la Commission d'enquête, sont à n'en pouvoir douter, le résultat d'entreprises criminelles, car on ne voit sur les sépultures ou à leurs abords aucune trace de bombardement. »

Ce besoin de profanation explique le particulier acharnement de la soldatesque teutonne contre les membres du clergé. « Comme otages sont placés en première ligne les prêtres, les bourgmestres et les autres membres de l'administration, » spécifie à Grivegnée un placard affiché sur les murs. « Nous avons expédié trois cents Belges en Allemagne, écrit un officier ; parmi eux se trouvent vingt et un curés. » Tandis que le cardinal Mercier se lamente sur les nombreuses paroisses de son diocèse qui ont été privées de leur pasteur, l'évêque de Verdun nous apprend

que quarante de ses clercs ont été transportés dans les
prisons d'Allemagne. Et après quel voyage ! « Nous
arrivons à Aix-la-Chapelle, dépose un vieux prêtre.
Pendant une heure, les militaires viennent nous insulter
et nous menacer. Un officier vient cracher à la figure
du curé de Rotselaer... » Aucune injure n'est épargnée
aux ecclésiatiques. A Campenhout, le vicaire est
emmené, après avoir été obligé, attaché à une char-
rette, de faire le tour de la paroisse au pas de course.
A Gondrecourt, le curé est ligoté ; à Pillon, il est
contraint de rester deux heures tête nue sous un soleil
de plomb, pendant que sa paroisse et sa maison
flambent et qu'on l'abreuve de gros mots ; à Montigny-
sur-Sambre, deux prêtres reçoivent en pleine figure
des bouteilles vides et des os. A Louvain, le docteur
Noël, professeur à l'Université, le curé de Saint-Joseph
et le recteur des missions Schent-Weld furent arrêtés
au moment où ils s'enfuyaient de la ville en flammes
et enfermés complètement nus dans une étable à
porcs. D'autres prêtres servent de boucliers. Ni leurs
fonctions charitables, ni leurs dignités, ni l'âge ne les
protègent. L'abbé Vilbert, curé de Lesbœufs, est brutalement arraché sur la place de la Commune du
chevet des blessés et obligé de marcher sous la menace
des revolvers. Le cardinal Mercier est mis aux arrêts,
l'évêque de Namur est appréhendé en pleine rue et
l'évêque de Tournai emprisonné, malgré ses quatre-
vingts ans, à Ath, dans un local infect, sans nourriture et sans autre lit qu'une paillasse. Même, pour
le faire avancer plus vite, comme on le conduisait en
prison, un soldat n'hésita pas à donner un grand coup
de poing dans le dos du vénérable vieillard que la
marche sous un brûlant soleil d'août avait épuisé.
Pareillement, le curé de Cuffies est, à quatre-vingt-

quatre ans, traîné sur le champ de bataille et contraint
de relever les blessés sous les balles. Ce ne sont, toutefois, que gentillesses à côté des tortures auxquelles
certains prêtres furent en butte. A Schaffen-sur-Diest,
le curé fut pendu deux fois, puis tenu, durant une
heure, les yeux fixés sur le soleil. Quand il les bais-
sait : « Regardez bien le soleil, lui disaient ses bourreaux en ponctuant de coups de crosse leurs paroles ;
vous l'avez vu lever, mais vous ne le verrez pas
coucher. » Après quoi, ils l'ont forcé de pénétrer dans
une maison en flammes, l'en ont retiré et, finalement,
l'ont frappé avec des cravaches. Alors, comme il était
en sang et gisait sans connaissance, un officier lui
ordonna de se lever et de partir. Mais, à peine était-il
parvenu à une distance de 200 mètres que les Allemands tirèrent sur lui une cinquantaine de coups de
feu. A Florennes, un père jésuite fut battu à coups
de crosse et d'éperons, puis, évanoui, traîné nu, boueux
et sanglant, dans un jardin où on le laissa pour mort.
De Sompuis, l'abbé Oudin, vieillard asthmatique de
soixante-treize ans, fut emmené, sans manger durant
un trajet de plusieurs jours, à Vouziers où des officiers
et des soldats, venus tout exprès pour le maltraiter,
se firent un jeu de lui cracher au visage, de le flageller,
de le lancer en l'air pour le laisser retomber sur le sol,
de lui porter sur les bras, sur les jambes, sur la poitrine, des coups de talon de botte et d'éperons. Épuisé,
il mourait quelques jours après, à Sedan, sur la paille,
« comme un chien » rapporte un témoin. Dans le diocèse de Malines, 13 prêtres ou religieux ont été tués,
26 dans celui de Namur, 6 dans celui de Liège, 3 dans
celui de Tournai, 8 dans celui de Nancy, 3 dans celui
de Saint-Dié. Dans quelles conditions, on le devine ! Le
curé de Spontin fut alternativement pendu par les pieds

et par les mains, percé de coups de baïonnette, fusillé
et achevé à coups de crosse. L'abbé de Clerck, curé
de Buecken, est, âgé de quatre-vingt-trois ans, attaché
à un canon qui le secoue à le briser, détaché, jeté à
terre, tiré par les pieds, la tête rebondissant sur les
pavés et, finalement, mis à mort. L'abbé Vouaux
ayant, avant d'être fusillé, porté le crucifix à ses lèvres,
l'officier qui commandait le peloton d'exécution le lui
arracha des mains en proférant des injures immondes,
puis, l'abbé n'étant pas mort sur le coup, lui creva
les yeux de la pointe de son épée et lui écrasa le visage
avec le pommeau. Mais rien n'égale en ignominie
l'assassinat du curé de Gelrods, l'abbé Dergent, tel que
le *Telegraaf* d'Amsterdam en a publié le récit dans son
numéro du 7 janvier 1915. Appréhendé par une patrouille comme il conduisait deux malades de sa
paroisse à Aerschot, on l'enferma dans l'église de cette
ville. « Le lendemain, un officier allemand l'y fit
quérir. On lui lia les mains derrière le dos ; ses chevilles
furent entourées de fils de fer et de cuir, si bien qu'il
pouvait à peine marcher. Dans cet état, il fut traîné
hors de l'église, placé le visage contre le mur et reçut
l'ordre de tenir en l'air ses mains qu'on avait déliées.
Alors, on fit sortir un certain nombre de prisonniers
civils hors de l'église, et ils furent contraints, sous
toutes les menaces possibles... d'uriner sur le curé
Dergent. Nous n'avons pas trouvé d'expression plus
discrète pour exprimer cette monstruosité. Quand cet
outrage eut pris fin, les soldats brisèrent à coups de
crosse les mains du malheureux curé, puis ils lui écra-
sèrent les pieds, ensuite ils lui brûlèrent la cervelle
et jetèrent son cadavre dans la rivière le Demer. »

Qu'on ne prétende pas que ces prêtres avaient
accompli des actes de guerre, comme les Allemands le

voudraient faire accroire ! Mgr Mercier ayant proposé, en janvier 1915, au commandement allemand, qui invoquait que ces ecclésiastiques se trouvaient en état de défense, d'instituer une Commission composée, pour moitié, de délégués allemands et de magistrats belges, sous la présidence d'un neutre, il ne lui fut pas répondu.

C'est pour obéir à leur rage de profanation encore qu'en Belgique et en France, les Allemands ont intentionnellement dévasté les églises, non seulement par la mitraille, mais encore par l'incendie. « La fureur incendiaire, atteste le rapport français, s'affirme principalement contre les églises. » De leur côté, les enquêteurs belges constatent que les églises ont été systématiquement détruites. « Le bombardement des villes et des villages, déclare enfin l'évêque de Verdun, commençait ordinairement par celui de l'église, premier point de mire. » A Reims, Saint-Remi ne fut pas plus épargné que Notre-Dame. La cathédrale de Soissons porte de cruelles déchirures, la cathédrale d'Arras est devenue « inhabitable » et « hors d'usage ». De la cathédrale d'Albert, il ne reste que des murs branlants. Si nous passons aux églises plus modestes, nous constatons que, dans le diocèse de Saint-Dié, un grand nombre ont été dévastées ; dans celui de Nancy, l'évêque n'en signale pas moins de cinquante-quatre, dont la moitié n'existe plus, que le fer et le feu ont endommagées. Même tableau en Belgique. Saint-Martin d'Ypres, Notre-Dame de Termonde, Notre-Dame de Dinant, Notre-Dame de Walcourt ne sont plus que des ruines, comme tant d'autres de leurs sœurs plus humbles, trop nombreuses pour être citées. Qu'il suffise de mentionner les églises de Spontin, de Frasnes, de Porcheresse, d'Ethe, de Surice, de Romedenne, d'Evrehaille, de Villersée. Quant à la collégiale de

Louvain, elle, a, non moins que beaucoup d'autres, été brûlée délibérément, ainsi que l'atteste M. Grondijs, ce Hollandais qui assista au martyre de la précieuse cité. « Je vis, s'écrie-t-il, une flamme s'élever de la tour de l'église Saint-Pierre. Toutes les maisons qui environnent ce monument sont intactes. L'église a donc été incendiée intentionnellement. » Le rapport allemand ayant soutenu que le feu s'était propagé des maisons voisines, M. Grondijs a riposté : « Il est difficile de voir comment le feu se serait si facilement propagé à travers les murs épais de ce grand bâtiment. D'ailleurs, au moment où les flammes commencèrent à jaillir de la petite tour qui se trouvait au milieu du toit, toutes les maisons dont parle le rapport étaient intactes. » Enfin, M. Grondijs nous rapporte le propos d'un major allemand tenu au moment de l'incendie : « Pourquoi a-t-on tiré sur nous? Voilà le résultat. Regardez ! Maintenant, la cathédrale a été brûlée. » C'est de la même façon que l'église de Revigny, dans la Meuse, celle de Mandray, dans les Vosges, ont été incendiées après avoir été aspergées de pétrole et remplies de tablettes de poudre comprimée ou de paille.

Ce qui achève de caractériser ces attentats, ce sont, pour ne pas parler du viol des religieuses, les innombrables sacrilèges dont se sont rendus coupables les troupes allemandes. « Ce qui afflige profondément et tout spécialement notre cœur, écrit Mgr Heylen, évêque de Namur, c'est la pensée des horribles sacrilèges dont différents endroits de notre diocèse ont été le théâtre. Nous les déplorons du fond du cœur parce qu'ils atteignent directement notre Divin Maître dans ce Très Saint-Sacrement de l'autel, dont nous nous étions tant efforcés de répandre le culte dans notre diocèse. » N'a-t-on pas remarqué plus d'une fois que, pour bombarder un sanctuaire, les artilleurs allemands choisissaient de préférence un jour de fête? C'est ainsi que l'église de Pont-à-Mousson fut littéralement inondée d'obus pendant les vêpres de la Toussaint. Et quelles bacchanales dans les églises ! A Clermont-en-Argonne, tandis que les maisons flambaient, les soldats envahissaient l'église, y dansaient au son de l'orgue, puis y mettaient le feu à l'aide de grenades ou de récipients garnis de mèches et remplis d'un liquide inflammable. A Guyencourt, ils ont pillé la sacristie, logé un cheval sous la tribune et fait ripaille. A Montmacq, ils ont rempli d'ordures le pot à eau bénite et se sont essuyés avec le linge d'autel. « L'un d'eux est entré dans une sacristie fermée à clef, où était le Saint-Sacrement, écrit un soldat allemand du 12e d'infanterie de réserve. Par respect, un protestant avait évité d'y coucher ; lui, il y déposa de larges excréments (1). » A Dinant, des officiers s'habillèrent en Prémontrés. A Monpateliz, à la Bourgonce, à Hurbach, ils emportèrent les meubles, défoncèrent les tabernacles, déchiquetèrent les chasubles, brisèrent les images saintes et les vases sacrés. Dans l'église d'Hastière, ils ont détruit les chandeliers, les statues, les bénitiers et dispersé les reliques. A Yvoir, ils ont profané les vases sacrés et uriné dans le saint ciboire. A Gerbeviller, après les plus horribles excès, les soldats allemands ont tiré, à bout portant, sur la porte du tabernacle ; le saint ciboire a été criblé de balles qui ont réduit en poussière les Saintes Espèces. A Chabatz, en Serbie, des officiers austro-hongrois allèrent jusqu'à violer des jeunes filles, dans l'église,

---

(1) Joseph BÉDIER, *les Crimes allemands d'après des témoignages allemands*, p. 24.

derrière l'autel (1). Enfin, — ce qui montre que tous ces crimes répondent bien à un besoin de profanation, — Mgr Carton de Wyart nous rapporte que, témoin du sac de l'église d'Hastière, il vit une bande de soldats ennemis s'approcher de sa personne, « lui mettre un revolver sous le nez, lui arracher les Saintes Espèces qu'il portait sur lui et les jeter au loin dans la boue ».

(1) R.-A. REISS, *Comment les Austro-Hongrois ont fait la guerre en Serbie*, p. 26.

CHAPITRE V

L'ADHÉSION DU PEUPLE ALLEMAND
A LA BARBARIE MILITAIRE

Qu'on ne s'imagine pas que le peuple allemand réprouve ces atrocités ! Depuis l'empereur en personne jusqu'au dernier des *Kellner*, le peuple allemand en majorité les approuve. « Je suis placé au-dessus de la censure des hommes et des critiques publiques, » affirmait le kaiser dans un discours prononcé en juin 1908 devant son conseil secret. « Qu'ils périssent tous, les ennemis du peuple allemand ! Dieu exige leur destruction ; Dieu, qui, par ma bouche, vous commande d'exécuter sa volonté, » précisait-il à son armée de l'Est en 1914. « Nous sommes aux portes de Paris. Malheur aux vaincus ! Aucune pitié ne doit influencer l'action qui nous apportera la paix, » écrit le 10 septembre 1914, dans le *Berliner Tageblatt*, M. Mayer-Graeffe, marchand et critique d'art, qui, avant la guerre, habitait la France. La nouvelle de la destruction du *Falaba*, bien que ce paquebot ne portât que des non-combattants, a été accueillie dans toute l'Allemagne avec des cris de joie. Le *Lokal Anzeiger* ne nous a-t-il pas annoncé qu'un acte nouveau, représentant un sous-marin allemand torpillant un bateau anglais, avait été ajouté à la pantomime qu'on jouait à ce moment-là au cirque Schumann à Berlin. Au moment de l'explosion, et quand les passagers, en costumes britanniques, tombèrent à l'eau et luttèrent pour leur existence, tous les spectateurs se levèrent en chantant : « L'Allemagne, l'Allemagne au-dessus de tout. » Voici, d'ailleurs, le chant de triomphe qui fut composé pour célébrer la destruction du *Lusitania* :

Les flots gazouillent ; un rugissement de détresse retentit.
Le vaisseau rapide, fracassé sans pitié, est en pièces.
Chargé jusqu'au bord de munitions de guerre,
Il devait détruire des milliers de fidèles et braves soldats.

C'était un vaisseau de guerre, bien que non cuirassé,
Plus que tous avide de sang allemand ;
Oui, un vaisseau de guerre, qui, celui-là, servait à l'ennemi,
Et ne reposait pas lâchement, comme les autres, au port.

A cette heure manquent en Flandre de précieux engins de meurtre,
Tristes jusqu'à la mort se regardent vendeurs et acheteurs ;
Car, hélas ! si stricte que soit la neutralité de Sam,
Le fond de la mer est à coup sûr plus neutre encore.

Un vaisseau coulé, cargaison et passagers,
Hurrah ! Et voilà des millions de capotes grises sauvées.
Pour chacun de nos braves, nous eussions
Volontiers coulé dix *Lusitania*,

Dix *Lusitania* pour chacun de nos hommes !
Plus de feu encore sur l'Angleterre, et qu'elle brûle !
La moisson est mûre. A nous, vaillant sous-marin, à nous !
Ceux qui viendront, tu les faucheras. *Vivant sequentes.*

On ne peut au mensonge — au mensonge qui prétend que le *Lusitania* était chargée de munitions — joindre plus de cynisme. Voici, par ailleurs, un passage de l'article intitulé : *Une journée d'honneur pour notre régiment, 24 septembre* 1914; que le journal de Janer, petite ville de Silésie à 50 kilomètres environ à l'ouest de Breslau, inséra, à la satisfaction de ses lecteurs, dans son numéro du dimanche 18 octobre 1914, sous la signature du sous-officier Klemt du 154ᵉ régiment d'infanterie : « On les descend des arbres comme des écureuils et on les accueille chaudement, à coups de crosse et de baïonnette : ils n'ont plus besoin de médecins ; nous ne combattons plus des ennemis loyaux, mais des brigands perfides. Par bonds, nous traversons la clairière. Ici, là, ils sont cachés dans les buissons, et, maintenant, sus à l'ennemi ! On ne fera pas de quartier. On tire debout, à volonté ; c'est tout au plus si quelques-uns tirent à genoux ; personne ne songe plus à s'abriter. Nous arrivons à une petite dépression de terrain : des pantalons rouges gisent là, morts ou blessés, en foule. Nous assommons ou transperçons les blessés, car nous savons que ces canailles, quand nous sommes passés, nous tirent dans le dos. Là, est couché tout de son long un Français, face contre terre, mais il fait le mort. Le coup de pied d'un robuste fusilier lui apprend que nous sommes là. Se retournant, il nous demande quartier, mais on lui dit : « C'est bien « ainsi, b..., que travaillent vos outils? » Et on le cloue au sol. A côté de moi j'entends des craquements singuliers : ce sont les coups de crosse qu'un soldat du 154ᵉ assène vigoureusement sur le crâne chauve d'un Français : très sagement il s'est servi pour ce travail d'un fusil français, de peur de briser le sien. Les hommes à l'âme particulièrement sensible font la grâce aux blessés français de les achever d'une balle, mais les autres distribuent tant qu'ils peuvent des coups d'estoc et de taille. Nos adversaires s'étaient battus bravement : c'étaient des troupes d'élite que nous avions devant nous ; ils nous avaient laissé approcher jusqu'à 30 et même 10 mètres ; trop près. Des sacs et des armes jetés en masse attestent qu'ils

ont voulu fuir ; mais, à la vue des « fantômes gris »,
l'épouvante leur a paralysé les pieds, et, sur le sentier
étroit qu'ils prenaient, la balle allemande leur a porté
l'ordre de *Halte*. A l'entrée de leurs abris de bran-
chages, les voilà couchés, gémissant, et qui demandent
quartier. Mais, qu'ils soient blessés légèrement ou
grièvement, les braves fusiliers économisent à la
patrie les soins coûteux qu'il lui faudrait donner à
de nombreux ennemis (1). » Cette relation finit par ces
mots : « Le soir venu, une prière d'action de grâces
sur les lèvres, nous nous endormîmes dans l'attente du
jour suivant. » Ce récit est contresigné et certifié exact
par le lieutenant de Niem. « Vous ne voudriez pas tout
de même qu'on la fît (la guerre) sans tuer des gens.
Se battre, c'est tuer. Et tuer c'est une œuvre utile,
confiait un marin allemand à l'un de nos blessés. Ce
sera comme en Chine. Vous vous souviendrez plus
longtemps (2). »

« Les cloches ne sonnent plus — Dans le dôme
aux deux tours. — Finie la bénédiction... — Nous avons
fermé avec du plomb, — O Reims ! ta maison d'ido-
lâtrie, » telle est la poésie que publiait le *Lokal Anzeiger*
pour saluer l'incendie de la basilique rémoise, ce chef-
d'œuvre d'art, témoin d'un si glorieux passé.

Quant aux pillages et aux déportations, ils forment
le sujet de nombreuses cartes postales qui ont été
publiées en Allemagne sans attirer aucune protestation publique. Ni les intellectuels, ni le clergé protestant ou catholique n'ont fait entendre un mot de
réprobation contre les crimes des armées allemandes.
Le cardinal Mercier et, avec lui, les évêques de Namur,

(1) Joseph Bédier, *les Crimes allemands d'après des témoignages
allemands*, p. 34.
(2) Ch. Hennebois, *Aux mains de l'Allemagne*, p. 116.

de Liége et de Tournai, ont eu beau adresser à l'épiscopat allemand une lettre collective pour lui demander
d'intervenir auprès du gouvernement impérial afin de
le décider à ordonner une enquête officielle sur les
atrocités commises par les troupes teutonnes, il n'y
fut pas répondu.

Il n'est pas un seul évêque d'outre-Rhin qui ait cru,
en fait, devoir s'élever contre les bombardements
d'églises, les meurtres de prêtres, les viols de religieuses
et les sacrilèges de toute espèce dont les armées de leur
pays se sont rendues coupables. Les intellectuels, eux,
ont jugé bon, en les voulant couvrir, de se solidariser
avec elles. Dans le fameux manifeste des quatre-vingt-
treize intellectuels, les Ehrlich, les Eucken, les Haeckel,
les Harnack, les Hauptmann, les Humperdinck, les
Max Klinger, les Nernst, les Rœtgen, les Sudermann,
les Siegfried Wagner, les Weingartner et les Wundt
n'hésitèrent pas, sous les espèces d'un démenti, à
couvrir de leur autorité le militarisme allemand, sans
daigner même s'enquérir. « Notre armée est, pour ainsi
dire, une image réduite de l'intelligence et de la moralité du peuple allemand, » écrivit le professeur Adolf
Lasson. Le *Zentralblatt für Bibliothekevezen*, le principal organe de la bibliographie allemande, n'a-t-il pas
eu le cynisme de prétendre que « la perte de la bibliothèque de Louvain n'a pas si grande importance »?
« La morale de l'amour du prochain, qui peut s'admettre entre individus, ne doit pas se tolérer entre
nations, » enseigne le docteur Hasse, professeur à
Leipzig.

Le peuple allemand a fait, d'ailleurs, plus qu'approuver ou excuser les atrocités militaires : il les a encouragées. Les journaux n'ont cessé, durant les premiers mois
où ils pouvaient encore espérer la victoire, d'exhorter

leurs compatriotes à la dureté. « De tous temps, déclare notamment la *Post* de Berlin dans son numéro du 20 décembre 1914, les horreurs de la guerre, la destruction des villages, la suppression des transports et des échanges, les pertes en biens, les charges imposées pour le logement des troupes, la pression exercée involontairement ou à dessein sur la population ennemie, en un mot toutes ces calamités ont été un moyen tout aussi effectif d'imposer la paix que les victoires militaires. » Et il conclut : « Notre devoir est donc de traiter les prisonniers et la population civile ennemie de telle façon que l'adversaire éprouve bientôt toutes les charges et toutes les horreurs de la guerre qu'il a provoquée. » — « Les innocents doivent expier avec les coupables, et si ceux-ci ne peuvent être désignés, les innocents doivent payer à leur place, non pas parce qu'un crime a été commis, mais pour qu'un crime ne soit plus commis dans la suite, » écrit dans la *Gazette de Cologne*, à la date du 10 février 1915, Walter Bloem. Et il poursuit : « Chaque fois qu'un village est incendié, que des otages sont exécutés, que les habitants d'une commune sont décimés où on aura pris les armes contre les troupes envahissantes, ce sont là des avertissements pour le pays non occupé. Il n'en faut pas douter : c'est comme avertissements qu'ont agi les incendies de Battice, Herve, Louvain, Dinant. La mise à feu, le sang versé des premiers jours de guerre a détourné les grandes villes belges d'attenter contre les faibles contingents avec lesquels nous avons pu les occuper. »

De son côté, voici comment, en avril 1915, sous la plume de M. Theodor Thomsen, la *Gazette de la Croix* traitait le droit des gens : « Jusques à quand, par suite d'idées morales mal comprises et une sorte d'orgueil

exagéré, continuerons-nous d'observer scrupuleuse-
ment les principes du droit des gens que nos ennemis
violent impunément? Jusques à quand renoncerons-
nous aux mesures de rigueur que justifie la guerre et
qu'elle exige même, si nous voulons protéger nos compatriotes, affaiblir l'ennemi, assurer et hâter la fin de
la guerre? La cruauté de nos moyens de guerre ne
doit pas nous empêcher de les employer. La guerre
est cruelle ; nos mortiers de 42 et nos zeppelins le
sont aussi. Les principes de la morale et du christianisme nous empêchent de haïr notre prochain et de
lui faire du mal par haine. Par contre, lui faire du
mal quand nous sommes en guerre, parce qu'il est
notre ennemi et parce que nous hâtons ainsi la fin
d'une guerre moralement justifiée, ce n'est pas seulement notre droit, c'est notre devoir. Il est absolument
erroné, par conséquent, de nous laisser dominer par la
chimère d'une guerre conforme au droit des gens et
de tâcher de respecter ses préceptes ou de ne les violer
que lorsqu'ils l'ont été précédemment par nos ennemis.
Notre devoir avant tout est de protéger contre tout
mauvais traitement notre peuple, et en particulier nos
nationaux faits prisonniers. Nous devons employer
tous les moyens en notre pouvoir pour arriver à ce
but. C'est notre devoir sacré. Nous ne saurions nous
en laisser détourner pour la vaine gloire d'un huma-
nitarisme prétendu supérieur. Pourquoi ne cherchons-
nous donc point à abréger ce conflit en frappant l'ennemi en ses points les plus sensibles, en bombardant
Londres et les centres de la vie civile au moyen de nos
zeppelins qui pourraient aisément s'acquitter d'une
pareille tâche? Je le répète : *Quousque tandem?* »

Les *Hamburger Nachrichten* insistent pareillement,
au nom du peuple allemand, pour que les zeppelins

aillent bombarder Londres : « Nos zeppelins, dit cet organe, ont déjà été aux portes de Londres. Le peuple allemand désire et exige que nos dirigeables survolent cette ville, y lancent des bombes et déchaînent le feu et le fer sur les maisons et autour des foyers de la capitale de ce peuple qui a impitoyablement voué le monde à la guerre et à la ruine. Il ne faut pas que nous permettions à ce peuple criminel, qui a causé la mort de tant de nos fils, de continuer à mener en paix une vie de luxe et de confort. »

Le député Erzberger, l'un des leaders du Centre catholique allemand, s'est, dans le numéro 30 du *Tag* de l'année 1915, associé à ces vues : « La guerre, dit-il, doit être un instrument dur et rude. Elle doit être aussi impitoyable que possible. C'est là d'ailleurs un principe de « plus grande humanité ». Si l'on trouvait le moyen d'anéantir Londres tout entier, ce serait plus humain que de laisser « saigner » un seul Allemand sur le champ de bataille, attendu qu'un moyen aussi radical amènerait une prompte paix... C'est pourquoi l'Allemagne est autorisée à user de tous les moyens de guerre existants pour abattre son adversaire. Qu'on fasse donc marcher à fond les sous-marins allemands ! Que nuit et jour ces monstres, qui sont maîtres sous les eaux, inquiètent le commerce et la navigation britanniques ! Lorsque l'Allemagne aura décrété le blocus effectif de l'Angleterre, tout navire marchand anglais devra être impitoyablement coulé. Puisque nous sommes maîtres sous les mers — sinon sur les mers — affirmons hautement cette supériorité. Et que nos dirigeables et que nos aéroplanes agissent de concert avec nos sous-marins pour frapper, sans répit, notre perfide ennemi ! L'Angleterre nous a pris environ quatre cents navires marchands. Notre réponse doit être : pour chacun de ces navires volés, une ville ou un village anglais seront détruits. Semons, à l'aide de nos dirigeables, la terreur et la mort parmi les populations britanniques. Tous les moyens doivent nous être bons, et si même nous possédions le secret de déverser une pluie de feu sur le sol anglais, pourquoi ne nous en servirions-nous pas? Mieux vaut que l'Angleterre et ses dignes alliés nous appellent « les Barbares », tout vaut mieux que la compassion que nos ennemis pourraient éprouver pour nous, au cas où nous serions vaincus ! »

Les atrocités conçues comme un procédé de guerre, voilà à quoi, depuis son état-major jusqu'à ses bourgeois et à ses ouvriers, la plus grande partie de l'Allemagne a souscrit. « Nous casserons les os aux Français, écrivait, par ailleurs, un journal allemand, nous les écraserons comme du blé sous la meule, nous en ferons une telle bouillie qu'ils n'auront que des membres mutilés à porter à leur Vierge de Lourdes. »

Mêlant le christianisme aux rêves d'hégémonie germanique, certains prêtres catholiques ont prêché du haut de la chaire l'extermination des races maudites que représentent les Alliés pour eux, qui sont la race élue : « Que meure la France, que disparaisse l'Angleterre, que soit anéantie la Russie, c'est la volonté de notre Dieu, de notre Dieu allemand (1), » clamait en chaire un prêtre catholique, curé de Munich, le premier dimanche de novembre. C'est, aussi bien, à peu de choses près, la prière que le cardinal von Hartmann, archevêque de Cologne, adresse à Dieu dans une lettre pastorale. Tel encore ce passage d'une de ses homélies : « C'est cette conscience de notre mission qui nous per-

(1) Georges VERDÈNE. De Munich à Berlin, *le Temps*, 2 décembre 1914.

met de nous réjouir et d'être heureux, d'un cœur plein de reconnaissance, quand nos engins de guerre abattent les fils de Satan et quand nos merveilleux sous-marins, instruments de la vengeance divine, envoient au fond des mers des milliers de non-élus. Nous devons combattre les méchants par tous les moyens possibles, leurs souffrances doivent nous être agréables, leurs cris de douleur ne doivent pas émouvoir les sourdes oreilles allemandes. » — « Il est vrai que nos soldats ont fusillé, en France et en Belgique, hommes, femmes, enfants et qu'ils ont détruit leurs habitations. Mais voir là une contradiction avec la doctrine chrétienne, enseigne un prêtre catholique, député au Reichstag, dans la *Gazette des Vosges*, c'est prouver qu'on n'a pas la moindre compréhension du véritable esprit du Christ. » Les pasteurs protestants ne le cèdent, d'ailleurs, en rien aux prêtres catholiques, notamment le pasteur Johann Rump qui, dans ses *Dévotions de guerre*, proclame ceci : « Lorsque l'un de nos sous-marins, durant l'espace de quelques minutes, envoie au fond de l'océan trois vaisseaux anglais sans avoir lui-même à souffrir le moindre dommage, cette action héroïque, sans analogie dans toute l'histoire navale, est pour notre peuple chrétien un témoignage de son Seigneur d'en haut, qui lui dit ainsi de la façon la plus manifeste : *Je suis avec toi. Ne le vois-tu pas ?* » Tel encore le docteur Dietrich Vorwerk qui a composé cette « prière » : « O toi qui demeures là-haut dans ton ciel, par-dessus les chérubins, les séraphins et les zeppelins, envoie le tonnerre et l'éclair, la grêle et la tempête sur notre ennemi et précipite-le au plus profond des trous creusés par nos obus ! »

Les poètes eux-mêmes célèbrent la barbarie germanique. Voici, en échantillons, quelques vers de M. Hein-

rich Vierordt, conseiller de cour à Carlsruhe, que publia
e principal organe de cette ville, la *Badische Landes-
zeitung* :

> O toi, Allemagne, hais maintenant ! — Avec une âme de fer,
> égorge des millions d'hommes de cette race du diable. — Et que, jus-
> qu'aux nues, plus haut que les montagnes, — S'entassent la chair
> fumante et les ossements humains.
>
> O Allemagne, maintenant, hais ! — Cuirassée d'airain, ne fais pas
> de prisonniers, — Et à chaque ennemi un coup de baïonnette dans
> le cœur ! — Rends chacun aussitôt muet. — Convertis en désert les
> pays qui, autour de nous, te font une ceinture.

N'est-ce pas là, avec le *Deutschland uber alles* et le
Wacht am Rhein, le digne chant de guerre de ces
hordes germaniques auxquelles, à leur départ pour
l'expédition de Chine contre les Boxers, le kaiser,
Guillaume II en personne, assignait comme idéal
suprême « les Huns d'Attila »?

Voici, en conformité avec ce chant de haine, un
poème dédié à la France :

> Tu t'es toi-même trempé la soupe ; — Il faut, maintenant, que tu
> l'avales — Jusqu'à ce que les morceaux s'arrêtent dans ta gorge —
> Et que des torrents de sueur t'inondent.
>
> Égarée par ta haine aveugle, — Convaincue de ton impuissance,
> — Tu as attisé le feu qui devait nous dévorer, — Tu as soudoyé
> le bourreau russe. — Nous n'avons jamais troublé ta paix ; — Ce
> n'est jamais que pour nous garder de tes entreprises sacrilèges —
> Qu'est tombée sur toi l'épée allemande — Et qu'elle a mis en pièces
> le bouclier de ton honneur.
>
> Nous avons fait preuve de la volonté la plus sincère — De vivre en
> paix avec toi ; — Quand une douleur t'a accablée, — Nous t'avons
> témoigné nos cordiales condoléances.
>
> Mais tu n'as fait qu'entretenir ta haine, — Tu n'as pas voulu en
> démordre, — Parce que l'Allemagne avait arraché à tes mains —
> Ce qui lui avait autrefois appartenu.
>
> Tu t'es fort peu souciée du droit et de la justice — Qui avaient
> favorisé nos armes ; — Tu n'as fait qu'entretenir ta vanité ; — Tu
> n'as voulu ni le repos ni la paix.
>
> Tu as voulu la bataille, tu as désiré la lutte ; — C'est toi qui as
> allumé la torche, — Bien qu'autrefois tu aies prêché aux hommes —
> La liberté et la fraternité.

Maintenant, défends ta vilaine peau ; — Tremble, maintenant, devant la haine, — Quoi que nous réserve l'avenir, — Dieu peut prendre ta race en pitié !

En voici un autre qui est adressé à l'Angleterre :

Cela a bien fait ton affaire — Et tu as ressenti une joie profonde — Quand le Russe et le Français — Nous ont mis l'épée sur la poitrine.

Comme troisième larron, — Tu as vu avec joie le danger que nous courions — Et tu t'es dit que beaucoup de chiens — Ont toujours causé la mort du lièvre.

Mais l'Allemagne n'est pas un lièvre, — Bien que vous, vous soyez des chiens. — Ce n'est pas pour plaisanter — Qu'elle a tissé sa robe de fer.

Arrive donc, très cher cousin, — Avec toutes tes forces ; — Bientôt la tempête allemande — Se déchaînera autour de ton île.

Alors, s'écrouleront tes murailles ; — Alors, s'effondrera l'édifice de tes peuples ; — Alors, commencera le grand deuil — Que te causera ta propre honte.

En voici un, enfin, qui est destiné à la Russie :

Devant Dieu et devant l'Histoire, — C'est toi qui l'as voulu, — C'est toi qui as provoqué le jugement, — C'est toi qui as déchaîné la tempête.

Tu as protégé les criminels — Qui ont attaqué l'honneur des Habsbourg, — Tu as empêché les vengeurs du droit — De détruire cette engeance.

Tu t'es bien douté qu'on trouverait — (Et cela t'a causé quelque angoisse) — Tes mains sanglantes — Dans cette machination de coquins.

N'a-t-il pas trouvé, dans ton pays, — Protection et asile, — Pour ta plus grande honte, — Le lâche assassinat ?

Souverain de tous les Russes, — Monstre descendu de Gottorp, — Dont les douces mélodies pacifistes — Étaient fausses comme le serment,

Tu as provoqué le jugement mondial, — Tu as invoqué le Dieu des batailles. — Maintenant, sois réduit à néant — Et deviens la risée du monde.

Non content d'exciter ses armées à commettre des atrocités, le peuple allemand y a participé dans la mesure de ses moyens. Nous l'avons pu voir, dès le début de la guerre, au déchaînement des Berlinois de toutes les classes sociales contre les Français, les Anglais et les Russes, que M. Max Nordau lui-même a constaté, et jusque contre les ambassadeurs de la Triple Entente auxquels les vexations ne furent pas épargnées. Quand la mission diplomatique française passa, en quittant l'Allemagne, près de Kiel, des dames de la Croix-Rouge se pressèrent autour du wagon où se trouvait le personnel de l'ambassade française, en poussant des cris et en montrant le poing. Comme on apportait un verre d'eau à une petite fille de trois ans, ces dames s'en saisirent et en jetèrent le contenu. Contre les Russes, ce fut bien pis. « Une foule hurlante, a déclaré M. de Sverbeef, ambassadeur de Russie à Berlin, à un rédacteur du *Novoïé Vrémia*, occupa toutes les rues autour de l'ambassade, en vociférant des injures contre les Russes ; cela dura jusqu'à 2 heures du matin. Ces démonstrations recommencèrent les jours suivants. » Et l'ambassadeur continue : « J'ai quitté Berlin, avec les membres de l'ambassade, le dimanche 2 août, à midi. Devant l'ambassade, la foule s'était réunie dès le matin ; pour éviter les incidents, la porte avait été fermée. On ne l'ouvrit qu'au moment où nous montâmes en automobile. Je suis parti en avant, dans l'automobile de l'ambassadeur des États-Unis. La foule ne m'a pas pris à partie. J'entendis à peine quelques exclamations hostiles. Sur les autres automobiles, au contraire, la foule se livra à des attaques sanglantes. » Il reprend : « Quoique à Berlin on démente le fait de ces attentats sanglants sur les membres de l'ambassade russe, ils sont cependant authentiques. La foule a blessé non seulement des hommes, mais aussi des dames. Ce n'est pas seulement la populace qui se livra à ces violences ; des personnes qui paraissaient bien élevées y prirent part. » Le cham-

bellan Crapovitzki fut frappé à la tête de coups si violents que son sang a trempé deux mouchoirs. La prin-
cesse Belosschka a été frappée dans le dos, à l'épaule
et à la tête, par un homme bien mis, portant une barbe
blanche ; des gens lui ont craché au visage. Plusieurs
autres personnes ont été maltraitées, notamment la
comtesse Litke, Mme Totleben, Mmes Plantine et
Raevska, MM. Diacre et Chapelle, M. Lopaiko. Le consul de Russie à Francfort a été frappé à coups de pied
et de poing par une populace en délire. Les Français,
les Anglais et les Russes qui se trouvaient en Allemagne
lors de la déclaration de guerre subirent, de même,
d'odieuses vexations de la part non seulement des
autorités, mais de la population. Cela a continué par
l'attitude vraiment indigne de certaines dames de
la Croix-Rouge à l'égard des prisonniers blessés.
M. Ch. Hennebois, qui fut rapatrié en qualité de grand
blessé, nous raconte comment sœur Erizia torturait à
plaisir les malheureux confiés à ses soins. « Craignez-
vous, peu couvert, écrit-il, le froid des matins de janvier? Grelottez-vous dans votre lit?... Sœur Erizia est
un ange. Elle rouvre bien vite portes et fenêtres, éta-
blissant ainsi un courant d'air glacial. Et gare à qui se
plaint ! Sa bouche est une mitrailleuse. Elle bondit sur
vous, saisit à deux mains tous vos linges, vos draps,
la couverture, et vous voilà nu comme un ver (1). »
Que dire encore de ce médecin qui, pour le faire souffrir, ouvre à un blessé une plaie en train de se fermer?

Aussi bien, les Allemands d'aujourd'hui sont fiers
de ce que nous appelons leur « barbarie ». « On nous
traite de barbares, écrit le *Tag* de Berlin : la belle
affaire ! nous en rions. Nous pourrions tout au plus

(1) Ch. HENNEBOIS, *Aux mains de l'Allemagne*, p. 119.

nous demander si nous n'avons pas quelque droit à
ce titre. Que l'on ne nous parle pas de la cathédrale
de Reims et de toutes les églises, et de tous les palais
qui partageront son sort : nous ne voulons plus rien
entendre. Que de Reims nous arrive seulement l'annonce d'une deuxième entrée victorieuse de nos
troupes ; tout le reste nous est égal (1). » *Nous sommes
barbares*, tel est le titre d'une pièce qui s'est jouée sur
plusieurs scènes d'une Allemagne qui reconnaît son
image intellectuelle et morale, de l'aveu du professeur
Adolf Lasson, dans l'armée de bandits qui a semé
l'horreur, par principes, partout où elle a passé. « Nous
sommes différents de ce que nous fûmes. Dans le fer et
l'acier dort notre âme nouvelle. Nous sommes une race
ivre d'action (2), » chante le poète Paul Friedrich.

Rien ne manque à la barbarie teutonne : ni la per-
fidie qui, en temps de paix, a élevé l'espionnage à la
perfection, jusqu'à construire chez les nations amies
des plates-formes bétonnées pour artillerie lourde ; ni
le mensonge porté jusqu'à la négation de l'évidence, — telles les déclarations de M. de Bethmann-
Hollweg au Reichstag : « Ce sont donc l'Angleterre et
la Russie, a-t-il publiquement soutenu, qui portent
devant Dieu et devant les hommes la responsabilité
de la catastrophe qui s'est abattue sur l'Europe et
sur le monde » ; — ni les démentis impudents, — telle
la protestation « mondiale » de l'Association des instituteurs allemands et de l'Union des instituteurs catholiques de l'Empire contre les accusations d'atrocités
commises par les soldats du *Deutschtum*.

(1) Cité par M. Bertrand, *Revue des Deux Mondes* du 15 décembre 1914, p. 741.
(2) Cité par M. Henri Guilbeaux, *Anthologie des lyriques allemands contemporains depuis Nietzsche.*

Dans sa réponse à la note du président Wilson du 20 avril 1916, relative à la guerre sous-marine, le gouvernement allemand va jusqu'à accuser l'Angleterre de ses propres crimes : « Ce n'est pas le gouvernement allemand, mais bien le gouvernement anglais, qui, faisant abstraction de toutes les lois internationales, a étendu cette terrible guerre aux vies et aux biens des non-combattants, » affirme textuellement cette note, au rebours de la plus élémentaire vérité.

Mais que dire des fausses nouvelles qu'a déversées sur le monde l'agence Wolff, qui est officielle, et des calomnies de toutes sortes dont les intellectuels et les journaux teutons ont accablé la Belgique et la France, cependant que leurs troupes les martyrisaient? Autant de signes non trompeurs d'un recul — en dépit du progrès matériel — vers les plus lointains âges de l'humanité.

Que dire, enfin, de l'hypocrisie que ne se font pas faute d'étaler quelques-uns des plus notoires esprits d'outre-Rhin? Tel le professeur Rheinold Seeberg, titulaire à l'Université de Berlin d'une chaire de théologie : « Nous ne haïssons pas nos ennemis, a-t-il eu le front de proclamer. Nous suivons le commandement de Dieu qui nous enjoint de les aimer. Mais nous considérons que nous faisons une œuvre d'amour en les tuant, en les faisant souffrir, en brûlant leurs maisons, en envahissant leurs territoires. L'amour divin est répandu sur le monde, mais les hommes doivent souffrir pour leur bien. Les parents aiment leurs enfants, mais ils les châtient. Les maîtres aiment leurs élèves, mais ils les punissent. L'Allemagne aime les autres nations, mais elle les châtie pour leur bien. » Il n'y a de comparable que l'article de la *Gazette de Cologne* où l'emploi des gaz asphyxiants est présenté comme une mesure d'humanité : « L'esprit des Conventions de La Haye est d'empêcher les cruautés et les massacres inutiles, lorsqu'il existe des moyens plus doux de mettre l'ennemi hors de combat. Est-il un plus doux procédé de guerre, est-il un procédé plus conforme au droit des gens que de lâcher une nuée de gaz qu'un vent léger emporte doucement vers l'ennemi? Ce procédé est analogue à celui d'une inondation artificielle. Nos ennemis ont eu recours à l'eau contre nous dans les Flandres : pourquoi des gens qui ne furent ni indignés ni surpris par les inondations artificielles le seraient-ils quand, faisant de l'air notre allié, nous le chargeons de porter à l'ennemi des gaz stupéfiants? Ce que la Convention de La Haye voulait empêcher, c'est la destruction en masse des vies humaines sans chances de fuite, par exemple le cas où des obus asphyxiants tomberaient sur des ennemis sans défense, qui, ignorant d'où viennent ces obus, y resteraient irrémédiablement exposés. Les choses ont changé et la science de la guerre doit s'adapter aux conditions de la guerre de tranchées. Ce qui a fait pousser à l'ennemi des cris de protestation contre l'emploi des gaz, c'est seulement l'impossibilité où il est de rivaliser avec la science allemande. »

Par un phénomène de régression d'autant plus curieux qu'il coïncide avec un extraordinaire progrès matériel et scientifique, le peuple allemand est retombé, en majeure partie, à la barbarie ancestrale, qui se trouve amplifiée par tout ce que la civilisation moderne a mis à sa disposition de moyens de carnage et de destruction.

LIVRE II

LES ORIGINES
DE LA BARBARIE ALLEMANDE

CHAPITRE VI

LE CARACTÈRE ALLEMAND

Le caractère allemand a, de tout temps, été partagé entre deux tendances adverses, dont au cours de son histoire, chacune, à tour de rôle, a dominé : la tendance idéaliste d'une part, la tendance réaliste de l'autre. Quoi qu'on ait soutenu, en effet, il y a toujours eu deux Allemagnes, non certes côte à côte dans la société, mais au cœur de chaque Allemand. Nietzsche ne s'y trompait pas, qui trouvait ses compatriotes « insaisissables, sans bornes, contradictoires, inconnus, surprenants, terrifiants même ».

Du début du dix-huitième siècle jusqu'à la fin de la première moitié du dix-neuvième, le penchant idéa-

liste l'a emporté au point de presque étouffer son contraire. Mme de Staël n'avait point tout à fait tort,
malgré un embellissement manifeste, de considérer
l'Allemagne de son temps comme une nation paisible
qu'entourait une atmosphère lourde et chaude émanée
des poêles, de la bière et des pipes. Une telle ambiance
était propice aux longues rêveries, aux conversations
brumeuses sur quelque sujet de métaphysique. Aussi
Lange a-t-il pu dire, non sans justesse, que l'Allemagne était le seul pays du monde où un apothicaire
ne pût préparer un remède sans s'interroger sur la
corrélation de son activité avec l'essence de l'univers.
De fait, l'Allemagne de cette époque enfanta de grands
systèmes philosophiques. Leibnitz, Kant, Fichte,
Schelling, Schopenhauer, Hegel sont là pour en témoigner. Pour les mêmes raisons, la musique est l'art
allemand par excellence. Le plus beau titre des Bach,
des Beethoven, des Schubert, des Schumann, des Weber, des Wagner n'est-il pas d'avoir su exprimer la
part de tendresse que renfermait, alors, l'âme rêveuse
de l'Allemagne? La profondeur de sa sensibilité fait le
génie de ses poètes, d'un Gœthe, d'un Schiller, d'un
Novalis ou d'un Henri Heine. Plus qu'aucun autre
pays aussi, l'Allemagne s'est avancée dans le domaine
de la rêverie sentimentale, car l'Allemagne est sentimentale, *gemütlich* comme ils disent.

C'est au point que la poésie y fut, pendant de longs
siècles, mêlée aux menus détails de la vie, imprégnant
toutes choses d'une sorte d'atmosphère idéale. Le
gemüth faisait couramment lever au ciel les yeux
des jeunes filles, s'émouvoir les paysans devant les
oiseaux, les fleurs et les étoiles, décorer les murs de
la moindre chaumière et jusqu'aux boîtes à bonbons
d'images attendrissantes. Il donnait aux fiancés le

goût des promenades au clair de lune. D'un mot, il
était la « fleur bleue » qui poussait, jadis, au cœur de
tout Allemand. Sentimentale, l'Allemagne l'est tellement qu'elle fonde, avec Schopenhauer, la morale sur
la sympathie. En communion avec la nature — s'il est
vrai que le romantisme est d'origine germanique —
l'Allemand éprouve une joie infinie à se fondre en elle.
Werther, Faust, Hœlderlin, Lenau demandent à Dieu
de les délivrer, comme d'une servitude, du tourment
de leur individualité. Les uns et les autres n'ont pas,
à l'instar d'Amiel, de plus cher désir que de s'absorber
dans le Grand Tout. Cette inclination au mysticisme
explique, par ailleurs, le panthéisme sans cesse
renaissant de la pensée allemande depuis les jours
lointains où les anciens Germains s'avisèrent d'adorer
le feu, le soleil et la lune. En revanche, l'influence
française qui s'exerça pendant un siècle et demi en
Allemagne n'avait pas été sans exalter les côtés généreux de son âme. Il faut faire une grande part, en effet,
à la France dans cette opinion, qui animait un Gœthe
à l'aurore du siècle dernier, que la plus haute mission
d'un peuple sur la terre est de travailler à l'œuvre
commune de la civilisation.

A côté de ces penchants idéalistes, qui inclinent
vers le rêve le caractère allemand, il s'en est toujours
rencontré, plus ou moins à découvert suivant les
époques, d'aussi avancés dans la brutalité que les
premiers dans la pure contemplation. Dans son livre
sur *les Mœurs des Germains*, Tacite signale leurs rixes
fréquentes, leurs querelles pour des riens, ce que l'on
devait appeler plus tard des « querelles d'Allemands ».
César nous les montre uniquement occupés à la chasse
et à la guerre, appliqués, dès leur plus tendre enfance,

à s'endurcir physiquement. Ils détestent la paix, méprisent les arts et délaissent l'agriculture, dans la crainte que les travaux champêtres ne leur fassent négliger les armes. « Pourquoi vous battez-vous sans cesse? » demandait l'empereur Julien au chef d'une tribu germanique du Rhin. « C'est que la guerre est la suprême félicité de la vie, » lui fut-il répondu. De fait, les Germains étaient perpétuellement en guerre, la société n'existant, chez eux, que sous la forme rudimentaire du camp en permanence. « C'est pour ces peuples, note Jules César, le plus beau titre de gloire de n'être environnés que de vastes déserts. Ils regardent comme une marque éclatante de valeur de chasser au loin leurs voisins et ne permettent à personne de s'établir auprès d'eux (1). » Le brigandage, aussi, ne leur semblait pas honteux, pourvu qu'il eût lieu en dehors des limites du territoire. A leurs yeux, raconte Tacite, « c'est paresse et inertie que d'acquérir par la sueur ce qu'on peut conquérir par le sang ». Il n'était pas jusqu'aux femmes qui ne fussent belliqueuses ; il leur arrivait souvent d'intervenir, au milieu de la bataille, pour ranimer de leurs exhortations, de leurs prières et de leurs cris, le zèle des combattants. Il n'en va pas autrement au moyen âge. Des deux figures de femmes qui, dans le poème des *Nibelungen*, retiennent l'attention, la reine Brunhild saute, court, lance le javelot, soulève des quartiers de rocs, tandis que Krumhild, épouse de Sigurd, s'assigne pour mission de venger le meurtre de son époux à travers une série interminable d'égorgements. « Il était une reine qui habitait au delà des mers ; — On ne voyait nulle

(1) C. Julii Cesaris, *Commentariorum de Bello Gallico*, l. VI, § II, XXI.

part sa pareille. — Elle était merveilleusement belle, et très grande était sa force. — Elle luttait au javelot avec les forts guerriers qui demandaient son amour. — Elle jetait au loin un rocher, et, derrière le rocher, elle sautait à une grande distance. — Quiconque désirait son amour devait, sans faillir, — Vaincre en ces trois exercices la dame de haute naissance ; — S'il échouait en un seul, il payait sa défaite de sa tête (1). » Ce sont d'authentiques Walkyries. Quelle différence avec les touchantes silhouettes féminines qui se profilent dans nos chansons de gestes ! Poèmes de la force matérielle, les légendes germaniques n'exaltent que la violence. Aucune noblesse ne grandit leurs héros, asservis qu'ils sont à des puissances fatales auxquelles ils tâchent de se soustraire par la ruse, quand ils ne se bornent pas à chercher des trésors.

Il convient, enfin, de ne pas oublier tout ce que l'antique Teuton représentait d'orgueil féroce. Défilant, sous les ordres de leur chef Teuthobochus, devant le camp retranché de Marius, les Germains offraient par dérision aux soldats de ce dernier de porter à Rome des messages pour leurs femmes, ce qui ne les empêcha pas d'être proprement écrasés quelques jours après. Par ailleurs, voici, comme nous le rappelle M. Jacques Flach dans son *Essai sur la formation de l'esprit public allemand*, l'étonnante communication que l'empereur Henri V ne craignait pas de faire à notre Louis-le-Gros, alors en lutte avec le comte de Champagne : « L'Empereur des Romains te mande et t'ordonne, si tu as souci de préserver ton royaume et d'assurer ton propre salut, que tu fasses dans le mois

(1) Trad. Bossert, *Histoire de la littérature allemande*, p. 31.

la paix avec le comte Thibaud, à son avantage et à son honneur. Faute de quoi, l'Empereur, avant que le mois soit écoulé, assiégera Paris et t'y réduira à merci si tu as la témérité de l'y attendre. » A quoi le roi, qui ne manquait pas d'esprit, répondit : « Tpwrut aleman ! » ce qu'on ne peut mieux traduire que par « prout » ou, pour être plus convenable, par « pétarade allemande ». Ce fut la même réponse « Tpwrut aleman » que, sous pli scellé, au milieu d'un grand parchemin blanc, dépêcha Philippe-le-Bel à Adolphe de Nassau, qui lui avait enjoint de rendre les terres allemandes qu'il l'accusait d'avoir usurpées, sous peine d'y être contraint par toutes les forces de l'Empire. N'oublions pas, enfin, que, tandis que, la veille de Bouvines, Philippe-Auguste adressait ces nobles paroles à ses barons : « Pour Dieu, je vous prie que vous gardiez aujourd'hui mon honneur et le vôtre », Otton de Brunswick partageait, par avance, le France entre ses alliés : « A toi Renaud, le Vermandois ; à toi Hugues, Beauvais ; Paris à toi, Ferrand. » Après quoi, il s'abandonna au plus germanique des enthousiasmes : « Ah ! ils ne savent pas, les Français, quelle est la force musculaire de notre race, quelle est la fureur du Teuton dans la guerre, comment il fend en deux, d'un seul coup de son glaive, un homme bardé de fer. Allons, qu'ils viennent ! » Puis, joignant le spectacle au discours, il fit promener parmi ses troupes un grand chariot sur lequel était juché un dragon monstrueux, dont la gueule ouverte était tournée vers les Français, comme « s'il vousist tout mengier », écrit spirituellement l'un de nos vieux chroniqueurs. En conclusion, Otton fut battu, et, battu, il s'enfuit en toute hâte, « sans se soucier, ajoute le chapelain de Philippe-Auguste, Guillaume le Breton, de ceux qu'il abandonnait à la mort, et n'ayant cure que de son propre salut ».

La même brutalité, dont Luther demeure un étrange spécimen, avec les propos grossiers, voire orduriers, dont il émaille ses effusions religieuses, se retrouve chez l'Allemand moderne. Elle était à fleur de peau chez le père du grand Frédéric à qui il arriva de maltraiter à coups de canne son héritier et même son précepteur. Quant à Frédéric II, les beaux esprits que celui-ci avait attirés à sa cour, pour se donner une façade de libéralisme destinée à dissimuler le plus farouche despotisme qui ait existé, ne furent pas peu surpris de voir le « héros du Nord », ce roi soi-disant tolérant et pitoyable, tomber à bras raccourcis sur ses domestiques, rosser ses ministres, répandre le mal et la terreur autour de lui. « La Mettrie dans ses préfaces, rapporte Voltaire, vante son extrême félicité d'être auprès d'un roi qui lui lit quelquefois ses vers ; mais en secret il pleure avec moi. » La brutalité — ne nous étonnons pas — forme le fond de l'éducation nationale, je devrais dire du dressage scolaire et militaire à quoi on ramène cette éducation. Les coups font la raison du maître, comme ils feront, plus tard, celle de l'officier. Il n'en faut pour preuve que les multiples et odieuses brimades, souvent suivies de mort, auxquelles des révélations récentes nous ont appris que des soldats étaient soumis de la part de leurs chefs. N'est-ce pas Frédéric-Guillaume Ier qui inventa le Gassenlaufen pour punir l'insubordination? Dépouillé de ses vêtements, une balle de plomb entre les dents afin qu'il ne puisse crier, le soldat coupable devait passer devant le front de son régiment, tandis que les hommes armés d'une mince baguette trempée dans l'eau salée lui cinglaient les épaules et les reins bientôt en sang. Soutenu par un sous-officier qui était chargé de le remettre debout s'il s'affaissait, il devait faire quinze fois le même trajet.

Cette brutalité n'est pas exclue de la vie civile. Les étudiants d'outre-Rhin n'ont pas, on le sait, de plus cher passe-temps que de se battre en duel : un visage vierge de balafres leur paraît un déshonneur. La rudesse et la brutalité se rencontrent dans toutes les classes de la société, ce qui fait que l'Allemand authentique est l'être le moins chevaleresque d'Europe. Il l'est si peu qu'il ignore les règles de la plus élémentaire bienséance. « Nous ne tenons pas à être aimés, nous voulons être craints, » disait, avant la guerre, à l'un de mes amis un ingénieur teuton chargé des travaux du Badgad. En foi de quoi, il ne ménageait pas les mauvais traitements aux indigènes sous ses ordres. On n'ignore pas, du reste, la conduite sanguinaire des autorités allemandes vis-à-vis des noirs du Cameroun. « Nous sommes une race bouillante (1), » chante un poète allemand contemporain, Charles Henckel. Et cruelle, aurait-il pu ajouter. La brutalité de l'Allemand dégénère, en effet, facilement en sadisme ou volupté de faire souffrir. Aussi bien, ils ont un mot pour la désigner : c'est la *Schadenfreude*. Parlant de ces Italiens qui, à Paris, exposent leurs figurines de plâtre sur le parapet du Pont-Neuf, « souvent, écrit Curt Wigand, je les ai vus se tenir à quelque distance de leur étalage, ou même s'absenter pendant un quart d'heure, sans qu'il vînt à l'idée de personne de briser à dessein, pour le plaisir, une seule de leurs légères et fragiles statuettes. Pareille chose serait absolument impossible à Berlin (2). » Cette joie

(1) Henri GUILBEAUX, *Anthologie des lyriques allemands contemporains depuis Nietzsche.*

(2) Cité par M. T. DE WYZEWA, *Revue des Deux Mondes* du 15 septembre 1914, p. 240.

de nuire inspirait Frédéric-Guillaume Ier quand il faisait servir du poisson cru pour s'amuser des grimaces et contorsions de ses convives. Elle dicta au grand Frédéric les mauvais tours qu'il se plaisait à jouer à ses familiers. D'Argens, par exemple, qui était superstitieux, trouvait régulièrement, en se mettant à table, son couvert en croix, son pain à l'envers et le sel renversé. Tombe-t-il malade, le roi lui envoie un prêtre en dalmatique noire, accompagné de diacres et d'acolytes porteurs de flambeaux et psalmodiant le *Miserere* sous couleur de venir lui administrer l'extrême-onction. L'un des amis de Frédéric est-il coquet, il recommande aux domestiques de répandre en le servant de l'huile sur ses habits. A tel autre, qui se croit menacé d'hydropisie, il ordonne qu'à son insu on rétrécisse, de jour en jour, ses vêtements afin d'augmenter ses angoisses. Ainsi que le remarque Macaulay, Frédéric II avait hérité de son père la tendance à humilier autrui. Nul n'a excellé comme lui à trouver les endroits faibles où frapper le plus douloureusement.

La *Schadenfreude* explique, par ailleurs, les scènes de vandalisme auxquelles, sous n'importe quel prétexte, les étudiants allemands se livrent fréquemment, tels ceux qui, il y a quelques années à Iéna, s'amusèrent à jeter dans la rue tout le mobilier d'un certain nombre d'hôtels et de pensions meublées. Il n'en va pas autrement des officiers. « Pendant un dîner d'adieu offert par le corps des officiers du camp d'Elseborn à une division de cavalerie, j'ai été le témoin oculaire, nous rapporte le capitaine Rommern, qui est Prussien, d'une rage folle de destruction qui s'est abattue non seulement sur toute la vaisselle, mais aussi sur les poêles, les statues, les cadres, les tables

et les chaises de la salle du banquet et des pièces
voisines (1). »

La volupté de faire souffrir, dont les malheureuses
« filles » de Berlin savent quelque chose, n'est, enfin,
pas étrangère aux atrocités dont les régions envahies
furent le lamentable théâtre. L'Allemand, dont les
sens sont obtus, l'imagination lente et les passions
fortes, a toujours été enclin, pour les réveiller, à abuser
de son autorité. Parvenu le dernier à la civilisation,
il est, en s'appropriant les multiples ressources de la
science, demeuré un barbare.

Barbare encore est le peuple allemand par son fon-
cier manque de tact. Renan l'indique dans une lettre
qu'il écrivit à Strauss au lendemain de la guerre de 1870 :
« Le but vous entraîne ; la passion vous empêche de
voir, écrit-il non sans ironie, ces mièvreries de gens
blasés que nous appelons le goût et le tact. » Le souverain mépris que tout bon Allemand professe à
l'égard des étrangers n'est pas pour lui en donner.
Dépourvu de cette sympathie, que Pascal a très justement dénommée l'intelligence du cœur, le sens psychologique n'a jamais été son fort.

Joignez, maintenant, à la méconnaissance de tout
ce qui n'est pas germain, poussée à l'extrême par une
estime exagérée de soi-même, que l'Allemand n'oublie
et ne pardonne jamais, vous comprendrez, alors, à
quel paroxysme de haine peut s'élever son patriotisme, que Henri Heine comparait à un cuir rétréci
par la gelée. « Un jour à Gœttingue, dans un cabaret
à bière, nous conte le délicieux poète de l'*Intermezzo*,
une jeune Vieille-Allemagne dit qu'il fallait venger

_____

(1) Cité par M. T. DE WYZEWA, *la Nouvelle Allemagne*, p. 40 et 41.

dans le sang des Français le supplice de Konradin de Hohenstaufen que vous avez décapité à Naples. Vous avez certainement oublié cela, depuis longtemps ; mais nous n'oublions rien, nous (1). » A plus forte raison semble-t-il aux Allemands d'aujourd'hui que, comme l'a dit M. Lavisse, le Palatinat soit toujours en flammes, Louis XIV à Versailles et Napoléon à Paris. « On nous croit flegmatique, a écrit de Treitschke, nous sommes le plus haineux des peuples. » L'aveu est si vrai qu'on est en droit de se demander si l'amour de sa patrie n'apparaît pas à l'Allemand sous les espèces de la haine. Vindicatif et rancunier à l'excès, l'occasion se présente-t-elle d'assouvir sa rage, il ne connaît plus de bornes. Nous en avons eu quelques exemples en 1870, pâles prodromes, il est vrai, de la folie sanguinaire d'à présent, mais symptomatiques tout de même. A Paris, dans la nuit du 8 au 9 janvier 1871, le Museum fut bombardé. A Strasbourg, les deux admirables bibliothèques, que renfermait le temple neuf, furent incendiées et les Badois organisèrent des trains de plaisir pour contempler la cathédrale en flammes. A Versailles, le quartier de Clagny fut mis à sac par la landwehr. « Chaque fois que M. Trochu fera une sortie, nous viendrons tout piller (2), » déclarent ces braves. Non seulement les princes logés à l'hôtel des Réservoirs s'y livrèrent — jeu, table et le reste, — à une débauche déshonorante, mais des soudards ivres n'assommèrent-ils pas un honnête bourgeois faute par lui d'avoir pu leur donner certaines adresses ? A Saint-Cloud, l'armistice déjà signé, des soldats, armés de bouchons de paille, enduisent de

---

(1) Henri Heine, *De l'Allemagne*, I, p. 184.
(2) E. Delerot, *Versailles pendant l'occupation.*

pétrole les maisons. Le professeur Jahn ne souhaitait-il
pas, dès 1810, que le pays des Welches devînt un désert
peuplé de bêtes fauves? « Les vieux couvents, pro-
phétisait-il, se transformeront en nids à hiboux ; les
créneaux des tours consumées par le feu en aires
pour les aigles ; des incendies prépareront des repaires
aux hyènes ; des labyrinthes souterrains serviront de
réduits aux serpents venimeux (1). » A son exemple,
Gœrres et Stein parlent déjà de brûler la capitale des
Français. Quant aux Tchèques, ils « ont la tête si dure »
que l'illustre historien Mommsen propose de « leur
faire entrer les idées dans le crâne à coups de crosses
de fusil. » « Par le sang et par le fer ! » telle est, aussi
bien, la devise qui résume la politique bismarckienne.

Au fer et au sang, Bismarck ajoutait la fourberie.
Elle est naturelle aux Germains. Elle remonte, chez
eux, à la plus haute antiquité. Velleius Paterculus
ne les qualifie-t-il pas de « race née pour le mensonge »?
Et Arminius, leur héros national, qu'Heinrich von
Kleist a célébré dans un long poème, ne doit-il pas
sa gloire à une trahison? Officier dans l'armée de
Varus, dont il avait su capter la confiance, il l'attira
dans un guet-apens, non sans avoir au préalable
dépecé une jeune Germaine et en avoir envoyé les
morceaux, en témoignage de ce meurtre dont il
accusait les Romains, aux différentes tribus de la
Germanie, afin de les soulever toutes ensemble. « Il
est sage pour un peuple de laisser croire qu'il est profond, qu'il est gauche, qu'il est bon enfant, qu'il est
honnête, qu'il est malhabile, stipule Nietzsche ; il se
pourrait qu'il y eût à cela plus que de la sagesse, — de

(1) Jahn, *Deutsches Volksthum*, Lubeck, 1810.

la profondeur. Et, enfin, il faut bien faire honneur à
son nom : on ne s'appelle pas impunément *das Teutsches
volk* — le peuple qui trompe (1). » Frédéric II, l'ami
des philosophes, n'était pas pour le désavouer. Dans
l'*Instruction militaire du roi de Prusse pour ses généraux*, il émettait les conseils suivants : « Si on ne peut
trouver aucun moyen, dans le pays de l'ennemi,
pour avoir de ses nouvelles... on choisit un riche
bourgeois qui a des fonds de terre, et une femme et des
enfants ; on lui donne un seul homme, travesti en
domestique, qui possède la langue du pays. On force
alors ce bourgeois d'emmener ledit homme avec lui,
comme son valet ou son cocher, et d'aller au camp
ennemi sous prétexte d'avoir à se plaindre des violences qui lui ont été faites, et on le menace en même
temps très sévèrement que, s'il ne ramène pas avec
lui son homme après qu'il se sera assez longtemps
arrêté au camp, sa femme et ses enfants seront hachés
en pièces et ses maisons brûlées. »

Tout de même, le grand Frédéric raffine sur la
fourberie, et, très souvent, il exagère : résolu à envahir
l'Autriche, il prodigue à Marie-Thérèse les marques
d'amitié et les protestations d'appui. Il feint sans cesse.
Désireux, après sa défaite de Closter-Seven, d'amener
le Grand Turc à combattre à ses côtés, il écrit au
Sultan : « Les Autrichiens font courir le bruit que
j'aime la guerre. Sublime Hautesse, ne le croyez pas,
cela est faux ; on m'a forcé à la guerre, et à brûler. Je
me défends comme je le puis, je succombe si vous ne
venez pas à mon secours ! » Vaincu, il fait mine de se
suicider, — « Ma boîte de poison ! ma boîte, » — cependant qu'il chante sa mort en hexamètres.

_____

(1) Nietzsche, *Par delà le bien et le mal*, p. 264.

Feinte, encore, toute cette littérature dont il est ridiculement prodigue. Il y étale des sentiments qu'il n'a pas, mais qu'il voudrait qu'on lui crût. C'est ainsi qu'il déplore en vers la guerre que, « pirate universel », il déchaîne en prose, comme le dit M. Charles Benoist :

> Ciel ! d'où part cette voix de vaincus, de trépas ?
> O Ciel ! quoi ! de l'enfer un monstre abominable
> Traîne ces nations dans l'horreur des combats,
> Et dans le sang humain plonge leur bras coupable !

Avare jusqu'à n'avoir qu'un seul homme à son service et à faire soutenir par des heiduques chevauchant aux portières et se donnant la main par-dessus l'impériale le vieux carrosse de parade qu'il envoie au-devant du marquis de Beauvau, Frédéric simule la générosité. Méchant jusqu'à faire circuler une lettre odieuse sur l'accouchement imprévu d'une grande duchesse, — lettre qu'il fit défendre quand tout le monde en eut pris copie, — il affecte de paraître juste, bon et compatissant. Ne fait-il pas profession de philanthropie ? Fourbe à double détente, il pousse le mensonge jusqu'à prétendre n'aimer rien tant que la sincérité : « Rien ne m'afflige plus, confesse ce bon apôtre, comme les traîtres et les gens faux, ils me font horreur ; savez-vous ce que je fais quand j'en découvre ? Je lis Marc-Antonin. »

Que penser, enfin, d'un empereur, tel Guillaume II, qui ne craint pas d'amener, sous couleur de secrétaires, trente espions triés sur le volet, au château de Hicgliffe en Angleterre, à l'insu de son cousin, le roi George V, dont il était l'hôte ? Aussi bien, la plus insigne mauvaise foi a toujours présidé aux manœuvres de la diplomatie allemande. « Nos puissants armements ont été une garantie de paix telle que n'en ont pas connu les derniers siècles, » écrit

M. de Bulow, l'ancien chancelier de l'Empire. L'Allemand espionne comme il respire. Quant au gouvernement, il ne recule point devant les plus invraisemblables inventions. Guillaume II n'a-t-il pas fait répandre dans le monde musulman la nouvelle de sa conversion à l'islamisme sous le nom de *Hadji Mohammed Ghilioun!* L'hypocrisie teutonne ne respecte même pas la science. Les historiens allemands ne se font pas faute de falsifier les textes ou de maquiller les événements dans un but patriotique. Suivant Meyer, par exemple, qui est l'une des plus grandes célébrités historiques d'outre-Rhin, saint Boniface, l'apôtre de la Germanie, en serait, au contraire, parti pour évangéliser la Grande-Bretagne, dont il était originaire ! Pareillement, il soutient que les Allemands ont fondé les États-Unis avec le concours des Anglo-Saxons. Bien mieux, les historiens allemands attribuent à la Germanie la gloire de toutes les grandes découvertes, l'initiative de toutes les grandes réformes. Il n'est pas jusqu'à ses géographes qui ne revendiquent les pays qu'elle convoite. Si le maître d'école allemand fut, avant 1870, un maître de patriotisme, ce n'est pas, comme on l'a cru trop longtemps chez nous, en répandant des lumières, — opinion qui avait le don d'amuser tout particulièrement le maréchal de Moltke, — mais, au contraire, en cultivant des ignorances, en alimentant des préjugés, en attisant des haines. Cette instruction truquée reparut, d'ailleurs, après 1870, au service du pangermanisme.

Maître Renard, *Reinhart Fuchs*, est bien un type national. L'esprit de ruse uni à la joie de nuire, qu'éprouve trop souvent l'Allemand, le porte tout naturellement à dénoncer. A cette joie que procure le malheur d'autrui, observe M. Curt Wigand, s'ajoute et se rattache dans toute âme allemande un amour passionné de la délation. « Il n'y a pas au monde un peuple, écrit-il, où les délateurs soient aussi nombreux que chez nous, ni non plus aussi satisfaits de soi-même et aussi estimés de leur entourage (1). » La délation sévit partout en Allemagne, voire entre camarades. Ainsi que l'a très bien noté M. Maurice Barrès dans *Au service de l'Allemagne*, les officiers s'en font un véritable point d'honneur.

Ruse et violence, au demeurant, sont les conséquences de la grossièreté foncière du tempérament germanique.

L'Allemand est lourd. « Le véritable caractère national de l'Allemand, écrit Schopenhauer, c'est la lourdeur : elle éclate dans leur démarche, dans leur manière d'être et d'agir, leur langue, leurs récits, leurs discours, dans leur façon de comprendre et de penser, mais tout spécialement dans leur style. » Cette lourdeur aboutit à une vulgarité de manières que le dessinateur Hansi a spirituellement croquée. Et, de fait, l'Allemand, même à ses meilleurs jours, n'a jamais passé pour élégant, ni même pour policé. Frédéric II est mal embouché, sale et goinfre, tous défauts qu'il considère comme autant de qualités devant lesquelles le monde doit s'incliner.

La grossièreté du tempérament germanique tient elle-même à ce que l'Allemand possède des sens obtus. La bassesse de ses goûts en témoigne. L'Allemand mange mal : il mange goulûment et à toute heure d'un seul plat. Il mange à la brasserie, au théâtre, en chemin de fer, au musée, dans la rue. Il ne sait pas apporter dans un repas cette ordonnance, ni cette variété qui font de la nourriture un divertissement, quelque chose d'esthétique déjà. Une même sauce, épaisse et lourde, accommode toutes les viandes, qu'escortent les inévitables pommes de terre à l'eau. « Les Allemands, disait Montaigne, ne goûtent pas, ils avalent. » Même absence de finesse dans le choix des parfums qui, dans le grand monde comme dans le petit, sont de la dernière qualité. Il n'est pas jusqu'à l'atmosphère empestée des brasseries d'outre-Rhin qui n'incommode nullement les femmes les plus élégantes. L'œil des Allemands n'est pas plus délicat. De là leur infériorité dans les arts plastiques. A l'harmonieux ils préfèrent le colossal, aux nuances assorties les couleurs criardes. On le voit bien à leurs constructions récentes. Dans sa recherche du monumental, leur architecture manifeste une parfaite impuissance à respecter les proportions. Ils abusent des ornements, des dorures, des cariatides, qu'ils placent au hasard, pour faire effet. Les appartements du palais royal de Berlin sont, à cet égard, un modèle. La toilette des Allemands et des Allemandes n'est pas mieux composée, ni plus discrète. Tout cela est trop voyant et surchargé. Enfin, l'ouïe, si bizarre que cela puisse paraître, n'est pas mieux partagée chez l'Allemand. M. de Wyzewa estime que, chez lui, les sensations auditives sont fortes, plus fortes que chez les autres peuples, mais, comme leurs congénères, moins nuancées. Le public allemand, s'il aime la musique, paraît, en effet, bien incapable de distinguer la valeur des œuvres. On lui sert couramment des valses de Suppé après les symphonies de Beethoven, et il semble y goûter un égal plaisir. « Dans des concerts de musique de chambre, écrit M. de Wyzewa, j'ai vu les fugues de Bach applaudies avec le même enthousiasme que les chansonnettes de l'Anglais Sullivan. Les théâtres jouent tour à tour *Tristan et Yseult*, *Euryanthe*, *l'Etudiant pauvre*, *Alceste*, *les Dragons de Villars*, sans que les auditeurs trouvent à l'une de ces pièces plus ou moins d'agrément qu'à une autre (1). » M. de Wyzewa en vient à se demander s'ils n'accepteraient pas avec autant de satisfaction des exercices de gammes. Pourvu qu'on leur donne de la musique, cela suffit. Le public allemand n'est pas plus difficile sur l'exécution. A part quelques orchestres de grand mérite, combien qui, en Allemagne, ne valent absolument rien ! Au surplus, cette rudesse des sens semble, pour beaucoup, la cause du mépris profond, irréductible, que les Allemands professent pour la femme. Qu'elle sache faire le ménage et soigner les enfants, c'est tout ce que demande son mari. Une *Hausfrau*, voilà son idéal. Ce mépris de la femme, tout le manifeste en Allemagne. Les étudiants n'aiment pas, comme en France, à parler de leurs maîtresses. Ils s'en cachent, ainsi que d'une relation honteuse. Dans les réunions, dans les brasseries, dans les restaurants, les hommes vont d'un côté et le beau sexe de l'autre. Invite-t-on quelqu'un à dîner, la maîtresse de maison mange d'avance à la cuisine. M. de Wyzewa prétend, non sans raison, que la femme occupe moins de place, ou une place moins relevée, dans la pensée de tout bon Allemand, que la bière et la tabac. Il cite un dessin d'Oberlander, le grand satiriste des mœurs allemandes, comme le parfait symbole des mœurs conjugales teutonnes. Ce dessin représente un gros homme, attablé, dans un café, disant à son épouse assise, immobile, auprès de lui : « Tiens, Marguerite, tu peux

(1) Téodor DE WYZEWA, *l'Art et les mœurs chez les Allemands*, p. 109.

boire ma bière : elle est chaude, et je vais en demander
de plus fraîche. »

A des sens aussi obtus, il faut, pour les émouvoir,
la quantité. De là, le penchant des Allemands à l'ivrognerie. « Lichtenberger, note Schopenhauer, compte
plus de cent expressions allemandes pour exprimer
l'ivresse ; quoi d'étonnant, les Allemands n'ont-ils pas
été, depuis les temps les plus reculés, fameux pour leur
ivrognerie (1)? » Le Walhalla est un lieu où les héros
tombés en combattant boivent de l'hydromel dans le
crâne de leurs ennemis. Tacite signale le penchant des
Germains à l'ivrognerie, les longues orgies auxquelles,
quand ils ne se battent pas, ils se complaisent. Il n'en
va pas différemment à l'époque de la Renaissance.
« Répugnant le matin, quand il est à jeun, plus répugnant l'après-midi quand il est ivre, il est, dans ses
meilleurs moments, un peu au-dessous de l'homme, et,
dans ses pires heures, il vaut à peine mieux qu'une
bête. » C'est en ces termes que, dans le *Marchand
de Venise*, Portia parle de son prétendant, le jeune
prince de Saxe. Malgré la terreur qu'il éprouve du
diable et de ses accès de religiosité ardente, Luther
aime violemment le plaisir. « Quiconque, prononce-t-il,
n'aime ni les femmes, ni le vin, ni le chant, — celui-
là est un sot et le sera sa vie durant. » N'oublions
pas que, après avoir beaucoup médité, le savant docteur Faust, tel que sous ses traits Gœthe nous peint
ses contemporains, en arrive à proclamer l'insuffisance
de l'esprit, la vanité de l'étude pour revendiquer les
droits de la chair. N'est-ce pas Gœthe qui, dans la
taverne d'Auerbach, a tracé le truculent tableau de
la bestialité germanique? Le culte des joies « réelles »

---

(1) SCHOPENHAUER, *Pensées et aphorismes*, trad. BOURDEAU, p. 225.

le porte, finalement, à célébrer, dans *le Divan*, le plus intégral sensualisme. En réalité, les jouissances matérielles ont toujours tenu une grande place dans la vie allemande. L'Allemagne accorde une importance exagérée à la mangeaille. Il y avait, avant la guerre, une question de la viande, qui provoqua des émeutes. Les *delikatessen* consistent, pour le peuple germanique, en charcuteries et Gambrinus est, à coup sûr, l'une de ses divinités préférées, tant la bière inonde la terre allemande. Les Munichois en boivent en si grande quantité que certains lui doivent une spéciale affection du foie. Comment le Teuton aurait-il pu échapper à la hantise de ce que Rabelais — pardonnez-moi l'expression — appelait « la gueule », étant donnée sa voracité légendaire? M. Cunisset-Carnot en a rapporté un saisissant exemple dans le cas, vu de ses yeux, de ce soldat allemand qui mourut, en 1870, dans l'Auxois, d'avoir avalé sept livres de lard cru ! A l'autopsie, ses intestins, littéralement, crevèrent. Dans le livre qu'il a consacré à l'occupation de Versailles durant l'année terrible, M. Délerot nous raconte l'aventure de ces guerriers trop goulus, qui, après avoir dévalisé un marchand de vins, burent les liquides colorés qui figuraient à sa devanture les liqueurs de marque. Il cite, notamment, le cas d'un officier qui était tellement ivre qu'il tua d'un coup de fusil, sans même s'en apercevoir, la servante qui lui versait à boire et cet autre d'un général qui rentra, pendant huit jours de suite, dans un tel état d'ivresse qu'on fut obligé de poster à la porte quatre hommes pour le hisser jusqu'à sa chambre. A l'hôtel des Réservoirs, n'était-on pas obligé tous les soirs de retirer des officiers ivres de dessous la table et de les coucher dans un local affecté à cet usage? Rien qu'à Épernay, la petite garnison de la ville réquisitionna cinq mille bouteilles de champagne par semaine durant les huit mois de l'occupation. A Reims, tout soldat reçut par jour deux bouteilles. « Nous buvons le meilleur champagne à bouche-que-veux-tu, écrit l'un d'eux, et ce n'est qu'exceptionnellement que nous nous contentons de nos deux bouteilles. » Le prince Frédéric-Charles en exigeait quotidiennement quarante.

Déjà, quand, en 1814, Yorck pénétra dans Châlons, il trouva ses soldats et leurs officiers gisant dans les rues ivres-morts, bouteille en main. Le maire de Châlons évalua à cinq mille sept cents le nombre des flacons de champagne qui, dans la nuit du 5 février, avaient été dérobés et vidés. Encore ne compta-t-il pas ceux dont s'étaient approvisionnés les officiers, tel Blücher, qui en avait rempli un fourgon à destination de son château de Krieblowitz !

Le peuple allemand, pour conclure, a de gros appétits. Son organisation, si justement vantée, ne procède que de l'intérêt bien entendu. L'unité allemande, elle-même, a commencé par être une union douanière. Et, si la victoire l'a achevée, c'est que, comme l'avait prédit Quinet, la race germanique devait se ranger, pour la satisfaction de ses appétits, sous la dictature du peuple, non pas plus éclairé, mais plus avide, plus ardent et plus exigeant qu'était la Prusse. Rappelons-nous que, chez les anciens Germains, le pillage était le fondement de toute société. « Prenons d'abord, disait Frédéric II au moment d'entrer en Silésie ; je trouverai toujours des pédants pour prouver mes droits. » Prendre, tel est, en effet, l'objet de toute guerre allemande. Il n'en est pas une qui ne cache une affaire, comme l'avoue M. de Sybel à propos du Schleswig-Holstein, « question de vie ou de mort, reconnaît-il expressément, pour le commerce de la Prusse ». « La coutume des Allemands ni leur courtoisie n'est mie belle, disait notre Froissard en son vieux langage volontiers prudent et modéré, car ils n'ont pitié ni mercy de nuls gentilshommes s'ils échéent entre leurs mains prisonniers, mais les rançonnent de toute finance et outre, et mettent en fers, en ceps et en plus étroites prisons qu'ils peuvent, pour estordre plus grand rançon... » Le général Canonge nous rappelle qu'en 1870, trois mois après le bombardement de Strasbourg, le comte d'Olech, gouverneur de l'Alsace, imposa une amende de 800 francs à chaque propriétaire de la ville dont les maisons n'avaient pas été complètement détruites ! A Dieppe, en janvier 1871, le général von Gœben fit saisir tous les tabacs de la manufacture ; puis, après avoir distribué à ses soldats ce qui pouvait être consommé, il revendit à la municipalité, au prix fixé par lui de 100 000 francs en or ou de 200 000 francs en billets, tous les tabacs non préparés. A Laon, à la Fère, à Vincennes, les Allemands en firent autant des matériaux qu'ils trouvèrent dans nos dépôts militaires. Le profit personnel ne fut pas oublié. A Bourg-la-Reine, le capitaine de landwehr Hermann Backer s'empara de toutes les machines de la fabrique de boutons qu'il avait quittée comme contremaître pour s'établir dans son pays deux ans auparavant. Après quoi, il fit raser l'usine. La démolition accomplie : « Voilà quatre ans d'avance de ma fabrique sur la sienne, » ne manqua-t-il pas de se féliciter. A Ville-d'Avray, les officiers supérieurs du 47e et du 58e régiment font emballer les pianos sous les yeux des propriétaires. A Ville-du-Bois, le baron de Guttemberg expédie à sa femme les draps du lit de M. de Montgobert. Le comte de Bredof en fait autant pour son épouse. A Beaumont-sur-Oise, le mobilier des habitants est chargé sur vingt-cinq fourgons, sous la surveillance d'un général, par les soldats du 2ᵉ régiment de la garde. La manufacture de Sèvres, à son tour, est pillée par Leurs Altesses les princes de Reuss et de Wurtemberg, le grand-duc de Mecklembourg, le duc de Saxe-Cobourg, le prince royal lui-même. A Beauvais, le baron de Schwarzkoper enlève des tapisseries. Roon, le ministre de la Guerre, se contente des bons vins. « C'est le vol organisé, écrit à sa femme le général-amiral Albert von Stosch ; je me suis frappé la poitrine en signe de repentir ; mais le sentiment de la propriété disparaît forcément au cours de cette guerre, et c'est un devoir d'appauvrir ces gens-là ! »

N'est-ce pas le même instinct de rapine qui inspire encore l'actuel chant de guerre : « L'Allemagne, l'Allemagne par-dessus tout, — Par-dessus tout dans le monde. — Si, pour se défendre et attaquer, — Elle s'unit fraternellement »? Aussi bien, l'Allemand est moins sociable qu'intéressé. De là, au rebours de ce qui se passe en France, l'allure moins idéologique qu'utilitaire de la *Social-Democratie*, tant et si bien que Maurice Barrès a pu dire qu'on devrait, en signe de ses appétits, représenter le socialisme allemand un navet pendu au cou. De là, enfin, le caractère presque exclusivement pratique de la science allemande, qui a beaucoup moins découvert et même inventé qu'appliqué les idées d'autrui, en particulier les nôtres.

Que l'Allemand de 1914 soit fort éloigné du type sous lequel, pendant longtemps, les Français se plurent à l'imaginer, à savoir sous les espèces d'un brave homme, à la fois ingénu et placide, uniquement occupé à échanger au milieu d'un petit cercle d'amis des idées extrêmement nuageuses dans l'atmosphère épaisse de quelque brasserie; qu'il soit plus éloigné encore du portrait que nous en retraçait Mme de Staël, qui ne discernait, passé le Rhin, au dire de Heine qui s'en moquait, qu' « un nébuleux pays d'esprits où des hommes sans corps et toute vertu se promènent sur des champs de neige, ne s'entretenant que de morale et de métaphysique (1) », cela ne veut pas dire que ces douces visions aient été entièrement fausses, mais simplement qu'elles ont fait place, — sous réserve des illusions que nous nous étions forgées à l'endroit de nos voisins, — aux bas appétits, aux instincts féroces et sauvages du caractère germanique, qui, parce qu'il n'est pas encore entièrement dégrossi par la civilisation, ont repris le dessus, de nos jours, sur les tendances idéalistes, la sentimentalité profonde, le goût de la spéculation qui, aux grandes époques du nom allemand, avaient réussi à les museler. Un complet revirement — il n'y a pas de doute — s'est opéré de nos jours dans l'âme allemande, avec cette aggravation que ses bas appétits, au lieu d'annihiler les puissances de rêve qu'elle contient, se les sont asservies.

Une telle idéalisation des forces mauvaises a mené tout droit l'Allemagne, pendant cette guerre, au déchaînement systématique et, qui plus est, à l'apologie, voire à l'apothéose de ce qu'il y eut toujours de grossier, d'avide, de cruel et de bestial au fond de son âme.

(1) *Die Begrundung*, III, p. 30.

CHAPITRE VII

LA PHILOSOPHIE ALLEMANDE

La philosophie allemande n'est pas complètement étrangère à cette « conversion ». C'est un fait que la philosophie d'outre-Rhin a, durant plus d'un siècle, contribué, consciemment ou non, à libérer, puis à légitimer, tous les instincts, sans en excepter les moins nobles.

Je ne veux point soutenir par là que les philosophes allemands soient directement responsables des atrocités présentes, ni que leurs doctrines devaient nécessairement conduire où nous avons vu les armées allemandes aboutir. Je ne partage point du tout l'opinion de ceux, trop simplistes, qui incriminent Luther et Kant. On a trop représenté les atrocités allemandes comme une conséquence obligée de leurs théories. C'est injuste, parce que c'est faux. Le protestantisme, non plus, n'est pour rien dans la barbarie teutonne. La conduite au-dessus de tout éloge des protestants anglais et français durant cette guerre suffirait à le démontrer, si ce n'était l'évidence même. Le protestantisme ne peut que réprouver, au nom de la conscience, — et de fait il n'y a pas manqué, — l'abandon de tout frein, lui qui est si imbu de moralité et si soigneux de personnelle retenue. En ce qui concerne

Kant, loin de justifier les atrocités germaniques, toute son œuvre proteste contre la violence. En le citant à l'appui de leurs dires, les intellectuels allemands ont, sans contredit, abusé de son nom. Dans son *Essai sur la paix perpétuelle*, il a clairement flétri tous les crimes que ses compatriotes se croient en droit de commettre en vertu de la théorie des « nécessités militaires ». Tout de même, ni Fichte, ni Schelling, ni Hegel n'ont, par leur enseignement, conduit directement au vol et à l'assassinat.

Il reste seulement que, sous l'action des circonstances, étant donnés les défauts du caractère germanique, qui — ne l'oublions pas — a utilisé au profit de ses appétits la philosophie allemande, celle-ci n'a pas été sans influer sur le mouvement des esprits qui devait avoir comme corollaire le débordement de sauvagerie systématique auquel nous avons assisté. Ailleurs, évidemment, cette philosophie aurait porté d'autres fruits. Aussi bien, un facteur social n'agit jamais qu'en composition avec d'autres, d'où il suit qu'en sociologie un fait est toujours le résultat d'une multitude de causes, qui, combinées différemment, auraient produit un effet différent. C'est le cas de s'en souvenir.

Maintenant, que le caractère germanique ait, en partie, inspiré la philosophie allemande, cela est certain. Il ne l'est pas moins que, dès la fin du dix-huitième siècle, cette philosophie a travaillé, par son œuvre exclusivement critique, à ruiner la morale et, comme conséquence, à affranchir les passions de toute règle, en dépit d'un moralisme qui, pour avoir revêtu la forme de l'impératif catégorique, n'en était pas moins fragile. Cette entreprise, du reste, ne fut pas elle-même spontanée.

Soucieux de ramener la religion à l'élan mystique
de l'âme illuminée par Dieu, le fondateur du protestantisme ne s'était pas contenté de rejeter le dogme
catholique : il avait séparé, radicalement, la foi de la
raison. Mais, récuser l'intervention de cette dernière
en matière religieuse ne pouvait que conduire au mysticisme dans le domaine de la foi et, par un curieux
retour des choses, au rationalisme le plus téméraire
dans l'ordre des sciences, fussent-elles religieuses. En
fait, délivrée par le fidéisme de toute entrave ou,
plutôt, de toute direction dans l'interprétation des
Livres saints, la raison ne tarda pas à s'attaquer, non
plus seulement aux dogmes, mais à la révélation, que
Luther considérait comme l'unique source de la foi,
à l'histoire et, finalement, à la métaphysique même
du christianisme. C'est ainsi qu'après Lessing, qui
ruina la théorie traditionnelle de l'inspiration verbale
des Écritures, l'exégèse biblique en vint à rejeter la
notion du surnaturel : elle réduisit les origines du chris
tianisme au récit poétique des expériences religieuses
des premiers fidèles. La critique allemande a, par cette
voie, ramené la religion à un simple sentiment sans
valeur objective. Et comme un sentiment ne saurait
être ni vrai ni faux, — on l'éprouve ou non, voilà tout, —
les exégètes furent conduits à soutenir que la question de
vérité ou de fausseté ne se pose pas en matière religieuse.
Au terme du dix-huitième siècle, en fin de compte,
Schleiermacher sépara nettement la morale de la religion, celle-ci étant incapable, d'après lui, de fournir aucune règle de conduite. Or, souvenons-nous de la pré-
diction d'Henri Heine : « Le christianisme, écrit-il,
a adouci jusqu'à un certain point cette brutale ardeur
batailleuse des Germains ; mais il n'a pu la détruire,
et quand la croix, écrit-il, ce talisman qui l'enchaîne,

viendra à se briser, alors débordera de nouveau la férocité des anciens combattants, l'exaltation frénétique des Berserkers que les poètes du Nord chantent encore aujourd'hui. Alors, et ce jour, hélas! viendra, les vieilles divinités guerrières se lèveront de leurs tombeaux fabuleux, essuieront de leurs yeux la poussière séculaire; Thor se dressera avec son marteau gigantesque et détruira les cathédrales gothiques (1)... »

En vain Emmanuel Kant tenta-t-il d'arrêter la morale sur la pente, au bas de laquelle était sa ruine, en fondant le devoir sur la conscience individuelle, à qui il s'imposerait à titre d'impératif catégorique. En vain proclama-t-il le primat de la raison pratique sur la raison théorique qui, selon lui, ne saurait nous donner la certitude à laquelle nous élèverait d'emblée l'obligation morale. En vain démontra-t-il que l'existence d'une loi à réaliser au for de chacun de nous postule l'existence de Dieu et l'immortalité de l'âme. La loi morale de Kant, qui ne nous est pas imposée et qui ne peut l'être par une autorité extérieure, dans le doute où nous laisse la *Critique de la raison pure* d'une réalité qui nous serait étrangère, cette loi que nous nous donnons est, en fin de compte, relative à chacun de nous. Elle sera, en pratique, ce que la voudra notre liberté, l'expression, en un mot, de notre bon plaisir. Kant a beau prescrire, pour éviter cet écueil, d'ériger les maximes qui nous semblent devoir gouverner notre conduite en règles universelles, afin de distinguer ce qui est moral de ce qui ne l'est pas, ce qui représente la loi de ce qui n'en figure que la contrefaçon, le sens individuel n'en demeure pas moins le souverain juge de nos actes. Or, qui ne sait à quelles

(1) Henri HEINE, *De l'Allemagne*, I, p. 181 et 182.

aberrations individuelles ou collectives le sens propre peut prêter en dépit de ce stratagème? Il n'y a point de forfait qu'on ne puisse, avec son concours, faire passer pour vertu. Si grand que soit son rôle et si éclatante sa lumière, la conscience morale risque fort de s'égarer quand on ne lui laisse aucun point de repère pour l'aider à se retrouver.

Eh bien ! non seulement Fichte ravit à la conscience, tout point de repère ; il supprima encore toutes les barrières qui pouvaient s'opposer à la libre expansion du moi. Tandis, en effet, que Kant laissait, tant bien que mal, subsister derrière les apparences sensibles une réalité en soi ou *nouménale* à laquelle il prétendait que l'esprit impose sa forme, Fichte dissipe jusqu'à ce dernier fantôme d'existence extérieure à l'homme. Il pose, délibérément, l'identité du moi et du non-moi. Autrement dit, le moi crée, selon ce philosophe, le monde qui nous environne ; ce n'est pas un obstacle qu'il rencontre, c'est une limite qu'il se donne. Absolument libre, le moi fait, avec toute réalité, toute vérité. De souverain législateur, le voilà promu au rang de souverain créateur. Il n'est rien qui puisse ni qui doive lui résister ; ce qui se comprend puisque c'est de lui, finalement, que tout dérive. De même que la science crée la vérité, la volonté crée les faits. Agir et agir le plus possible est, par suite, l'unique loi, la loi première et ultime, qui ne saurait se subordonner à aucune autre pour cette excellente raison qu'il n'y en a point d'autre et qu'elle est tout. C'est, dans le plus radical subjectivisme, le plus complet affranchissement de la personne. La conséquence en résulte que tout acte, quel qu'il soit, est licite et, même, méritoire. A chacun de faire sa morale. Cela, dans la pratique, pourra ne pas aller trop mal avec des caractères naturellement orientés vers le bien, mais on devine quelles infamies une telle philosophie est, par ailleurs, capable de justifier.

D'autant que, par voie de conséquence et de réaction à la fois, plusieurs écrivains allemands s'attachèrent, vers la même époque, à réhabiliter la nature dans ce qu'elle renferme de plus profond, de plus fort, mais aussi de plus trouble : ses instincts. Ainsi que l'a très bien montré M. Imbart de la Tour dans les *Origines de la Réforme*, ce devait être une conséquence du fidéisme de Luther. Pour avoir secoué le joug de l'intelligence dans le domaine de la croyance et même de la conduite, le fondateur du protestantisme avait accordé la prépondérance au sentiment sur la raison. Cette tendance, que couronna la doctrine de la grâce, devait inciter les Herder, les Jacobi, Gœthe lui-même et tous les romantiques, y compris Novalis, à s'incliner devant « le sens créateur de la nature (1) ». Nos instincts, qui en constituent l'immédiate manifestation, furent ainsi assimilés à une révélation progressive, dont l'homme serait le Messie prédestiné. Aussi bien, selon Herder, quand nous suivons nos passions et que nous nous laissons aller aux plus violents excès, nous obéissons à des lois non moins belles que celles qui président aux révolutions des astres. Comment en irait-il autrement? Est-ce que la nature, qu'il considère, pour sa part, comme aussi réelle que le moi, ne paraît pas divine à Schelling? Digne continuateur de Fichte, qu'il contredit en l'approfondissant, il remarque que le moi, qui, selon ce dernier, produit le non-moi, n'est encore ni sujet, ni objet, mais le principe supérieur et absolu d'où ils

(1) NOVALIS, Schriften, Heilbron, 2 theil, p. 241.

dérivent l'un et l'autre. Schelling, d'un mot, professe le plus complet panthéisme. Nature et esprit se répondent d'autant mieux, dans son système, que chacun d'eux, par son développement propre, exprime à sa manière l'âme du monde, raison impersonnelle au sein de laquelle se résout, parce qu'elle en sort, l'antithèse du moi qui la personnifie et de la nature qui l'objective. Or, ne nous y trompons pas, Henri Heine, à qui il faut toujours revenir quand on parle de l'Allemagne, voyait dans le panthéisme ainsi compris une force terrible. « Si la main du kantiste frappe fort et à coup sûr parce que son cœur n'est ému par aucun respect traditionnel ; si le fichtéen méprise hardiment tous les dangers parce qu'ils n'existent point pour lui dans la réalité, le philosophe de la nature sera terrible, dit-il expressément, en ce qu'il se met en communication avec les pouvoirs originels de la terre, qu'il conjure les forces cachées de la tradition, qu'il peut évoquer celles de tout le panthéisme germanique et qu'il éveille en lui cette ardeur de combat que nous trouvons chez les anciens Allemands et qui veut combattre, non pour détruire, ni même pour vaincre, mais seulement pour combattre (1). » Le panthéisme de Schelling aboutit, de fait, puisqu'il le charge d'exprimer l'Absolu, à la divinisation de l'instinct, que Schopenhauer considérait de son côté, sous le nom de vouloir-vivre, comme la cause de l'univers.

Survint alors Hegel qui conféra à l'instinct ses titres de raison. D'après lui, en effet, l'Absolu n'est plus transcendant, mais immanent à la réalité. Il n'est pas le principe commun de la nature et de l'esprit ; il est lui-même tour à tour nature et esprit,

(1) Henri HEINE, *De l'Allemagne*, I, p. 181.

car il n'est pas immobile : il devient. Cette perpétuelle
genèse serait, en fin de compte, ce qui constitue
l'Absolu. Mais ce mouvement ou ce progrès des choses
et de la pensée, en quoi il consiste, demeure logique
par essence, ce qui revient à dire qu'il y a, pour
Hegel, identité entre la pensée et la réalité. Il s'ensuit que tout ce qui est rationnel est réel et que tout
ce qui est réel est rationnel ou, plus exactement, que
tout ce qui devient est raison. Il suffit qu'une chose
se réalise, qu'un acte s'accomplisse pour qu'ils soient
aussitôt jugés conformes à cette raison, qui, identique à Dieu, prend dans l'homme une conscience
progressive d'elle-même. Le succès apparaît, en résumé,
comme l'unique mesure de la valeur, à la fois logique
et morale, de nos actes. En d'autres termes, le fait
constitue le droit pour cette péremptoire raison que
les deux se confondent.

On comprend que, dans de telles conditions, la
métaphysique de Hegel ait pu donner naissance au
matérialisme. Elle n'y a pas manqué et, par suite,
d'augmenter la confiance que, depuis Schelling, ses
concitoyens avaient dans l'instinct. Le matérialisme,
en effet, ne contribua pas médiocrement à borner
l'horizon allemand aux plus grossières satisfactions,
que, selon la coutume germanique, il auréola — à l'instar de la matière d'où il les fait surgir — d'une sorte
de nimbe mystique bien propre à en augmenter l'at-
trait. « La matière est éternelle, elle est l'absolu de
la nature (1), » écrit Steffens. Et le professeur Lasson
reprend : « La matière a besoin d'unité d'âme, d'inté-
riorité. » Mysticisme et matérialisme se rejoignent.

1) STEFFENS, *Grundzuge der philosophischen Naturwissenschaft,*
p. 19.

Ce lent travail d'édification, qu'opérèrent les Vogt, les Moleschott, les Buchner et les Czoller, aboutit, entre 1850 et 1860, au matérialisme historique de Karl Marx, qui explique l'histoire de la civilisation, avec tout ce qu'elle comprend de coutumes, d'idées, de philosophies, de sentiments, d'œuvres scientifiques, artistiques et littéraires, par les seuls facteurs économiques. De cette propagande, enfin, sortit une exclusive réhabilitation de la chair et, pour tout dire, une sorte de sensualisme antichrétien, qui était une véritable renaissance du paganisme le plus audacieux. Après 1870, Haeckel intensifia encore cette propagande, avec sa tentative d'expliquer uniquement par les sciences physiques toutes les énigmes de l'univers. Propagande qui eut d'autant plus de succès que l'enseignement de Haeckel favorisait l'esprit d'entreprise capitaliste pour qui la richesse, avec les jouissances qu'elle procure, apparaît comme une fin en soi. Quand on en est là, tous les moyens semblent bons, même les pires, pour conquérir la toison d'or : réussir, il n'y a pas d'autre règle. Cela parut d'autant plus évident à la conscience allemande que, dans la ruine de tout principe moral et même de toute réalité, la philosophie idéaliste arrivait à des conclusions identiques, jusqu'à assigner une origine sacrée à la volonté de puissance.

Bien mieux : il se trouva en Allemagne un grand écrivain, adversaire déclaré cependant du matérialisme, pour magnifier cette volonté de puissance et, qui plus est, pour recommander les pires procédés en vue de la satisfaire ; pour condamner, par conséquent, les vertus chrétiennes — la douceur, la bonté, la modestie, la pitié, la chasteté, la charité, — qui ne peuvent lui être que des obstacles, au profit de la

dureté, de la méchanceté, de l'orgueil et de la luxure,
qui la servent ! pour, en un mot, renverser, comme il
le dit, la table des valeurs. J'ai nommé Nietzsche, qui
est de tous les philosophes le plus violemment antichrétien. Ne reproche-t-il pas au christianisme, et à
ceux-là même qui, sans le savoir, s'en inspirent, la foi
en un monde meilleur, en un principe moralement bon
et, à son défaut, en un idéal de justice, de vérité et
de beauté? Dissipez ce « mensonge vital », le monde
apparaît, selon Nietzsche, sans fin ni but ; constatation qui, à l'entendre, n'est pour déprimer que les
faibles, ceux qu'il est préférable de voir disparaître,
mais non les puissants qui, sentant en eux la force
créatrice, se savent capables de donner une forme au
chaos, d'imposer leur loi à la vie indifférente. Un tel
nihilisme constitue, à son avis, un tonique pour les
forts, qui, au lieu de verser dans un stérile pessimisme
par regret d'un idéal disparu, conquerront, en s'y ral-
liant, un état d'âme dyonisiaque, triomphal et eni-
vrant, gage de leurs succès futurs. Toutes les leçons
que nous prodigue Zarathustra se résument en celle-ci :
être fort. Il appartient au surhomme de prendre la
place laissée vide par la mort de Dieu. « Le surhomme
est la raison d'être de la terre, enseigne-t-il à ses disciples. Votre volonté doit dire : que le surhomme soit
la raison d'être de la terre. » C'est, de même, parce
que, au rebours de la religion du Christ, le paganisme
des antiques forêts de la Germanie faisait consister le
souverain bien dans « la force du corps et toutes les
qualités qui rendent l'homme redoutable » que Mommsen, bien avant Nietzsche, s'en était institué l'ardent
protagoniste. Zarathustra n'a fait, au fond, que
pousser jusqu'à ses extrêmes limites cette conception
païenne de la vie pour laquelle il semble, au dire de

Nietzsche lui-même, que l'Allemagne ait fourni un terrain merveilleusement propice. « Les Allemands, — *die Deutschen,* — écrit-il, cela veut dire primitivement *les païens;* c'est ainsi que les Goths, après leur conversion, désignèrent la grande masse de leurs frères qui n'étaient pas encore baptisés... Il serait encore possible que les Allemands se fissent, après coup, un honneur d'un nom qui était une antique injure en devenant le premier peuple non-chrétien de l'Europe (1). »

Être fort, voilà, en tout cas, le commandement primordial, celui d'où tous les autres dérivent. Devant la force, rien ne compte. Elle vaut par elle-même et pour elle-même. Tout ce qui est susceptible de l'entraver est mauvais. Arrière, donc, la pitié ! Elle demeure une faiblesse et une sottise. « ... Si vous ne voulez pas être des *destinées,* des *inexorables,* comment pourriez-vous, un jour, vaincre avec moi? Car les créateurs sont durs. Et cela doit vous sembler béatitude d'empreindre votre main en des siècles, comme en de la cire molle, — béatitude d'écrire sur la volonté des millénaires comme sur de l'airain, — plus dur que de l'airain, plus noble que de l'airain. Le plus dur seul est le plus noble. O mes frères, je place au-dessus cette nouvelle table de la loi : *Devenez durs* (2). » Plus encore, Nietzsche enseigne la nécessité de faire le mal, la volupté de détruire. A cette seule condition, le surhomme pourra devenir, comme il le souhaite, une bête complète. Ce qui est débile mérite d'être écrasé. « O mes frères, suis-je donc cruel? interroge Zarathustra. Mais, je vous le déclare : ce qui tombe, il faut encore le pousser (3). » Non seule-

(1) Nietzsche, *Gaie science,* p. 194 et 195.
(2) Nietzsche, *Ainsi parlait Zarathustra,* trad. Albert, p. 303 et 304
(3) *Id.,* p. 296.

ment l'homme fort doit devenir méchant, il doit, en outre, pour faire prévaloir sa force, dissimuler. « ... L'homme fort deviendra nécessairement plus fort et plus riche qu'il ne l'a peut-être été jusqu'à présent, grâce au manque de préjugés de son éducation, grâce aux facultés multiples qu'il possédera dans l'art de dissimuler et dans les usages du monde (1). »

De même qu'il n'existe rien de supérieur à la force, il n'y a pas, suivant Nietzsche, de droits contre elle. Hegel, déjà, n'avait pas craint de railler ceux qui prétendent que les traités de paix doivent durer éternellement : la raison d'État les a signés, la raison d'État peut les rompre. « Même s'il dispose d'arguments médiocres, déclarait un jour le prince de Bismarck, un homme a toujours raison quand il a pour lui la majorité des baïonnettes. » Aussi bien, d'après tous les hommes politiques allemands, quand ceux qui gouvernent un pays croient la guerre inévitable pour quelque motif que ce soit, il est de leur devoir strict de la faire éclater au moment le plus favorable, afin de se réserver l'offensive, sans s'inquiéter de vaines formalités, telles que le respect des neutres ou la déclaration de guerre préalable. Au moment de l'affaire du Schleswig-Holstein, par exemple, Treitschke, qui a le mérite de la franchise, flétrissait « les petites intrigues et les manœuvres maladroites et répugnantes des diplomates qui voudraient nous faire croire aux soi-disant droits des Hohenzollern sur les duchés », au lieu d'avouer sincèrement que « nous ne voulons pas de nouvelle cour..., que le particularisme des Holstenois ne s'est déjà que trop marqué..., enfin que la Prusse doit annexer cette terre pour être

(1) NIETZSCHE, *Par delà le bien et le mal*, p. 260.

capable d'une grande politique allemande (1) ». De
fait, déclare tout net le général von Bernhardi, « pour
une nation qui sait en péril ses instincts vitaux, il
n'y a qu'une immoralité, c'est d'être faible (2) ».
Quant à Bismarck, il confessait que, là où la puissance de la Prusse était en question, il ne connaissait
pas de loi. « Aucun État, confirme Treitschke, ne
saurait jamais s'engager à une observation illimitée
de ses traités, car une telle observation aurait pour
effet de restreindre son pouvoir souverain. » Entendez :
ses intérêts.

Non seulement la force prime le droit, comme on l'a
trop répété, pour tout cerveau allemand contemporain ; elle le crée. « La puissance du vainqueur, voilà
ce qui détermine le droit, » avouait expressément
Ihering dans le discours qu'il prononça en 1876 pour
l'anniversaire de Guillaume Ier. Et il ajoutait : « C'est
de cette manière que notre sentiment juridique se
concilie avec la dure loi de l'histoire (3). » Ce n'est
pas autre chose que l'affirmation solennelle du droit
du plus fort, de ce fameux droit du poing, *Faustrecht*,
qui, de l'aveu des juristes allemands, a formé le fond
des coutumes germaniques jusqu'à la Renaissance.
A en croire Savigny, notamment, le droit n'a jamais
été pour les Teutons ce qu'il est pour les Latins, à
savoir un rapport rationnel de libertés. Il est, pour
eux, « une force, une fonction du peuple (4) ».

De là, à glorifier la force comme l'expression d'une
supériorité vraie qu'il convient de respecter, il n'y
avait pas loin. Aussi bien, pour les Allemands, la force

(1) *Zehn Jahre, Deutscher Kampf*, p. 9 et 26.
(2) *Unsere Zukunft*, p. 76.
(3) *Macht und Recht*.
(4) Von Berns, *Unserer Zeit*, p. 5.

ne fut plus censée simplement créer la justice, ils l'identifièrent avec le droit divin. « Dieu ne parle plus aux princes par des prophètes et par des songes ; mais il y a *vocation divine*, professe gravement Treitschke, partout où se présente une occasion favorable d'attaquer un voisin et d'étendre ses propres frontières (1). » Nous voici, en plein dix-neuvième siècle, ramenés au jugement de Dieu. La force est regardée comme signe d'élection. Elle est la seule chose qui compte, l'unique indice de valeur, ce devant quoi les faibles, individus ou nations, doivent s'incliner ; ce au nom de quoi, en définitive, il est juste, il est beau, il est bon qu'ils soient écrasés. « Ils s'étaient montrés incapables de **créer** un puissant État sur la base du droit et de l'ordre politique, » argue, à propos des Polonais, le prince de Bulow, afin de justifier leur démembrement. Le rôle des faibles, en conséquence, ne saurait être que de disparaître ou de vivre sous la domination de leurs vainqueurs, qui, eux, sont les élus de Dieu, les prophètes et les prêtres de la divinité immanente à l'univers.

L'histoire, cette forme de la lutte pour la vie, apparaît, par suite, comme la grande justicière aux yeux des Allemands : elle élève les forts et rabaisse les faibles. « L'histoire dans son irrésistible tourbillon, approuve Mommsen, brise et dévore sans pitié les nations qui n'ont pas la dureté de l'acier et aussi sa souplesse. » Et, parce qu'elle est le plus sûr instrument de la force, l'épreuve en vérité souveraine, la guerre est divine. Pour le maréchal de Moltke, elle représentait la plus haute manifestation qu'on pût concevoir de Dieu ici-bas. « Vous dites que c'est la bonne cause qui

---

(1) *Zehn Jahre, Deutscher Kampf*, p. 30.

sanctifie toutes choses ; je vous dis : c'est la bonne
guerre qui sanctifie toutes choses (1), » reprend Zarathustra. Il sait gré aux combats d'exalter les puissances
de l'âme qui, dans les travaux de la paix, risquent de
s'assoupir. Au surplus, il estime, avec ses compatriotes,
que le moi ne se pose qu'en s'opposant, pour reprendre
la formule de Fichte. « Assez d'amour comme cela,
écrivait Hewegh avant 1870, essayons maintenant
de la haine. » La guerre, à condition d'être haineuse,
nous maintient, en effet, dans le plus haut état de
tension auquel il soit donné à l'homme de parvenir.
Elle n'atteint qu'alors toute sa splendeur. « Je te
salue, sainte pluie de feu, tempête de colère qui éclate
après tant d'heures d'angoisse ! Nous gémissons dans
tes flammes et mon cœur te répond par des batte-
ments de joie, » s'écriait, en 1870, le poète Geibel. La
guerre ne libère-t-elle pas les énergies élémentaires
de la nature, que tout Allemand révère au détriment
des conventions, qui, s'il les observe dans l'ordinaire
de la vie, lui pèsent d'un poids très lourd ?

« Violence et passion, voilà les deux leviers principaux de tout acte belliqueux et, disons-le sans crainte,
de toute grandeur guerrière, » proclame le général von
Hartmann. On croirait lire du Nietzsche, avec la
poésie en moins, la poésie sauvage que Zarathustra
mettait dans ses plus monstrueuses divagations. « C'est,
vaticine ce dernier, une vaine idée d'utopistes et de
belles âmes que d'espérer beaucoup encore de l'humanité, lorsqu'elle aura désappris de faire la guerre. En
attendant, nous ne connaissons pas d'autre moyen
qui puisse rendre aux peuples fatigués cette rude

(1) Nietzsche, *Ainsi parlait Zarathustra*, p. 59.

énergie du champ de bataille, cette profonde haine impersonnelle, ce sang-froid dans le meurtre uni à une bonne conscience, cette commune ardeur organisatrice dans l'anéantissement de l'ennemi, cette fière indifférence aux grandes pertes, à sa propre vie et à celle des gens qu'on aime, cet ébranlement sourd des âmes, comparable aux tremblements de terre. » On ne peut dresser plus hautaine apothéose de la barbarie, de cette barbarie qui, pour la pensée allemande ainsi dévoyée et surchauffée, constitue la forme idéale de la guerre, cette sainte chose ! Elle forme la conclusion logique d'une spéculation qui, depuis un siècle, s'est attachée à exalter la force aux dépens de tout ce qui doit la maîtriser. « J'aimerai, annonce Zarathustra, j'aimerai même les églises et les tombeaux des dieux, quand le ciel regardera d'un œil clair à travers leurs voûtes brisées. J'aime à être assis sur les églises détruites, semblable à l'herbe et au rouge pavot (1). »

(1) Nietzsche, *Ainsi parlait Zarathustra* p. 326

CHAPITRE VIII

LE MILITARISME PRUSSIEN

Apologie de la force, qui trouve son apogée dans l'exaltation de la guerre et des énergies sauvages qu'elle déchaîne, la philosophie allemande a contribué avec l'affaiblissement du christianisme à libérer les instincts de cruauté et de rapine qui sommeillaient au fond de l'âme germanique. Métaphysique et instinct se sont prêté un mutuel appui pour aboutir à la barbarie inspirée d'aujourd'hui.

Toutefois, de même que deux substances chimiques ne se combinent que dans certaines conditions, il a fallu les circonstances particulièrement favorables qui se rencontrèrent en Allemagne après 1870 pour que, non contents de se libérer, ces instincts s'érigeassent en doctrine et, qui plus est, en une sorte de mysticisme, aux yeux de qui la force spécifiquement germanique est la plus haute expression du divin.

La guerre franco-allemande — on ne le sait que trop — donna l'Empire à la Prusse, à qui ses succès de 1864 et de 1866, du Schleswig-Holstein et d'Autriche, avaient déjà valu la prépondérance. Nation de proie, que sa situation géographique faite de pièces et de morceaux obligeait à être avant tout militaire, la Prusse infusa son caporalisme à ses voisins dès après les campagnes de Napoléon, qui avaient fait sentir à la poussière d'États qui composait alors l'Allemagne la nécessité d'être unis pour devenir forts.

La Prusse date de la fin du seizième siècle. Elle se constitua par la réunion à la marche de Brandebourg du duché de Prusse, dont les Hohenzollern héritèrent. Un Hohenzollern, Albert de Brandebourg, ayant été élu en 1511 grand maître de l'Ordre teutonique, embrassa la Réforme, sécularisa le domaine laissé aux chevaliers par la paix de Thorn et érigea celui-ci en duché héréditaire de Prusse.

C'était la conclusion d'une longue histoire et le commencement d'une autre qui ne devait pas être moins brillante. Les peuples qui habitaient, avant le treizième siècle, les rives de la Baltique, entre la Vistule et la Pregel, étaient de race lithuanienne mélangée d'éléments finnois : les Prussiens autochtones étaient donc des Slaves. Païens, ces indigènes furent exterminés, sous prétexte d'évangélisation, entre le treizième et le quatorzième siècle par les chevaliers de l'Ordre teutonique qui s'emparèrent de leur pays. Fondés en 1128, à Jérusalem, par un pieux Allemand pour soigner ses compatriotes tombés malades en Terre Sainte, ceux-ci avaient été appelés contre les Prussiens par Conrad de Mazovie, l'un des deux fils du roi de Pologne Casimir. En récompense, l'Ordre teutonique reçut, avec l'adhésion de l'empereur et du pape, la pleine propriété des montagnes, de la plaine, des fleuves, des bois et de la mer *in partibus Prussiæ*.

C'est ce domaine qui, au début du dix-septième siècle, passa par héritage aux mains des Hohenzollern, Frédéric IV de Hohenzollern, burgrave de Nuremberg, étant devenu, en 1417, margrave de Brandebourg. Il succédait aux margraves du Nord, dont la dynastie

des Ascaniens, fondée par Albert l'Ours en 1134,
avait doublé le territoire. En faction devant les Wendes,
peuplade non moins slave que les Prussiens, cette
terre avancée du monde germanique s'était accrue,
précisément avec Albert qui en reçut l'investiture de
l'empereur Lothaire II, de la ville de Brandebourg.
Située entre les lacs que forme la Havel, cette pauvre
capitale d'une tribu des Wiltzes donna son nom à la
marche du Nord.

Séparés l'un de l'autre par la Pomérélie, alors au
pouvoir de la Pologne, le Brandebourg et la Prusse ne
constituaient, d'ailleurs, pas seuls le royaume de Prusse,
quand, avec le consentement de l'Empereur qui avait
besoin de l'armée prussienne dans la guerre de la
Succession d'Espagne, l'Électeur Frédéric III devint,
en 1701, Frédéric Ier roi de Prusse. Il faut y joindre,
sans parler de Magdebourg et de la Poméranie orientale qui n'étaient que des agrandissements, l'évêché
de Minden, les comtés de Ravensberg et de la Mark,
le duché de Clèves, tous territoires qui, isolés les uns
des autres, formaient comme les anneaux d'une chaîne,
brisée en plusieurs endroits, allant du Niémen au
Rhin.

Le royaume de Prusse ne présentait donc, au commencement du dix-huitième siècle, encore aucune
unité territoriale. Il ne correspondait ni à une patrie,
ni à une nation. Il était, à proprement parler, un État
et rien d'autre, c'est-à-dire quelque chose de très con-
ventionnel qui ne se pouvait maintenir que par la
force des institutions, ce qui explique que les rois de
Prusse y aient toujours tenu la main. D'où l'importance que l'idée de l'État, cette idée que Hegel devait
magnifier, a toujours eue en Prusse. Ses princes surent,
en effet, lui donner, à défaut d'unité naturelle, une

unité artificielle, qui reste imprégnée de raideur, témoignage et condition de son premier établissement.

Il était d'autant plus nécessaire aux rois de Prusse d'imposer à leurs sujets cette unité administrative que, venus de tous les points de l'horizon, ils formaient une population disparate, sans aucun lien.

Les pays inhospitaliers, médiocrement peuplés et, faute de frontières naturelles, continuellement dévastés par les guerres sur lesquels ils régnaient, n'auraient été que de vastes déserts sans l'entreprise acharnée de colonisation à laquelle les chevaliers de l'Ordre teutonique, les margraves de Brandebourg, et leurs successeurs, les rois de Prusse s'employèrent avec un esprit de suite qui, pour avoir été largement récompensé, n'en demeure pas moins digne de toute admiration.

Dans le voisinage de l'Elbe, au temps d'Albert l'Ours, la guerre, qui sévissait depuis deux siècles, avait si bien ruiné le pays qu'on n'y trouvait que « peu ou point d'habitations ». Aussi manda-t-il des colons de la Saxe, du Rhin et des Pays-Bas. Attirés par des promesses de terres, ils accoururent en foule, tant et si bien que le peu qui restait de la population indigène fut submergé.

De leur côté, les chevaliers teutoniques, au fur et à mesure qu'ils soumettaient les régions habitées par les Prussiens, établissaient, sur les terres conquises, les ouvriers et les laboureurs qui, accompagnés de leurs femmes et de leurs enfants, tous portant la croix à leur ressemblance, les avaient suivis. Durs à la peine, colons et chevaliers avaient, à la fin du treizième siècle, la pleine jouissance du sol. Quant aux vaincus, ceux qui n'avaient pas été tués furent transportés dans d'autres provinces où ils furent réduits en demi-esclavage. La race prussienne s'étcignit ainsi peu à peu. Au seizième siècle, la langue en avait totalement disparu.

Après la guerre de Trente ans, le duché de Prusse ayant été réuni au Brandebourg, le Grand Électeur Frédéric-Guillaume dut, à son tour, recourir à l'immigration. Ses États avaient été ravagés au point qu'à la place des villes, des villages et même des champs, on ne voyait que broussailles et bêtes fauves. « La famine sévit si cruellement, lit-on dans un rapport du magistrat de Prenzlow daté du 9 février 1629, que, dans la campagne et même dans la ville, les hommes s'attaquent les uns les autres ; le plus fort tue le plus faible, le fait cuire et le mange. » Sur 300 000 hommes la Marche seule en avait perdu 140 000. Dans ces conjonctures, il n'y avait pas à barguigner : la nécessité s'imposait au Grand Électeur d'accueillir des gens sans patrie ni aveu : les bannis, les pillards, les errants de tout acabit et de tout poil. Il réussit, il est vrai, à attirer, par contre, plusieurs colons hollandais, parmi lesquels des ingénieurs, des agriculteurs, des peintres, des sculpteurs et des architectes, qui asséchèrent les marais, enseignèrent l'élève du bétail et mirent les arts en honneur. C'est alors que survint l'aubaine, pour lui, de la Révocation de l'Édit de Nantes. Dans l'édit de Potsdam du 29 octobre 1689, dont il fit répandre en France cinq cents exemplaires, il promit à tous les réformés qui voudraient se rendre dans ses États des secours et des indications pour le voyage, des concessions gratuites de terre et de maisons, des matériaux pour bâtir, des exemptions d'impôts et jusqu'à des avances de fonds. Le succès couronna ses efforts. On évalue à 20 000 le nombre

des réfugiés français que reçut le Brandebourg, c'est-à-
dire plus du dixième de sa population. Mais le
nombre n'était rien auprès de la qualité de ces nouveaux sujets et, par suite, des services qu'ils rendirent
au pays qui leur offrait l'hospitalité. Ils fondèrent des
scieries, des manufactures de laines, des tanneries,
des maroquineries, des verreries, des forges, des
fabriques de bas et de chandelles. Ils introduisirent
en Brandebourg la culture du tabac et la culture
maraîchère. Parmi eux étaient, en outre, des juris-
consultes, des médecins, des architectes, des savants,
sans compter des gentilshommes qui entrèrent à la
cour et dans l'armée.

L'électeur Frédéric III, celui-là même qui prit le
titre de roi sous le nom de Frédéric Ier, continua, en
dépit de sa médiocrité intellectuelle, l'œuvre coloni-
satrice de ses ancêtres, tant il est vrai qu' « il y a dans
ce pays de si dures nécessités, comme le dit M. Lavisse,
qu'il faut s'y soumettre malgré qu'on en ait (1) ». Je
ne parle pas des Vaudois qu'après leur amnistie par
le duc de Savoie Frédéric Ier rapatria, mais des habitants du Palatinat qui, fuyant leur pays incendié
par les armées de Louis XIV, demandèrent asile à
Frédéric Ier qui les reçut à Magdebourg. Bien plus, il
fit répandre dans la malheureuse province une manière
de réclame qui vantait les charmes de cette cité,
située, disait le papier officiel, « dans une vaste plaine
sur les bords de l'Elbe, rivière des plus belles et des
plus navigables ». Il fit même publier un véritable
traité, par demandes et réponses, sur les avantages
de la colonisation, adressé cette fois à ses sujets, dont
il voulait calmer les appréhensions vis-à-vis des nou-

(1) LAVISSE, *Études sur l'histoire de Prusse*, p. 233.

veaux arrivants : « Est-il utile à un pays et à ses anciens habitants que le prince attire des étrangers par certaines immunités et libertés? — Oui, cela est utile, car l'expérience prouve que, plus il y a d'habitants en un lieu, plus il y a d'industrie (1). »

Mais où la colonisation battit son plein, ce fut sous Frédéric-Guillaume Ier, le roi-sergent. Comme le Grand Électeur, Frédéric-Guillaume Ier comprit que la colonisation était l'unique remède à la misère de ses États. Le prince-évêque de Salzbourg ayant ordonné aux non-catholiques de s'exiler, il les appelle par un manifeste public et envoie au-devant d'eux un agent chargé de les guider. Et comme au lieu des 5 000 qu'il attendait, on lui en annonce 20 000 : « Très bien ! écrit-il, Dieu soit loué ! Quelle grâce Dieu fait à la maison de Brandebourg ! car, bien sûr, cette grâce nous vient de Dieu (2). » A leur arrivée, il les reçoit en personne, les interroge, leur fait chanter des psaumes : « Ça ira bien ; vous vous trouverez très bien chez moi, mes enfants ! Ça ira bien (3) ! » ne cesse-t-il de leur répéter. Après l'évêché de Salzbourg, c'est l'Autriche, la Silésie et la Bohême qui donnèrent à Frédéric-Guillaume Ier ses plus nombreux sujets. Seulement, comme certains princes commençaient à récriminer contre un pareil embauchage, il en profita pour se montrer de plus en plus exigeant sur la qualité, refusant à la frontière les émigrants trop pauvres ou trop mal bâtis. Par ailleurs, Frédéric-Guillaume Ier, dont on connaît le goût pour les géants, ne reculait pas devant l'enlèvement, quand il s'agissait de recruter pour sa garde l'un de ses « chers longs gars ». Un jour,

---

(1) Cité par Lavisse, *Études sur l'histoire de la Prusse.*
(2) Lavisse, *Études sur l'histoire de Prusse*, p. 251.
(3) *Id.*, p. 252.

en Italie, ses agents n'arrêtèrent-ils pas un prédicateur à sa descente de chaire et ne se saisirent-ils pas, sur les grands chemins, d'un ambassadeur de l'Empire?

Quant à Frédéric II, il apporta à cette affaire de colonisation sa scrupuleuse méthode, sa magnifique obstination et aussi son prodigieux cynisme. Avec lui, elle devient « une branche spéciale de l'administration prussienne comme la levée de l'impôt ou la milice (1) ».

Outre qu'il restait, de son temps, beaucoup de vides à remplir dans les anciennes provinces qu'avaient décimées la guerre de la succession d'Autriche et celle de Sept ans, l'élément slave était si considérable en Silésie et en Prusse occidentale, — les nouvelles conquêtes de Frédéric, — que la nécessité s'imposait d'y opérer une large infusion de sang germanique. En conséquence, Frédéric chargea les chambres provinciales d'évaluer le nombre des colons qui pouvaient être établis dans leur ressort, tandis que mission fut confiée à l'administration d'en quérir, de les transporter et de les établir. Pour aider à leur recrutement, Frédéric établit deux agences, l'une à Francfort-sur-le-Mein pour l'Allemagne du Sud, l'autre à Hambourg pour l'Allemagne du Nord. On ne se contentait pas d'y faire des annonces ; elles envoyaient partout des agents recruteurs, qui, quand la persuasion se montrait insuffisante, ne reculaient pas toujours devant l'agression à main armée. Le grand Frédéric intervient en personne pour stimuler les uns, conseiller les autres. « Si vous apprenez qu'une ou plusieurs familles ayant quelque avoir montrent du penchant à venir s'établir dans nos États, écrit-il à son représentant près de

---

(1) LAVISSE, *Études sur l'histoire de Prusse*, p. 265.

la cour de Vienne, vous devez les fortifier dans leurs résolutions. Si elles signalent quelques desiderata, faites-m'en tout de suite un rapport bien détaillé. Soyez assuré de mes bonnes grâces spéciales pour vos efforts ; mais mettez dans toute cette affaire de si grands ménagements qu'on ne puisse jamais vous reprocher d'induire des sujets à quitter leur maître (1). » Il est à l'affût de toutes les occasions — persécutions, incendies ou famines — qui peuvent lui attirer des habitants.

On évalue à 300 000 les sujets que Frédéric II a ainsi introduits sur les terres de la monarchie prussienne qui, en 1640, en comptait 2 400 000, dont 600 000 étaient déjà réfugiés ou fils de réfugiés.

Comment, sans une stricte discipline, les rois de Prusse et leurs prédécesseurs auraient-ils pu maintenir et fondre ensemble des éléments de provenances si diverses et bien souvent suspectes? Ils n'avaient pas le choix : force leur fut d'imposer à un tel agrégat l'unité factice de l'administration prussienne, seul lien, par ailleurs, d'un territoire dispersé.

Ils y réussirent au delà de toute prévision, s'il est vrai qu'il n'y a pas, à l'heure actuelle, de nation plus cohérente que la Prusse.

La raison en est que, par la force des choses, avant d'être une nation, la Prusse fut, grâce au génie de ses princes, un État, c'est-à-dire une administration.

Aussi bien, chevaliers teutoniques, margraves de Brandebourg et rois de Prusse s'accordèrent pour administrer leurs États comme on gère une ferme dont les colons auraient été les tenanciers. Les princes

(1) LAVISSE, *Études sur l'histoire de Prusse*, p. 271 et 272.

qui régnèrent sur la Prusse n'eurent jamais, en effet, à lutter contre une féodalité terrienne interposée entre eux et les paysans, pour cette décisive raison que leurs territoires étaient composés de pays neufs dont les premiers occupants avaient été massacrés ou déportés.

Ils se gardèrent bien, aussi, d'instituer une grande noblesse qui n'aurait pu qu'affaiblir leur autorité. Les margraves, comme les chevaliers, se contentèrent de distribuer de petits fiefs à leurs compagnons. En Brandebourg, ainsi qu'en Prusse, les villages, dont quelques-uns par la suite devinrent des villes, furent bâtis à l'entreprise, à charge pour l'entrepreneur de trouver des colons et d'assurer le paiement de la redevance foncière.

Entre eux et leurs sujets, les successifs souverains du royaume de Prusse ne permirent l'ingérence d'aucun pouvoir, fût-il spirituel, — je devrais dire : surtout spirituel, — qui aurait pu diminuer l'unité d'influence nécessaire à un ensemble aussi bariolé. De fait, la tolérance religieuse, qui fut de tradition dans leurs États, tint, principalement, au soin tout temporel de ne laisser aux ministres d'aucun culte la prépondérance. Cette crainte du pouvoir religieux se rencontre déjà chez les Teutoniques. A la fois prêtres et soldats, ils n'aimaient pas voir d'abbayes autour d'eux, car ils n'admettaient point de partage avec les « porte-capuchon », comme ils appelaient les moines. Ils n'en admettaient pas davantage avec les évêques, qu'ils ne se faisaient pas faute de rappeler à leurs devoirs envers l'Ordre. De même, en Brandebourg, le clerc est contraint de céder le pas aux laïques. Un conflit s'étant élevé au sujet de la dîme entre princes ascaniens et évêques, ceux-ci durent, tout

en réservant leurs droits, en céder la jouissance. Cette
suprématie du civil sur le spirituel, qui se continua
en Prusse jusqu'à nos jours, permit à ses successifs
souverains non seulement de neutraliser les unes par
les autres les prétentions rivales des différentes confessions, tout en bénéficiant de leur enseignement
moral, mais encore de s'instaurer, grâce à leur tolérance
intéressée, les protecteurs des persécutés, ce qui, en
même temps que le mérite de respecter la liberté de
conscience, leur valut un grand nombre de colons.
Cette liberté fit de tels progrès sous le Grand Électeur qu'on vit des pasteurs luthériens ordonner des
pasteurs calvinistes sans que personne criât au
scandale. Plus ou moins libres penseurs, chacun à
part soi, il n'est pas, jusqu'au *Kulturkampf*, un seul
membre de la famille des Hohenzollern qui ait failli
à cette tradition. Le Grand Frédéric notamment, qui
est célèbre pour son scepticisme, l'est aussi pour le
soin qu'il mit à ce que les religions n'empiétassent
pas les unes sur les autres. Un jour, rapporte M. Lavisse,
2 000 paysans étant venus trouver Frédéric II près
de Landshut pour lui demander « la très gracieuse
permission de mettre à mort tous les catholiques des
environs », ce cynique eut ces mots admirables :
« Aimez vos ennemis, leur répondit-il, bénissez ceux
qui vous maudissent, rendez le bien pour le mal, priez
pour ceux qui vous insultent et vous persécutent, si
vous voulez être les véritables fils de mon Père qui
est au ciel (1). » Cela dépeint toute une attitude, qui
est, à coup sûr, d'un avisé politique.

Maîtres absolus, les Hohenzollern, à l'instar des
margraves et des chevaliers de l'Ordre teutonique,

---

(1) LAVISSE, *Études sur l'histoire de Prusse*, p. 279.

eurent l'intelligence, en propriétaires uniquement soucieux du meilleur rendement de leur avoir, de laisser à leurs sujets toutes les libertés compatibles avec une bonne administration. C'est ainsi qu'avec la liberté de conscience les sujets du roi de Prusse ont toujours joui de la liberté personnelle et de la libre possession du sol. Sous réserve du cens, du service militaire et de certaines corvées au profit de la communauté, le colon de l'Ordre teutonique est libre, alors que le paysan saxon du douzième siècle est attaché à la glèbe. Il en va de même en Brandebourg. Quant aux villes, elles faisaient figure presque de républiques, gouvernées qu'elles étaient par un bailli assisté de conseillers élus. Aussi bien, Frédéric-Guillaume Ier, pour empêcher que les nouveaux arrivants ne fussent molestés, publia, sous forme de patente, une sorte de code des droits et des devoirs du colon. On sait, d'autre part, à l'exemple de son père qui donna un aumônier catholique à des ouvriers venus de Liége pour fabriquer des armes, combien Frédéric II ménagea le clergé, jusqu'à laisser, quand il eut conquis la Silésie, au prince-évêque de Breslau le droit de battre monnaie.

En revanche, il n'est pas un seul souverain de Prusse, depuis les chevaliers de l'Ordre teutonique, qui n'ait exigé d'être minutieusement obéi. *Nicht raisonnieren, ici l'on ne raisonne pas* : telle est la devise de la monarchie prussienne. Il n'y avait pas, aussi bien, d'autre garantie au maintien de cette véritable mosaïque qu'était l'État prussien, non plus qu'aux libertés qui ne furent pas l'une des moindres conditions de sa prospérité. Sous Frédéric-Guillaume Ier, un conseiller de guerre, ayant commis une exaction au détriment de réfugiés, fut, aussitôt pris, aussitôt pendu. C'est un exemple parmi cent autres. Au reste, comme la discipline fait la force des armées, elle fait celle de l'administration. Or, toute initiative en Prusse venant du souverain, il fallait à son service une nombreuse bureaucratie ; d'où la nécessité pour lui de veiller en personne à ce qu'elle ne s'endormît pas, ce qui est le danger de ces vastes organismes. Ce fut, au reste, l'un des grands mérites des princes de la maison de Hohenzollern de tout voir par eux-mêmes. A cet égard, le roi-sergent est prodigieux : il ne néglige aucun détail : « Ses promenades sont des inspections », écrit M. Lavisse. Tandis que sa canne s'abat sur le dos des oisifs, il est plein de prévenances pour les travailleurs. Le Grand Frédéric ne lui cède en rien. Les injures et les coups viennent à bout des fonctionnaires récalcitrants. A ce régime, tel, qui maugrée en son for intérieur contre les ordres du prince, en arrive à se faire réprimander pour excès de zèle. Frédéric, d'ailleurs, était le premier à l'ouvrage. Il voyait tout, jusqu'à la qualité des terres. « Donnez-vous donc la peine, écrit-il au gouverneur de la Silésie qui se plaignait de la mauvaise nature du sol, d'examiner le terrain soigneusement, au lieu de parler ainsi à la légère, et faites-vous aider par des gens qui s'y connaissent (1). » Il s'efforçait lui-même de persuader les grands seigneurs silésiens de fonder des villages sur leurs domaines. Aucune ruse ne lui coûtait pour les persuader, jusqu'au jour où il se sentit assez fort pour les y contraindre. Traqués par son insistance, les opposants durent se soumettre. Il ne ménagea, au demeurant, aucune peine pour relever la Silésie de la misère. Il fit tant qu'au bout d'un an il pouvait

(1) Cité par LAVISSE, *Études sur l'histoire de Prusse*, p. 282.

écrire à Voltaire : « J'ai aboli l'esclavage, j'ai réformé
des lois barbares et j'en ai introduit de raisonnables ;
j'ai ouvert un canal qui met en communication la
Vistule, la Netze, la Warta, l'Oder, l'Elbe ; j'ai recons-
truit des villes qui étaient ruinées depuis la peste
de 1704, desséché vingt mille carrés de marécages,
introduit dans ce pays la police dont le nom n'était
pas même connu (1). »

Si les rois de Prusse exigent la soumission de leurs
subordonnés aux intérêts de l'État, ils sont donc
les premiers à en donner l'exemple. Aussi bien, l'État
prussien n'est pas, comme l'État sous Louis XIV,
identique au prince. L'État est au-dessus de lui, qui
n'en est que le principal serviteur. « Ich dien. Je
sers », aime à répéter Frédéric le Grand. « Je suis le
ministre de la Guerre et le ministre des Finances
du roi de Prusse », déclarait Frédéric-Guillaume Ier.
C'est ce roi de Prusse idéal et, comme la Prusse,
éternel, qui incarne, pour tout Hohenzollern, l'État
prussien haussé à ses yeux, comme à ceux du dernier de ses sujets, au rang d'idée mystique.

Ajoutez à cela qu'exposée, faute de frontières naturelles, à des incursions continuelles de la part de voisins dangereux et obligée, par suite, d'attaquer pour
se défendre, la Prusse dut toujours rester sur le pied
de guerre, tenue qu'elle était en quelque sorte de
s'agrandir pour ne pas déchoir, et vous comprendrez
comment la discipline militaire contribua, de son côté,
non seulement à dresser les peuples primitivement
divers qui l'habitaient à une scrupuleuse obéissance,
mais à leur enseigner, par surcroît, le sacrifice de
l'individu à l'État, sous les espèces du roi de Prusse.

---

(1) Cité par LAVISSE, *Études sur l'histoire de Prusse*, p. 287.

« L'État est une machine, dit Frédéric II, dont le prince est le rouage essentiel. »

De fait, le militarisme, qui est le corollaire de la conception prussienne de l'État, acheva l'œuvre d'asservissement, que la proclamation de l'Empire sous l'hégémonie de la Prusse facilita. « La Prusse n'a laissé s'épanouir aucune de ses organisations d'État aussi fortement que l'armée, écrit M. de Bulow : l'armée allemande est non seulement une partie du pouvoir du gouvernement sur le peuple, mais elle représente, de même que les représentants du peuple dans les Parlements, quoique d'une autre manière, l'unité du peuple allemand. »

Au vrai, dans le dernier quart du dix-neuvième siècle, la Prusse a militarisé l'Allemagne. Pour y parvenir, elle a pris comme prétexte, après la guerre de 1870, la nécessité de maintenir la paix contre l'esprit de revanche des Français. Ce n'est qu'en 1890 environ, alors que l'habitude de la discipline prussienne était entrée dans les moelles, que la Prusse invoqua, en vue d'augmenter ses armements, l'obligation où se trouvait, soi-disant, acculé l'Empire de s'étendre pour vivre. On sait, au reste, de quelle façon la Prusse imposa son organisation militaire aux États réunis sous son sceptre : la trique et la férule furent ses principaux arguments. En Allemagne, désormais, l'école prépara à la caserne, qui se prolongea, à son tour, jusque dans la vie civile. Administration, commerce, industrie, tout y est strictement hiérarchisé. Du haut en bas de l'échelle sociale, il n'est personne qui ne cherche à se modeler sur l'officier, qui, lui, tient, sans conteste, le haut du pavé. Comme le socialisme, la science elle-même est militarisée. Elle a, du reste, moins pour but la vérité que de tra-

vailler, fût-ce à ses dépens, à la grandeur de la patrie.
allemande.

Que la platitude naturelle aux Allemands ait beaucoup servi les machinations prussiennes, cela est hors
de doute. L'Allemand aime à obéir. Sa docilité est telle
que le grand Frédéric se déclarait « fatigué de régner
sur une nation d'esclaves ». On sait, d'autre part, jusqu'où l'esprit de réglementation est poussé en Allemagne. Une défense quelconque sur un écriteau suffit
pour que, sans murmurer, tous s'y conforment. Rien,
du reste, qui ne soit « organisé » : tout se fait, en
Allemagne, avec un ensemble automatique. Les *Vereins*
ou associations d'étudiants sont, à cet égard, caractéristiques. On obéit, dans les moindres choses, au président. « C'est lui qui ordonne de boire, et comment il
faut boire, de chanter et ce qu'il faut chanter, de parler et ce que l'on doit dire (1). » Aussi les étudiants vé-
nèrent-ils indistinctement tous leurs professeurs. Nulle
part on ne juge « comme tout le monde » autant qu'au
delà du Rhin. Aucune opinion personnelle. Les Allemands admirent tout ce que l'on doit admirer, quand
bien même ils n'y comprendraient rien : ils restent dans
le convenu. Ils forment, à n'en pas douter, le peuple
du monde chez qui l'individu a le moins d'initiative.
De là le respect exagéré que l'Allemagne a éprouvé, pendant de longs siècles, pour l'étranger. De là, enfin, l'antique moralité allemande, si chère à Mme de Staël : elle
était presque uniquement faite d'inertie et de routine.

L'âme allemande est une cire molle. Stendhal l'avait
remarqué. « Différence des Allemands à tous les autres

---

(1) Téodor DE WYZEWA, *l'Art et les mœurs chez les Allemands*,
p. 130.

peuples, écrivait-il en 1809 ; ils meurent d'envie d'avoir du caractère. » Mme de Staël, malgré son indulgence, l'a également noté : « Les Allemands, n'osant confesser cette faiblesse de caractère qui leur va si mal, sont flatteurs avec énergie et vigoureusement soumis. Ils accentuent durement leurs paroles pour cacher la souplesse des sentiments. » On sait, d'autre part, que Gœthe reprochait leur peu de consistance à ses contemporains. « Voulez-vous, écrivain allemand, dominer votre nation, commencez par lui faire croire, conseille-t-il non sans ironie, qu'il y a quelqu'un qui veut la dominer. Ils seront tous si intimidés qu'ils se laisseront facilement dominer par qui que ce soit. » M. Flach, dans son livre, sur *la Formation de l'esprit public allemand*, a finement démêlé ce côté amorphe du caractère germanique. Quelle proie pour le Prussien, dont la rigidité, symbolisée par sa raideur, est légendaire !

Si la Prusse est arrivée à régenter aussi complètement le troupeau allemand, c'est, enfin, que, nation de rapine, elle lui offrait de quoi satisfaire ses appétits. Quand les États d'Allemagne offrirent, en 1870, la couronne impériale au roi de Prusse, ce ne fut pas seulement parce que la victoire l'imposait, mais aussi parce que, au sortir de leur rêve séculaire, la force prussienne répondait au vœu secret de ces petits États. Une incontestable affinité existait entre la volonté de puissance, que représentait à ce moment la dynastie des Hohenzollern, et leurs appétits profonds.

L'Empire, en tout cas, répond moins à un idéal qu'à un syndicat d'ambitions conjointes en vue de la conquête économique et militaire. La *Kultur* elle-même n'est qu'une organisation de forces en vue du plus gros bénéfice possible.

CHAPITRE IX

LA PROSPÉRITÉ ALLEMANDE

L'étonnante prospérité matérielle dont l'Empire des Hohenzollern a joui depuis 1870 n'a pas peu contribué, de son côté, à accroître, en même temps que les appétits allemands, la superstition de la force et de la force proprement germanique vers laquelle, aidée par le militarisme prussien, la philosophie d'outre-Rhin n'a que trop orienté les instincts restés barbares de l'Allemagne. C'est aussi bien un spectacle vertigineux de croissance matérielle que, depuis le traité de Francfort, ce pays a offert au monde.

Force industrielle d'abord. Dans l'espace de quarante-quatre ans, l'industrie allemande s'est développée d'une manière prodigieuse. C'est ainsi que l'industrie minière et métallurgique, qui, au commencement du dix-neuvième siècle, était estimée à environ 25 millions de marks, atteignait, en 1900, une valeur d'à peu près 4 milliards. En 1880, la production de la houille et de la fonte est, respectivement, de 50 et de 2 millions 700 milles tonnes. En 1905, elle est de 121 et de 11 millions de tonnes ; en 1912, de 180 et de 18 millions de tonnes. L'industrie chimique, qui existait à peine vers le milieu du siècle dernier, fabrique, d'autre part, pour 1 milliard 250 millions de marks par an. L'industrie électrique, la dernière venue, représente, quant à elle, une valeur de 2 milliards et demi. Au total, la production industrielle de l'Allemagne est évaluée par an à plus de 13 milliards de marks.

Force commerciale également. Le commerce allemand s'élevait, en 1905, à 12 milliards 700 millions de marks, dont 7 pour l'importation et 5,7 pour l'exportation. En 1913, le chiffre global dépasse 17 milliards contre 20 à l'Angleterre, qui a pour elle l'ancienneté, au contraire de l'Allemagne, qui est, à peu de chose près, une nouvelle venue. Le réseau des routes, qui est de 30 000 kilomètres en 1857, passe à 96 000 en 1900 ; celui des chemins de fer monte de 469 kilomètres, en 1840, à 54 146 kilomètres en 1905 ; la flotte marchande, qui comprenait 500 000 tonnes vers 1850, en compte 2 millions en 1900 et 3 millions et demi en 1905. Elle était, en 1914, la deuxième grande flotte du monde. De 1851 à 1871, deux cents sociétés anonymes représentent un capital de 2 milliards 400 millions. De 1870 à 1874, huit cent cinquante-sept sociétés représentent une valeur de 3 milliards 300 millions. En 1914, le total dépasse 20 milliards. De 1895 à 1899, M. Henri Lichtenberger (1), à qui j'emprunte ces renseignements, nous apprend que les valeurs émises ont dépassé 10 milliards, dont plus d'un milliard et quart pour actions de banques et plus de 2 milliards pour actions industrielles. En conséquence, la moyenne annuelle du montant des effets escomptés dans les principales banques de l'Empire s'élève de 5 milliards 260 millions par an pendant la période 1876-1880 à 20 milliards 400 millions de 1896 à 1900, et à 28 mil-

(1) Henri LICHTENBERGER, *l'Allemagne moderne*, p. 21 à 26.

liards 600 millions de 1901 à 1905. M. Hellferich, le
directeur de la Deutsche Bank, estime que le revenu
de l'Empire est représenté, en 1913, par 40 milliards
de marks — le professeur Schnoller dit 50 milliards —
au lieu de 21 milliards en 1895. De fait, du quatrième
rang des puissances commerçantes qu'elle occupait
il y a quinze ans, l'Allemagne arrive au deuxième,
immédiatement après la Grande-Bretagne, avant la
France et les États-Unis.

L'Allemagne rayonne, en effet, partout. Elle pénètre
sur les marchés des deux mondes, depuis les États-
Unis jusqu'en Chine. Bien plus, profitant de l'accroissement régulier de sa population, on peut dire qu'elle
était en passe, grâce à ses commis voyageurs et à ses
émigrants, de coloniser l'univers. Il y a bien paru,
quand la guerre a éclaté, à l'opinion violemment germanophile d'un grand nombre de naturalisés suisses,
suédois, américains et même français, ayant gardé, la
plupart, leur nationalité d'origine en vertu de la loi
Delbruck qui permet le cumul. Bien qu'au service
d'intérêts étrangers, ces employés, colons, ingénieurs,
commerçants et industriels, enrichissaient le capital national, qui, calculé par habitant, était à peu près égal
à celui de la « riche France », bien que l'Allemagne
comptât 25 millions d'âmes de plus.

Force scientifique aussi. Mais, ici, il faut s'entendre.
L'Allemagne ayant abandonné, pour des buts plus
immédiats et plus profitables, la formation gréco-
latine qui assigne à la raison un idéal de vérité géné-
rateur de science, — s'il est vrai que la science est,
par nature, désintéressée, — la science allemande est,
plutôt, une mise en œuvre des découvertes d'autrui,
quand elle n'est pas la simple exploitation de leurs
inventions. N'oublions pas qu'au douzième et au

treizième siècle, comme au dix-septième et au dix-
huitième, la civilisation allemande ne fut qu'un prolon-
gement de la civilisation française. L'Allemand n'a
guère d'originalité. Aussi bien, à part de nobles excep-
tions, les plus grands noms dans les sciences sont italiens, anglais ou français. Que la plupart des savants
allemands n'aient pas existé, le progrès scientifique,
comme le fait remarquer M. Émile Picard, n'en aurait
guère été ralenti. Foncièrement intéressée et dirigée
vers le gain, la science allemande de nos jours est, en
tout cas, moins spéculative qu'appliquée. Elle s'est
instituée, à la lettre, l'esclave de l'industrie. C'est pourquoi, à côté d'une insuffisance mathématique avérée,
nous avons pu constater l'essor, en Allemagne, des
sciences les plus assurées de servir, telles que la chimie
et l'électricité, sans compter que, dans ces branches,
les Allemands se sont, de préférence, attachés aux
applications, au détriment des travaux spéculatifs. Il
convient de noter, par ailleurs, comme symptôme de
cette tendance utilitaire, la hâte dangereuse avec
laquelle, avant de les avoir mises au point, un Koch
a publié ses découvertes, que des échecs retentissants
ont illustrées. La décadence de la philosophie sur cette
terre privilégiée de la métaphysique achève de marquer la prééminence des considérations pratiques jusque dans l'ordre de l'intelligence pure. Le déclin de la
musique, l'insignifiance de la littérature, l'orientation
presque exclusive des arts plastiques vers l'ameuble-
ment en fourniraient, s'il y avait besoin, de nouvelles
preuves. Toutes ces branches de l'activité intellectuelle ont été industrialisées, c'est-à-dire tournées vers
la production en grand et en gros des instruments
et des livres qui peuvent multiplier le pouvoir de
l'homme, voire des artifices de confort susceptibles

d'augmenter son bien-être. L'intelligence semble n'être
plus cultivée, en Allemagne, qu'au service de la volonté de puissance. Aussi bien est-ce le trait saillant
de ce qu'ils appellent leur *kultur*, ainsi qu'en témoignent
les connaissances exclusivement pratiques que pro-
pagent les multitudes d'écoles techniques, — agricoles,
industrielles et commerciales, — de gymnases réaux
et de cours professionnels d'une part, de dictionnaires,
d'encyclopédies, de manuels et de bibliographies d'une
autre, qui ont vu le jour depuis un demi-siècle en
Allemagne. A la culture intégrale, qui est désintéressée, Gœthe préférait déjà, dans *Wilhelm Meister*, la
spécialisation, qui atteint au rendement maximum de
chacun dans sa partie. N'est-ce pas Gœthe qui le premier a dit : « Au commencement était l'Action »? En
se précipitant dans cette voie, l'Allemagne a centuplé,
à proprement parler, ses forces industrielles, commerciales et militaires, par le savoir.

De fait, l'extraordinaire prospérité matérielle de
l'Allemagne n'est pas seulement due à l'abondance de
ses gisements de fer et de houille, non plus qu'à l'accroissement rapide de sa natalité, tous facteurs qui,
je le reconnais, ne sont pas négligeables. Elle en est
redevable, pour partie, à l'alliance étroite que la
science y a contractée avec l'usine. La maison Zeiss,
la plus grande fabrique d'optique qui soit au monde,
en est un frappant exemple, puisqu'elle naquit de
l'association d'un industriel avec le professeur Abbe,
auparavant assistant de physique à l'Université. Celui-
ci ayant établi, par une théorie plus correcte de la
marche de la lumière dans les lentilles, les qualités
que devraient posséder les verres optiques, les deux
associés créèrent une verrerie, qui était en même temps
un laboratoire, et, d'essais en essais, ils arrivèrent à

fabriquer les diverses variétés des célèbres verres
d'Iéna. De même, les industries de la bière, de l'alcool,
du sucre de betterave et toutes les industries chimiques
doivent leur particulier développement à l'intime col-
laboration des savants qu'elles surent s'attacher.

Aussi bien, la coordination des efforts est-elle, tant
en industrie qu'en science ou en affaires, l'une des
causes de la puissance allemande, celle qui, en réalité,
l'a le plus et le mieux servie. Tandis que les industriels
allemands se sont agrégés en cartels, qui leur ont
permis de vendre à meilleur marché à l'étranger que
dans le pays même — ce en quoi consiste la pratique
du *dumping* — les savants allemands groupent autour
d'eux des disciples entre lesquels ils divisent et
ordonnent le travail. Grâce à cette méthode, le chimiste Fischer a pu réaliser, en trois ou quatre années,
la synthèse du sucre, qui, dans d'autres conditions,
aurait exigé pour le moins vingt ans. Il en va pareillement dans tous les domaines, en art militaire comme
en art tout court ou en finances. L'Allemagne, ainsi
que s'en vante le chimiste Ostwald, a, sur tous les
terrains, porté au maximum le génie de l'organisation.

Pareille organisation n'a été possible qu'en raison
du tempérament particulièrement discipliné du peuple
allemand, qui joint au goût de l'obéissance le respect mystique et quasi superstitieux de l'autorité.
Patient, laborieux, l'Allemand se soumet sans diffi-
culté à n'importe quelle besogne, qu'il exécutera à la
perfection, si minime et bornée soit-elle. Il ne souf-
frira pas d'un manque d'horizon. Au contraire, il
éprouve de la fierté à se consacrer à une œuvre qui
le dépasse. Au surplus, l'Allemand a le goût de l'association : il aime à faire partie d'un ensemble bien constitué. Il a, enfin, la **passion de l'ordre.** Cette passion,

que Kant a notée, porte chaque citoyen à se faire classer dans une échelle de privilèges hiérarchiques, qui, si elle exige de la servilité à l'égard des supérieurs, permet d'être arrogant vis-à-vis des inférieurs. Cette passion est telle en Allemagne que celui qui ne possède ni profession ni titres n'est rien. Tout concourt, d'ailleurs, depuis un long passé, à instaurer l'esprit d'ordre au cœur des Germains, en particulier l'éducation. « Si de très bonne heure vous n'avez recours à la discipline, écrit Kant, il sera très difficile ensuite de changer le caractère de l'homme qui suivra tous ses caprices. »

Quoi qu'il en soit de ses causes, le spectacle de la prospérité allemande et de ses progrès vertigineux avait tourné toutes les têtes au delà du Rhin avant la guerre de 1914. Depuis 1870, l'Allemand de bonne condition s'est démoralisé avec une effrayante rapidité sous l'influence du luxe, tandis que l'immoralité allait augmentant dans les classes populaires par suite de leur condition de plus en plus dure du fait d'un industrialisme croissant.

Que la soudaine irruption de la vie moderne dans les mœurs allemandes, à la suite des victoires de l'Allemagne et du prompt enrichissement qui en résulta, soit la cause de cette démoralisation, en quelque sorte foudroyante, la preuve en est que, tandis que dans les petites villes, il y a vingt ans, une scrupuleuse honnêteté régnait encore, les grands centres étaient déjà perdus de vice.

Brusquement réveillée, la barbarie des Germains s'est donné libre carrière et portée à des excès que des peuples plus foncièrement civilisés, parce que de croissance plus lente, ont évités d'instinct. Car il ne faut pas que les Allemands nous en content : ces parangons de vertu sont corrompus jusqu'aux moelles.

Il y avait beau temps chez nos ennemis, à la veille de la guerre, que c'en était fini des tartines de Charlotte et de la pipe d'Hermann. A la vie simple avait succédé la vie de plaisir. Toute ville allemande, de quelque importance, possédait un hôtel de premier ordre dont c'était la spécialité de recevoir la jeunesse dorée des deux sexes qui y venait en bandes, entre huit heures et minuit, deviser, fumer des cigarettes et boire du vin, la bière étant dédaignée comme trop commune. Les Munichois eux-mêmes en étaient arrivés à négliger la brasserie pour le café à la mode de Vienne, le *Wiener Kaffee*. De son côté, la *Hausfrau* se mourait, tuée par le féminisme et quelques autres nouveautés de cet acabit. Les femmes, s'ennuyant de rester à la maison, trouvaient tout naturel de passer la soirée dans les endroits publics. Quant au sentiment religieux, il n'était plus guère que de parade. Les Berlinois allaient au temple le dimanche, parce qu'ils étaient fonctionnaires ou par oisiveté, pour voir ou être vus. Les ouvriers, eux, étaient franchement athées. Au spiritualisme d'antan avait fait place le plus épais matérialisme, succédané lui-même du désir de jouir.

Exacerbé, ce désir s'épanouissait en ivrognerie, non seulement dans le peuple, mais dans les hautes classes ! Le fait est que l'alcoolisme est l'une des plaies de Allemagne contemporaine. Excédé de fatigue et mal nourri, l'ouvrier allemand boit en silence, sans s'occuper d'autre chose. Le riche bourgeois, lui, s'enivre de champagne. La prostitution augmentait, enfin, tous les ans dans des proportions incroyables. Encore, à côté de la prostitution avouée, faut-il citer la prostitution clandestine et la prostitution contre nature

qui faisait de tels ravages outre-Rhin que, du train
dont allaient les choses avant la guerre, Berlin n'aurait pas tardé à pouvoir s'enorgueillir du titre de
« capitale du vice ». La « Babylone moderne », elle
était chez eux bien plus que chez nous, à cette différence près que la débauche, au lieu d'apparences
aimables, en prenait de lugubres sur les bords de la
Sprée, pour ne rien dire de l'indéniable penchant au
sadisme qui est l'un des traits dominants du volup-
tueux allemand.

C'est au furieux désir de jouissance, qui s'était
emparé depuis quarante ans de toutes les classes, qu'il
faut attribuer, enfin, la perte de tout scrupule dans les
rapports sociaux qui distinguait la nouvelle Allemagne. « Oui, certes, mademoiselle Anna, c'est moi
qui aurais à m'occuper de l'enfant, assure un galant
militaire à la bonne du général dans le roman de
M. von Schlicht. Et j'ajoute que cela ne m'embar-
rasserait pas longtemps, et que j'aurais vite fait de
trouver un imbécile à qui je pourrais mettre l'enfant
sur les bras... Il est si bête, voyez-vous, mademoiselle
Anna, qu'il vous suffirait d'abaisser sur lui vos jolis
yeux pour lui faire croire tout ce qui vous plairait (1) !»
Que penser, enfin, de ce Wilhelm Rust, dont M. de
Wyzewa nous rapporte l'aventure, éminent professeur
et musicologue renommé, qui, chargé par un Comité
international de diriger la publication de l'œuvre complète de Jean-Sébastien Bach, ne craignit d'attribuer à son arrière-grand-père des œuvres composées
par lui et qui auraient dénoté, pour le temps, — on
le pense aisément — une hardiesse prodigieuse d'harmonie et d'instrumentation? Le manque de probité

---

(1) Cité par Téodor DE WYZEWA ,*la Nouvelle Allemagne*, p. 126

de la science moderne germanique est un fait, qu'il s'agisse de chirurgiens trop attachés à leurs honoraires, de chimistes trop habiles à exploiter leurs découvertes ou de directeurs de musées trop prompts à garantir l'authenticité d'œuvres apocryphes.

L'armée elle-même souffrait, avant la guerre, de maux semblables. Quelle dépravation le capitaine Pommer, qui est Prussien, ne signale-t-il pas dans le corps des officiers, soit qu'il nous raconte l'histoire de ce colonel qui se fait offrir par ses subalternes une superbe automobile dont lui seul se sert, soit qu'il nous énumère les hontes dont s'accommodait fort bien le corps des officiers. « Combien d'officiers, nous avoue-t-il, ne découvrent rien de contraire à l'honneur dans la conduite d'un camarade qui réussit à extraire de l'argent des poches d'un autre officier en inventant des mensonges, ou même en promettant de taire une faute qu'il pouvait dénoncer (1) ! » L'ivrognerie, les dettes, la dépravation sexuelle sous toutes ses formes n'entachaient en rien, suivant l'ex-capitaine prussien qui le déplore, ce qu'on était convenu d'appeler l' « honneur » d'un officier allemand.

Sous l'effort d'appétits déchaînés par la ruine, — grâce au goût du luxe, — de ce qui, autrefois, réussissait le plus souvent à les retenir, la barbarie germanique s'était réveillée bien longtemps avant la guerre.

La barbarie germanique s'était donc réveillée partout sous l'influence d'une prospérité matérielle qui avait eu pour effet, en leur offrant la possibilité de les assouvir, de libérer ses appétits.

Depuis le plus humble jusqu'au plus grand, leur

(1) Cité par T. DE WYZEWA, *la Nouvelle Allemagne*, p. 37.

fortune de parvenus avait littéralement grisé tous les Allemands. Il en était résulté, outre une démoralisation croissante, l'orgueil collectif le plus monstrueux auquel une nation ait jamais été en proie. De fait, les mœurs de la nouvelle Allemagne étaient devenues arrogantes, tout autant que les façades des maisons, où se lisait le désir d'éblouir, fût-ce au détriment de la qualité. Cet orgueil, en retour, avait achevé d'exaspérer encore les instincts les moins recommandables du caractère germanique, ce pendant qu'il poussait les intellectuels à célébrer, non plus seulement la force, mais la force spécifiquement allemande.

LIVRE III

LES CAUSES
DE LA BARBARIE ALLEMANDE

CHAPITRE X

LE GERMANISME

En se combinant, sous l'influence de l'orgueil qu'engendra la prospérité de l'Allemagne, la philosophie et les instincts allemands ont formé un produit nouveau — le *germanisme* — qui est l'affirmation de la supériorité allemande dans tous les domaines. Concentrant en lui les bonnes comme les mauvaises inclinations du tempérament teuton, — les meilleures étant mises au service des pires — le germanisme s'est nourri de tout ce qu'il a pu et voulu discerner de grandeur dans un passé qu'il s'est plu à tenir pour garant d'un avenir triomphal.

Certes, le germanisme n'est pas nouveau. Avec quelque bonne volonté, on pourrait le faire remonter à Tacite. Cet historien latin ne s'avisa-t-il pas, pour humilier la société romaine de son temps, de lui opposer, dans son livre sur les *Mœurs des Germains*, les vertus, plus que surfaites pour les besoins de la cause, de ces peuplades barbares?

Toujours est-il qu'en France, où se perpétua le vague souvenir de la victoire des Francs, venus des forêts de Germanie, sur les Gallo-Romains, la noblesse, sous prétexte qu'elle descendait des envahisseurs, maintint ses droits, durant tout le moyen âge, contre les manants et les clercs, suppôts de la latinité, en revendiquant, devant l'absolutisme grandissant de la royauté, le privilège qu'avait l'antique guerrier germain d'élire le monarque parmi ses pairs. Le germanisme fit ainsi son entrée dans le monde sous le couvert des ambitions féodales. En 1574, François Hetman, qui nourrissait une égale horreur pour la monarchie absolue et pour les empiétements de la bourgeoisie, assure, dans sa *Franco-Gallia*, que la féodalité, qui, dans sa perfection, ne fut jamais qu'un idéal, avait été un fait jusque vers le milieu du quinzième siècle grâce aux Francs, auxquels il assigne une origine germanique.

Il est vrai que, sous Louis XIV, la thèse qui, préludant au celtisme d'un Renan, faisait des Francs une tribu gauloise rentrant dans son pays pour délivrer ses frères opprimés par les Romains, battit en brèche la théorie qui les apparentait aux Germains.

Cela n'empêcha pas le comte de Boulainvilliers de reprendre, au dix-huitième siècle, la pensée de Hetman. D'accord avec Leibniz qui avait assigné comme patrie aux Francs les rives de la Baltique, Boulainvilliers divise la population française en vainqueurs et en vaincus. De race supérieure, les vainqueurs, quoique moins nombreux, auraient assumé la direction des vaincus. Entreprise légitime et salutaire, affirme Boulainvilliers qui était aristocrate et même grand seigneur jusqu'au bout des ongles, la raison du plus fort étant toujours la meilleure. Séduit par l'indépendance de la noblesse germanique vis-à-vis de la royauté, il regardait ses libertés comme un privilège héréditaire, les nobles, uniques descendants des Francs, devant être par leur naissance seuls libres, égaux et compagnons. Tous les autres, pour lesquels Boulainvilliers affichait un profond mépris, n'avaient aucun droit à ses yeux. Fils de Gaulois, ils n'ont qu'un devoir : obéir. Qu'importe leurs souffrances? Ce sont souffrances de petites gens, sans valeur ni capacités. En revanche, tel un Saint-Simon, le comte de Boulainvilliers ne tarit pas en doléances contre les honneurs de cour prodigués aux princes du sang. Il en veut à la royauté de protéger, en même temps que la bourgeoisie, le droit romain.

Sur ces entrefaites, l'abbé Dubos vit dans les Francs non plus les conquérants, mais les alliés des Gallo-Romains contre les autres barbares de l'Est. Alliance qui ressemble fort à un protectorat imposé! Au droit de conquête des Germains, dont Montesquieu se fit quelques années plus tard l'avocat, succédait le droit d'usurpation.

Conquête ou usurpation, la Révolution française se dressa contre les prétentions d'une noblesse qui, devant la nation et devant le roi, se posait en caste victorieuse au nom d'un germanisme encore enveloppé de regrets féodaux. Comment, sans cela, comprendre ces fières paroles de Sieyès : « Le Tiers-État ne doit pas craindre de remonter dans les temps passés. Il se reportera à l'année qui a précédé la conquête et, puisqu'il est aujourd'hui assez fort pour ne pas se laisser

conquérir, sa résistance sans doute sera plus efficace.
Pourquoi ne renverrait-il pas dans les forêts de Fran-
conie toutes ces familles qui conservent la folle prétention d'être issues de la race des conquérants et d'avoir
procédé à des droits de conquête? La nation, épurée
alors, pourra se consoler, je pense, d'être réduite à ne
plus se croire composée que des descendants des Gaulois et des Romains. En vérité, si l'on tient à distinguer naissance et naissance, ne pourrait-on pas révéler
à nos pauvres concitoyens que celle qu'on tire des
Gaulois et des Romains vaut au moins autant que celle
qui viendrait des Sicambres, des Welches et autres
sauvages sortis des bois et des marais de l'ancienne
Germanie?... Le tiers redeviendra noble en redevenant
conquérant à son tour. » Dans le pamphlet, paru en
1820, qu'il intitula *Du gouvernement de la France depuis
la Restauration et du gouvernement actuel*, Guizot non
seulement accepte la distinction des deux races qui
auraient été seulement amalgamées avant 1789, il
appelle encore de ses vœux « la revanche et la conquête des fils d'esclaves ».

La réaction qui se dessina en Allemagne contre la
France, après les campagnes de Louis XIV sur le
Rhin, après les guerres de la Révolution et, pour
comble, après l'occupation napoléonienne, ne manqua
pas de s'emparer d'une thèse si bien faite pour coor-
donner les aspirations allemandes.

Dans la seconde moitié du dix-huitième siècle, l'intelligence allemande, s'étant réveillée avec Lessing,
Kant, Gœthe, Schiller et Herder, elle rejeta les influences étrangères, et particulièrement françaises,
sous lesquelles elle s'était assoupie pour revenir à son
génie propre tel qu'au moyen âge, et jusqu'à la Renaissance, il s'était fait jour avec les *Nibelungen*, *Par-*

zival, maître Eckardt, Jean Tauler, Jacob Böhme, Luther et, dans les arts, Peter Vischer, Albert Dürer, Hans Holbein et Lucas Cranach, pour ne rien dire de Stéphan Lochner, de Martin Schongauer et de Michel Wohlgemuth. Après 1806, les étudiants d'au delà du Rhin s'avisèrent de marquer cette reprise des traditions nationales en arborant des costumes agressivement moyenâgeux. Depuis la fin du dix-huitième siècle, les Allemands se sont, en effet, partout et toujours attachés à remettre en honneur leur passé. Ils remontèrent à leurs origines, ressuscitèrent leurs antiques légendes et se vantèrent d'entrer, plus que quiconque, en contact intime avec la nature, qu'ils envisagèrent, au temps de notre Rousseau, comme la source de toutes les perfections. De la terre allemande se levèrent alors les anciens dieux, incarnations des forces naturelles dont la Germanie paraissait aux romantiques devoir être l'interprète désignée parce que, plus près de la nature que les autres pays, seule elle aurait su entendre ce que susurre le murmure de l'eau, ce que chuchotent les arbres dans les forêts, ce que racontent les bêtes à ceux qui ont le pouvoir de les interroger. Panthéiste de tempérament, la race et la terre allemandes leur semblaient participer de la puissance des forces naturelles, comme elles éternelles et comme elles sacrées.

L'esprit de la race germanique se confondit ainsi avec l'esprit divin, dont la pensée d'outre-Rhin a toujours plus ou moins animé la nature. Aussi bien, la race germanique fut représentée par les premiers romantiques, voire par les théologiens de cette époque, comme douée de l'intuition du fond des choses et, partant, du principe qui meut l'univers. Schleiermacher soutenait, en 1799, que la vraie religion ne peut être entendue et conçue que par les Allemands. Et, à en croire Schlegel, en même temps que le sentiment du divin, l'Allemagneseule aurait retrouvé la véritable poésie. Ne paraissait-elle pas à Kant « destinée à recueillir ce que les autres nations avaient produit de meilleur pour se l'assimiler »? C'était l'avis de Schiller : « L'Allemand, écrit-il, doit chercher à parvenir au plus haut sommet. C'est à lui qu'il est réservé d'atteindre à la fin suprême, d'achever en soi l'humanité, au but le plus beau qui est de réunir en une couronne tout ce qui fleurit chez les autres peuples. » C'est la même foi — mais combien noble à cette date ! — dans les destinées de la race allemande que trahissent ces paroles de Fichte : « Le quatrième âge de l'humanité commence, s'écrie-t-il. Ce sera l'âge de la science. L'Allemagne est le ministre de la science. »

De même, Fichte enseigne, dans ses *Discours à la nation allemande*, que ce qu'il y a de divin dans ses compatriotes est ce qu'ils possèdent de spécifiquement allemand. L'histoire, je veux dire l'histoire allemande, devint, par le fait, la révélation de Dieu sur la terre. « L'histoire, annonce textuellement Schelling, est une révélation de Dieu, et cette révélation s'accomplit par un développement successif. » Le destin de l'Allelemagne est celui même de l'humanité. Quant à Novalis : « L'Allemagne, vaticine-t-il, en une marche lente, mais assurée, devance les autres pays européens. » Il annonce un nouvel âge d'or, une nouvelle histoire, une nouvelle civilisation, qui doivent naître de son influence. Peu à peu, la conscience allemande fut identifiée à la conscience divine, la race allemande à Dieu même.

Ce travail s'accomplit avec d'autant plus de facilité que, le christianisme s'étant affaibli au dix-hui-

tième siècle sous les efforts du rationalisme, les tendances mystiques inhérentes à la pensée allemande
trouvèrent un aliment dans une métaphysique qui,
après avoir mis l'Absolu dans l'humanité, finit par
l'enclore dans la race germanique.

Cette idée de la supériorité de la race germanique
est devenue, de nos jours, un dogme. Pour l'édifier,
la science allemande n'a reculé devant rien.

Elle a, tout d'abord, utilisé un Français : le comte
Arthur de Gobineau, lettré et misanthrope, qui
croyait à l'inégalité des races et, dans cette inégalité,
à la supériorité des Indo-Germains et des Gallo-
Romains.

Il entreprit, pour la démontrer, son fameux *Essai
sur l'inégalité des races humaines* qui vit le jour en
1855.

Pour Gobineau, il y a trois races fondamentales :
la noire, la jaune et la blanche. La race noire et la
race jaune seraient notoirement inférieures : les
nègres sont passionnés et versatiles, les jaunes pla-
tement utilitaires. Les blancs seuls comptent. « Cette
race, déclare-t-il, se montre à nous placée vis-à-vis
des autres familles humaines sur un tel degré de
supériorité qu'il nous faut dès à présent établir en
principe que toute comparaison est impossible pour
cela seul que nous ne trouvons pas trace de barbarie
dans son enfance même (1). » Mais il y a blancs et
blancs. Parmi ces derniers, Gobineau distingue trois
groupes auxquels il conserve leurs noms bibliques :
chamitique, sémitique et japhétide. Les Chamites,
d'abord blancs, se seraient mélangés, selon lui, de

(1) GOBINEAU, *Essai sur l'inégalité des races humaines*, t. I, p. 234.

bonne heure aux noirs pour former l'Empire assyrien. Malgré tout ce que cette puissante civilisation dut à la race blanche, ce n'en fut pas moins un véritable naufrage ethnique. Les Sémites, s'ébranlant à leur tour, se seraient infiltrés peu à peu dans les rangs de leurs cousins, déjà presque entièrement noircis. Ils auraient régénéré, pour un temps, l'Assyrie avec Abraham : Ninive, Tyr, Carthage furent leur œuvre. Après quoi, par la force de leur croissant mélange avec les noirs, les Sémites auraient cessé eux-mêmes de faire figure au premier rang des nations. Bien mieux, ils auraient formé à partir de ce moment, suivant Gobineau, le fond corrupteur des races humaines. Restaient les Japhétides. Ceux-ci auraient détaché des hauts plateaux de l'Asie Centrale vers l'Europe les Celtes et les Slaves, qui, malgré la parenté de langues, ne sont pas de vrais Arians aux yeux de Gobineau. Celtes et Slaves, d'ailleurs, se seraient mêlés de bonne heure aux hommes de race jaune, les premiers en avançant toujours en Europe occidentale, dont les autochtones auraient, sous le nom de Finnois, été de cette couleur, les seconds par leur contact ininterrompu avec l'Asie mongole. Quoi qu'il en soit, les Slaves, pour Gobineau, ont toujours formé une sorte de marais stagnant destiné à engloutir, après quelques heures de triomphe, toutes les supériorités ethniques. Quant aux Celtes, ils lui apparaissaient courageux, mais légers et changeants jusqu'à la frivolité. Ils constitueraient la population de nos campagnes, étrangère à la civilisation et, de longue date, soumise à ses vainqueurs. « Ils se regardent, dit Gobineau, comme d'une autre espèce, à les en croire opprimée, faible, qui doit avoir recours à la ruse, mais qui garde aussi son orgueil très tenace, très méprisant... » Leur

vainqueur, c'est, selon Gobineau, le Français au sang
bleu, autrement dit le Germain, né lui-même des Sar-
mates qui seraient, avec les Aryas de l'Inde, les
Iraniens et les Grecs hellènes ou homériques, les seuls
fils légitimes des Arians. En ce qui concerne cette
race prédestinée, Gobineau ne tarit pas d'éloges. Il la
qualifie la plus splendide en espèce d'hommes « dont
la vue ait pu réjouir les astres et la terre (1) » : haute
stature, peau blanche, teint coloré, cheveux blonds,
œil bleu. Comblés d'avantages corporels, les Arians
n'auraient pas été moins supérieurs par l'esprit. « Ils
avaient, écrit-il, à dépenser une somme inépuisable
de vivacité et d'énergie. » D'un individualisme indomp-
table, ils se jugeaient, à peu de chose près, les égaux
de la divinité dont ils s'imaginaient descendre. Aussi,
afin d'éviter la déchéance des croisements, les prêtres
arians eurent-ils, de bonne heure, la louable idée,
toujours d'après Gobineau, de fonder les droits politiques sur la pureté du sang, d'où le régime des castes,
qui prospéra dans l'Inde et sur qui reposa, à l'époque
féodale, la société française avant que des mésalliances de plus en plus fréquentes n'eussent altéré, jusqu'à le perdre, le type primitif.

N'est-ce pas à de semblables mésalliances, notamment avec les Sémites teintés de noir, que la Grèce
et Rome durent de déchoir? Il faut voir de quel
mépris le comte Arthur de Gobineau accable cette
sentine de corruption, véritable chaos de races qu'est
pour lui la Rome impériale. Il n'a pas assez d'ana-
thèmes pour la civilisation et le droit romains, qu'il
juge au reste d'origine syriaque.

Au contraire, les Barbares, si indignement calom-

_____

(1) GOBINEAU, *Essai sur l'inégalité des races humaines*, t. I, p. 374.

niés par l'école latine, furent les seules forces vives de
l'Empire, nous assure Gobineau. En face du Romain
du troisième et du cinquième siècle « faible de constitution et d'apparence, généralement basané, ayant
dans les veines un peu du sang de toutes les races
imaginables », il évoque le Germain à la blonde cheve-
lure, au teint blanc et rosé, large d'épaules, grand de
stature, vigoureux comme Alcide, téméraire comme
Thésée, adroit, souple, ne craignant rien au monde
et la mort moins que le reste. Loin de détruire la civilisation, l'Arian Germain aurait sauvé, suivant Gobineau, le peu qui en restait, Dieu, dans son infinie
bonté, ayant pris soin, pour préserver la société civile
et religieuse d'une destruction totale, de donner au
monde ancien des « nations de tuteurs » dans la personne de ces Barbares tant décriés.

Frères des Goths qui s'arrêtèrent en Poméranie et
en Suède, des Sakas qui s'établirent en Norvège, les
Germains proprement dits se seraient fixés en Allemagne. Augmentés des Vandales, des Francs, des
Lombards, des Burgondes, des Saxons — toutes
tribus germaniques — ils auraient envahi, sous la
poussée des Huns, l'Italie, la Gaule, l'Angleterre et
jusqu'à l'Afrique du Nord, dont, pour leur plus grand
avantage, ils auraient soumis les populations abâtar-
dies. Aussi bien, d'après Gobineau, l'Europe leur doit
son salut. Sans eux, elle n'aurait pu, estime-t-il, maintenir une sociabilité quelconque. Fervent individua-
liste, le Germain avait, en effet, prétend-il, senti la
nécessité de se grouper autour d'un chef, afin, tout
descendant des dieux qu'il fût, de ne pas succomber
sous le nombre, cette arme des faibles. Ils instaurèrent
ainsi avec le féod, père de l'organisation féodale, des
institutions qui avaient le mérite d'unir les bénéfices

de l'association aux bienfaits de l'indépendance personnelle, institutions auxquelles, assure Gobineau, les
nations modernes, soucieuses d'échapper à la loi des
vainqueurs, n'ont réussi à se soustraire qu'à leur
détriment. D'ailleurs, déplore-t-il, tandis que la royauté
d'une part, la bourgeoisie de l'autre, empiétaient sans
discontinuer sur les attributions du vainqueur, la
classe noble, issue des ancêtres germains, se dissolvait
peu à peu au voisinage des « détritus accumulés et
puissants » des races inférieures qui, de toutes parts,
l'enserraient.

Quel parti les Allemands ont su tirer de Gobineau, on
le devine ! Sans doute l'Allemagne moderne ne semblait pas à l'auteur de l'*Essai* moins déchue de sa
pureté originelle que, hormis l'Angleterre, les autres
pays d'Europe. Gobineau va même jusqu'à dire que
l'Allemagne de son temps est la moins germanique
des nations. N'importe ! Nos voisins oublièrent les critiques, pour ne retenir que les louanges à l'adresse des
Germains, l'Allemand ayant été au préalable assimilé
au Germain et celui-ci à l'Arian. Résultat : les Allemands se considèrent, à l'heure actuelle, comme la
race noble par excellence, dominatrice par destination et appelée, en conséquence, à sauver le monde
une fois encore de la corruption. L'idée de caste, avec
tous ses droits et tous ses devoirs, se trouve ainsi
étendue de la nation à l'humanité.

De fait, la mémoire de Gobineau est entourée d'un
véritable culte au delà du Rhin. M. Schemann, son
éditeur et traducteur, ne l'appelle-t-il pas « l'un des
hommes en tous points les plus extraordinaires de ce
siècle » et même « l'un des plus grands parmi ces héros
inspirés de Dieu, sauveurs et libérateurs envoyés par
lui à travers les âges »? A l'Université de Strasbourg,

une salle entière de la bibliothèque est affectée à la
« collection Gobineau ». C'est un véritable petit musée
qui renferme les manuscrits de l'auteur, des documents
relatifs à son œuvre, les statuettes, figures de marbre
ou de plâtre, qu'il s'était amusé à modeler et quelques
pièces de son mobilier oriental. L'Allemagne impériale
lui devait bien cela. Comme l'a fort bien discerné
M. Seillière, Gobineau est, en vérité, l'un des fondateurs,
avec son ethnographie fantaisiste, de l'impérialisme
dément qui aujourd'hui la possède.

Il est un autre Français qui — rencontre extrêmement piquante et un peu douloureuse — aida de ses
divagations anthropologiques la transformation du
germanisme de nos ennemis en folie pangermaniste.
Dans leur infatuation, exclusive de tout souci de vérité
ou même de vraisemblance, les Allemands ont pris
pour argent comptant les imaginations de M. Georges
Vacher de Lapouge, ancien magistrat venu sur le
tard aux sciences naturelles, comme ils avaient tenu
pour œuvre de science le roman ethnologique de son
prédécesseur.

M. Vacher de Lapouge (1) professe, lui aussi, pour
l'Aryen — les Allemands, nous l'avons vu, traduisent
« Germain » — une admiration sans réserve. Le livre
de M. Vacher de Lapouge sur *l'Aryen et son rôle
social,* qui parut en 1899, oppose ce dernier au Celte,
homo alpinus, qu'il appelle encore, par ironie, « le
marchand de marrons du coin ». A l'exemple des Boulainvilliers et des Mably, M. de Lapouge estime que
ces deux races d'hommes se rencontrent dans tous les
pays d'Europe. Mais, tandis que l'une est destinée à
commander, l'autre ne l'est qu'à obéir. M. de Lapouge

---

(1) Ernest SEILLIÈRE, *les Mystiques du néo-romantisme,* 1 vol. in-18.

va jusqu'à supposer que, vers l'âge de pierre, les Alpins
vivaient dans les montagnes et dans les forêts de nos
régions à l'état presque simien et qu'ils furent tirés
de leurs repaires par les Aryens qui les utilisèrent
comme bêtes de somme et réalisèrent ainsi le problème
de la domestication du singe ! Depuis, l'Alpin serait
demeuré « le parfait esclave, le serf idéal, le sujet
le mieux vu puisqu'il tolère tous les abus de la force ».
Noirauds, courtauds, lourdauds, sans originalité d'aucune sorte, ils joignent à tous les défauts, enseigne
M. de Lapouge, la tare impardonnable d'être brachy-
céphales, c'est-à-dire d'avoir le crâne large. Au contraire, l'Aryen-Germain au teint clair détient le suprême avantage de posséder un crâne allongé.

Pour soutenir et amplifier cette thèse, les historiens allemands ne se sont pas fait faute de falsifier
les événements et de « solliciter » les textes avec une
impudeur qu'explique cette opinion, de provenance
idéaliste, que nous créons la vérité, la vérité étant, *a
priori*, tout ce qui peut servir la volonté de puissance du
peuple allemand. « C'est le droit des vivants, affirme
M. Freytag, d'interpréter tout le passé selon le besoin
et les exigences de leur propre temps. » Maintenant,
que la fourberie naturelle aux Teutons, unie à l'habitude de feindre, qui est de tradition en Prusse où
l'orthodoxie protestante, demeurée officielle, cache une
indifférence profonde, ait favorisé l'esprit d'équivoque,
voire les illusions semi-volontaires, cela ne serait pas
pour surprendre. Toujours est-il que l'histoire, l'ethno-
logie, la philologie et même la géographie ont rivalisé
de zèle en Allemagne au service du germanisme.

Supérieure et primitive, donc très proche du principe de l'univers, la race germanique, proprement

dite, ne serait pas seulement demeurée, comme Par-
sifal, à l'abri de toute souillure, c'est-à-dire de tout
mélange : elle ne devrait rien à personne. C'est du
moins la thèse que des historiens allemands, tels que
Waitz, Giesebrecht, Sybel, Mommsen et Lamprecht,
se plurent à soutenir, à la suite de Gobineau et de
ses disciples. « Les Allemands, déclare Waitz, ne
doivent rien aux populations qu'ils trouvent anté-
rieurement établies sur le sol qu'ils occupent. » Et il
ajoute : « Dès le commencement de son histoire, le
peuple allemand montre les qualités et les dons par
lesquels il est appelé à intervenir plus d'une fois dans
la marche du monde. » Dès son berceau, la race germanique aurait fait figure de race prédestinée, assure la
nouvelle école historique allemande, qui n'a pas craint,
pour fortifier sa thèse, d'altérer les faits et même d'en
inventer. Comme le dit fort bien M. Imbart de la Tour,
elle a fait de l'histoire d'Allemagne l'épopée d'une race,
l'épopée de la race élue. Aussi bien, la science allemande
considère que son rôle essentiel est d'exalter l'orgueil.

N'ayant rien emprunté aux autres, les Germains
leur auraient, en revanche, tout donné. On nous
prouve, pièces en mains, que tous les progrès dont a
bénéficié l'humanité, au cours des siècles, leur sont
dus. Le sentiment de l'honneur, le respect de la
femme, la fidélité à la parole donnée viendraient
d'eux. N'est-ce pas le Germain qui a balayé la pourriture de l'empire romain en décomposition? N'est-ce
pas lui qui, mille ans plus tard, a purifié cette sentine
d'iniquité qu'était devenue l'Église catholique? N'est-
ce pas lui, encore, qui a châtié, en 1870, le Latin corrompu? « Avant toutes les autres nations, prétend
Meyer, l'un de leurs plus célèbres historiens, l'Allemagne s'empare avec zèle de toute tâche imposée par

le temps à l'humanité. » La mauvaise foi des savants allemands ne néglige aucun détail. Ils n'hésitent pas, par exemple, à nier la valeur des textes de César et de Strabon, qui attribuent le pays messin à la Gaule. De même, parce qu'il pense trouver chez les Doriens une ébauche du génie allemand, Otfried Muller leur prête un ensemble de vertus qui leur furent bien inconnues. D'un mot, il n'est pas de science en Allemagne qui ne tende à prouver, peu ou prou, la supériorité de la race germanique. « Nous autres Allemands, nous sommes le peuple le plus savant de la terre, rapporte sans sourciller, d'une conversation tenue devant lui, le prince de Bülow. Nous avons fait merveille dans toutes les sciences, dans tous les arts ; les plus grands philosophes, les plus grands écrivains, les plus grands musiciens sont des Allemands. » Aussi bien, il déclare un peu plus loin, pour son propre compte, que « l'Allemagne a vu le plus haut développement de la vie artistique et scientifique qui ait eu lieu depuis les jours de l'Hellade et du Cinquecento ». De son côté, un écrivain que ses origines anglaises n'empêchent pas de s'affirmer le plus fervent apôtre du germanisme, M. Houston Stewart Chamberlain, estime que, les premiers, les Germains eurent l'idée d'observer la nature, tout comme si Aristote, Archimède, ni Bacon ne s'en étaient, avant eux, avisés. Gervinus n'établit-il pas, pour sa part, avec force arguments, que la race germanique a donné au monde la seule littérature vraiment digne de ce nom depuis les Anciens? Rappelons-nous, enfin, l'étrange lettre que le professeur Adolf Lasson écrivait au début de la guerre : « Nous sommes, moralement et intellectuellement, hors de pair. Il en est de même de notre organisation et de nos institutions. »

La supériorité de l'Allemagne, en tout et pour tout,

est d'autant moins douteuse, aux yeux des Allemands d'à présent, que leurs historiens et leurs hommes de science ont bien soin d'omettre ou de diminuer les noms des savants, des artistes et des écrivains étrangers qui risqueraient d'éclipser les gloires teutonnes. C'est ainsi que, dans son livre *l'Évolution d'une science : la chimie*, Ostwald cite à peine Berthelot. Quant à Lavoisier, il réduit son rôle à rien. Il aurait simplement corrigé la théorie de Stahl sur le phlogistique, alors qu'au contraire, il a édifié sa théorie de la combustion sur la ruine de cette dernière. En dépit de l'évidence, c'est à Stahl que, suivant Ostwald, reviendrait l'honneur d'avoir « pour la première fois éclairci la relation réciproque des notions si importantes d'oxydation et de réduction (1) ! » Avec autant de mauvaise foi, le même Ostwald accuse Lavoisier, lui qui fut le premier à écarter de la chimie les abstractions et les entités, d'avoir parlé de matière impondérable ! Pareillement, afin d' « éliminer, comme le souhaitait Schelling, tout ce qui résulte d'une coquetterie de nos pères et grands-pères avec des peuples étrangers, tous les emprunts qui ont altéré la nature intime du pur métal allemand (2) », les naturalistes d'outre-Rhin oublient délibérément Lamarck et Darwin en faveur de Gœthe et d'Oecken. Bien mieux, M. Ernest Lavisse constatait, dès 1886, dans ses *Essais sur l'Allemagne impériale*, le parti pris d'enseigner aux écoliers allemands que la civilisation humaine n'a que trois représentants : la Grèce, Rome et l'Allemagne. L'Angleterre, l'Italie et la France sont, purement et simplement, passées sous silence.

(1) OSTWALD, *l'Évolution d'une science : la chimie*, trad. Dufour, p. 19.
(2) SCHELLING, *Sammltch W.* 1 *Abt* 8 *Bd. Neber das Wesen.*

Non contents de prouver que tout ce qui est allemand est supérieur — le sol, le ciel, la race, la bière,
le vin, les femmes, la vertu, la science, l'industrie, la
littérature, l'art, la cuisine — les historiens teutons
prétendent que tout ce qu'il y a de bon dans l'humanité, en réalité, est germain. L'historien Meyer nous
apprend, par exemple, que saint Boniface, l'apôtre
de la Germanie, né à Kirton en Wessex, serait, à l'opposé, parti de Germanie pour évangéliser la Grande-
Bretagne ! De même, ce seraient les Allemands qui,
avec l'aide des Anglo-Saxons, auraient fondé les États-
Unis ! En fait, le germanisme s'annexe sans vergogne
toutes les supériorités d'où qu'elles soient, dépouil-
lant, quand il lui convient, la notion de race de tout
élément ethnologique ou physiologique, — dont le germanisme pourtant fait si grand cas, — pour ne s'en
tenir qu'à des affinités psychiques.

M. Houston Chamberlain annexe, notamment, à
la race allemande tout ce qui se rencontre de grand
en Europe. Comment un génie ne serait-il pas germain ?
« Une seule promenade au musée de Berlin, dans la
galerie des bustes de la Renaissance, nous convaincra,
écrit-il dans ses *Assises du dix-neuvième siècle*, que
le type des grands Italiens de cette époque est presque
éteint de nos jours au delà des Alpes... C'est un naufrage complet qu'a subi, depuis le *quattrocento*, le germanisme italien ! » On n'est pas plus catégorique.
Il revendique saint François d'Assise, Dante, Shakes-
peare, Rembrandt, Pascal et Racine. Allemande elle-
même serait Jeanne d'Arc !

Quant à M. Ludwig Woltmann, le directeur et fondateur de la *Revue d'anthropologie politique*, il se contente, pour affilier un grand homme à la race germanique, qu'il ait la taille haute, les cheveux blonds, le

nez hardi, le teint clair ou coloré. Un seul de ces
traits lui suffit. Que dis-je? Le nom seul. C'est ainsi
qu'il n'hésite pas à revendiquer, comme appartenant
à cette race, Giotto, Alighieri, Bruno, Ghiberti, Vinci,
Santi, Vecellio, Tasso, Buonarotti, sous prétexte que
leurs noms donnent, en allemand, Jotte, Aigler,
Braun, Wilbert, Wincke, Sandt, Wetzell, Dass, Bohn-
rodt, tout de même que, d'après lui, les noms
d'Arouet, de Diderot et de Gounod devaient jadis se
prononcer Arwid, Titroch et Gundiwald. Dans ces
conditions, on comprend que bien peu lui échappent
de ceux que le germanisme a intérêt d'accaparer.

Grâce à de semblables artifices, germanisme — on
le comprend aisément — ne tarda pas à devenir syno-
nyme de civilisation. Aussi bien, suivant M. Chamberlain, le procès de Galilée, comme celui de Gior-
dano Bruno, représente la lutte de la latinité oppressive contre le libre germanisme.

Que, par ailleurs, les Alsaciens-Lorrains demeurent
fidèles à la France, cela ne prouve-t-il pas, d'après
maints docteurs d'au delà du Rhin, qu'ils sont, au
fond, allemands, la fidélité étant, par excellence, une
vertu teutonne?

Tandis que l'Allemagne est envisagée, comme « le
cœur de la planète » ou « le sel de la terre », pour
reprendre les propres paroles de Guillaume II, l'esprit germanique symboliserait, suivant Hegel, « l'esprit du monde nouveau », dont les savants allemands
seraient les Messies. Pour Novalis, Schelling « a le
pressentiment du suprême ». Schlegel est assimilé aux
grands fondateurs de religion. Gœthe en sera le litur-
giste. Quant à ce que Novalis pense de lui-même, le
voici : « Mon livre doit devenir une Bible scientifique,

un modèle réel et idéal, le germe de tous les livres. »
Il en résulte que la science allemande n'a rien à faire
avec la science tout court, « elle n'est point quelque
chose d'extérieur par rapport à la Nation elle-même...,
elle est l'essence véritable, la substance, le cœur de la
Nation ». Au même titre que la race et le pays allemands, elle est une émanation de l'Absolu, de cet
Absolu que le germanisme, « cette nouvelle révélation
de l'esprit universel dans l'âme des peuples germaniques », prétend incarner.

CHAPITRE XI

L'ÉTATISME

Le germanisme a d'autant plus aisément glissé au pangermanisme que les Allemands d'aujourd'hui se targuent d'avoir apporté au monde l' « organisation ». Ce n'est pas, en effet, seulement la race germanique qui est, pour eux, au sommet de l'histoire, mais la race germanique incarnée dans l'État allemand.

La superstition de l'État est traditionnelle en Prusse. Pour Hegel, il demeure l'Idée suprême, donc la suprême réalité. Il est, en outre, Puissance absolue. Il faut, par suite, selon ce philosophe, non seulement se soumettre à lui, — ce qui est le premier devoir du citoyen, — mais le vénérer. Toutefois, entendons-nous bien, l'État qui est ainsi magnifié, c'est l'État prussien et par extension, depuis que la Prusse a pris la direction des destinées de l'Allemagne, l'État allemand. Dieu n'est plus, dès lors, que la somme des ambitions germaniques, l'expression mystique de leur commune volonté de puissance. Autrement dit, l'État allemand est Dieu. Il est ce « bon vieux Dieu allemand » qu'invoquait naguère Guillaume II et dont il avait raison, suivant le plus authentique germanisme, de se déclarer l'allié, tout de même qu'Adolf Lasson était logique avec lui-même en baptisant son souverain de « délices du genre humain ».

En bons disciples de Hegel, les historiens d'outre-Rhin ont montré la race germanique ébauchant, du neuvième au treizième siècle, sa structure extérieure ; érigeant, après le quinzième, un Empire allemand sur les ruines du Saint-Empire et concentrant ses forces, au dix-huitième, pour réaliser au dix-neuvième siècle, sous l'impulsion du royaume de Prusse, — dont l'étatisme a groupé les forces germaniques — la plus parfaite organisation qui ait jamais paru. L'étatisme, ou subordination de l'individu à l'État, est aussi bien la forme visible du germanisme, ce qui, suivant ses historiens, prédestinait la Prusse à sa mission organisatrice.

Il n'est pas jusqu'à la religion qui n'ait servi aux rois de Prusse d'instrument de gouvernement. Sceptique et anticlérical, le grand Frédéric professait qu'elle est utile pour le peuple. Il approuvait les sages législateurs qui « ont recours au système du merveilleux pour diriger les hommes et les rendre plus dociles ». En conséquence, il envisage la religion, et tous ses successeurs après lui, comme une affaire d'État. « Qu'est-ce qui donnera à tous les membres (d'une Société) le zèle, l'activité, la loyauté, dans le service de l'État, si ce n'est la religion (1) ? » demande, en 1783, Dœderlein dans sa *Bibliothèque théologique*. Un bon gouvernement, estime le philosophe Jean-Georges Feder, « cherche à faire entrer le clergé dans ses sages intentions qui visent l'avantage véritable de la religion et de l'État... afin de faire exécuter par ce moyen ce qu'il ne pourrait pas effectuer sans intermédiaire avec un égal succès (2) »

En conséquence, les questions de dogme et de

---

(1) René LOTE, *Du christianisme au germanisme.*
(2) *Id.*

liturgie sont considérées, en Prusse, comme relevant
du pouvoir civil, ainsi qu'en témoigne l'Édit de religion du 9 juillet 1788 par lequel Frédéric-Guillaume II
soutint l'orthodoxie. L'État prussien demande aux
théologiens d'enseigner la doctrine officielle. Le peuple
n'a-t-il pas besoin d'une règle certaine? Et qui, dans
l'Église protestante, pourrait conférer à la doctrine
religieuse son autorité, sinon le prince auquel, par un
contrat primordial et implicite, les citoyens ont remis
leurs droits? Qu'importe que la religion soit un leurre!
Du moment que l'imposture est nécessaire au bien de
l'État, elle est légitime. Frédéric II en fait la confi-
dence à d'Alembert.

Si les actes et les paroles sont commandés, les consciences, d'ailleurs, sont libres. « Pense pour toi ce que
tu tiens pour vrai, enseigne le professeur Ronnberg
dans le commentaire qu'il écrivit de l'Édit de religion,
mais ne trouble pas le peuple par tes doctrines (1). »
Ce n'est pas de l'hypocrisie, se hâte-t-il d'ajouter :
« Le vrai philosophe de la vie ne raffine point là où la
loi exige soumission. Il obéit, et prouve ainsi qu'il
mérite ce nom vénérable en faisant ce que ses fonctions exigent. Donc pense pour toi ce que tu tiens
pour vrai, mais ne trouble pas le peuple par tes doctrines. » Et il appuie : « Tu demeures un honnête
homme, quand bien même tu enseignes contre ta
conviction. » Aussi bien il est permis de se demander
si le divorce qui s'accuse ainsi, dans les églises protestantes, entre la parole et la pensée n'est pas l'un des
principaux facteurs, avec la fourberie naturelle aux
Allemands, de l'esprit de mensonge qui les aveugle.

(1) Ronnberg, *Ueber symbolische bücher in bezug auf Straatsruhe*
p. 174.

Au lieu de s'atténuer, la mainmise du pouvoir sur les Églises s'accentua encore, au siècle dernier, avec l'effondrement des croyances sous les coups de l'hypercritique. Tandis que les Strauss, les Schleiermacher et consorts réduisaient la religion au seul sentiment, l'État prussien reconnaissait la nécessité d'aider à l'évolution qui, à défaut d'autre objet, portait l'émotion religieuse à diviniser l'État. A l'amour du Christ, que les Églises protestantes avaient été primitivement destinées à abriter, se substitua donc, peu à peu, le culte du Dieu germain, autrement dit de la race germanique représentée par l'État allemand.

Incarnation de l'Absolu, dont cette race est tenue par les philosophes et les historiens teutons pour l'instrument de prédilection, l'État allemand, par suite, n'a qu'un devoir : être fort. « Maintenir sa puissance est le plus haut devoir de l'État, enseigne Treitschke... de toutes les défaillances politiques, c'est la faiblesse qui est la plus abominable et la plus méprisable : c'est le péché contre le Saint-Esprit de la politique. » Il est ce qu'on ne discute pas, ce à quoi l'on se sacrifie et que, en réalité, on adore. En un mot, il est, pour tout Allemand de nos jours, la révélation de Dieu, par le canal de la race germanique dont il résume le génie.

Ce génie n'est autre que la *Kultur* ou, en d'autres termes, ce don d'organisation que l'Allemagne aurait apporté au monde. D'où sa mission, qui, elle-même, inspire le pangermanisme, c'est-à-dire la tâche que l'Allemagne se croit dévolue, de toute éternité, de dominer l'univers afin de l'aménager.

Expression la plus parfaite qui soit de l'Absolu, l'État allemand a pour mission de se réaliser toujours davantage. En ce faisant, c'est Dieu lui-même qu'il amène à l'existence dans sa progressive plénitude.

Car, ne nous y trompons pas, le germanisme est une religion. Quand nous n'en aurions pour preuve que son hostilité à l'égard du catholicisme, qui est, de toutes les confessions, la mieux organisée et la plus universelle, donc la plus redoutable pour toute religion rivale, cela suffirait. Cette hostilité est évidente. Sans parler des incendies d'églises, des bombardements de cathédrales, des assassinats d'ecclésiastiques, des tortures infligées à des prêtres et des sacrilèges de toutes catégories dont les armées allemandes se sont, volontairement, rendues coupables pendant la guerre de 1914, n'oublions pas que la haine particulière que le germanisme professe pour le catholicisme commença de se manifester aussitôt après Sadowa, qui fut jadis fêtée, par les publicistes d'outre-Rhin, comme une victoire sur le papisme. Aussi bien, l'agression en 1870 de l'Allemagne contre la France apparaît comme dirigée non seulement contre une puissante voisine, mais, surtout, contre une nation qui, en dépit de la Révolution, conservait son titre de « fille aînée de l'Église ». En mai 1869, l'Assemblée protestante de Worms n'applaudissait-elle pas au discours de Blüntschli proclamant qu'il fallait marcher pour la « liberté allemande » contre les influences intellectuelles romaines? « Nous sommes entrés pour l'instant dans l'ère antichrétienne, déplorait la même année le poète Weber ! La rage contre toute confession positive, spécialement contre la catholique parce qu'elle est la plus positive, est incroyablement grande. »

De fait, les soldats de l'Allemagne, à peine entrés en France, le parti national-libéral s'agita. « D'abord les

Français, ensuite les Jésuites, » écrivait, le 5 août 1870 dans un journal de Gœttingue, le référendaire Joseph Kolkmann. A Constance, chaque victoire sur la France fut fêtée comme une défaite du catholicisme. Ailleurs, à ses adeptes, qui combattaient cependant dans les rangs allemands, on interdisait de tenir un meeting sous prétexte qu'ils étaient des traîtres à la patrie. Certains allèrent même jusqu'à accuser les prêtres d'avoir souhaité la défaite de leur pays. Les nationaux-libéraux se faisaient une arme, à cet effet, de tous les textes qui laissaient deviner un antagonisme entre Rome et l'État prussien, auquel Treitschke attribuait une vocation d'élite contre le papisme. Puis, la guerre contre l'Autriche et contre la France, — qu'on eut soin de représenter comme une double croisade protestante, — une fois terminée, on prépara une croisade intérieure contre les catholiques, d'autant qu'ils venaient de s'incliner devant le dogme de l'infaillibilité pontificale récemment défini.

Cette croisade, les catholiques allemands la pressentaient. En face du danger, ils se groupèrent : le 13 décembre 1870, les soixante députés catholiques que les récentes élections avaient envoyés au Landtag se réunirent autour de Savigny, de Pierre et d'Auguste Reichensperger, de Mallinckrodt et, un peu plus tard, de Windthorst pour former ce qu'ils appelèrent le *Centre* en vue de défendre le catholicisme menacé.

La riposte ne tarda pas. Bien qu'il s'en tînt à réclamer le maintien des libertés religieuses accordées par la constitution prussienne de 1850, le *Centre* fut vite accusé de conjuration contre l'État et, en l'espèce, contre la civilisation même représentée par le germanisme. Ce fut bien pis quand, malgré l'opposition des catholiques à la proclamation de l'Empire, —

ce qui eut le don d'exaspérer Bismarck, — le *Centre* obtint, aux élections au Reichstag du 3 mars 1871, quarante-trois sièges au premier tour.

A partir de cette date, les nationaux-libéraux, unis aux *Vieux-Catholiques* qui ne reconnaissaient pas l'infaillibilité pontificale, ne cessèrent de pousser le chancelier à la guerre contre le catholicisme au nom de la *Kultur*, d'où l'appellation de *Kulturkampf* que devait prendre la persécution.

Mais Bismarck laissa dire, jusqu'au jour où, ulcéré par le refus de Pie IX de réduire le *Centre* au silence, il fit adopter le projet d'inspection scolaire par des agents du gouvernement en vue de déconfessionnaliser l'école et de la mettre entièrement aux mains de l'État.

Soucieux d'assurer sur tout et sur tous la suprématie de l'administration prussienne, Bismarck conclut alors alliance avec les anticléricaux. Parmi eux, étaient des matérialistes comme Virchow, les nationaux-libéraux et les vieux-catholiques. Le 19 juin 1872, les Jésuites et toutes les congrégations qui leur étaient affiliées furent exclus de l'Empire. Après quoi, quelques évêques ayant protesté, le chancelier fit voter contre l'épiscopat les fameuses lois de mai 1873. C'était la rupture déclarée avec le Vatican. Comment en aurait-il été autrement? Ces lois donnaient à l'État le droit d'imposer son programme aux études religieuses avec celui d'opposer son veto aux nominations dans le clergé, en même temps qu'elles instituaient une juridiction laïque pour les affaires ecclésiastiques.

L'Église ne pouvant admettre semblable immixtion du pouvoir civil, de parti pris les évêques ignorèrent ces lois, ce qui leur valut d'être condamnés à l'amende et, les amendes s'accumulant, de voir leurs biens confisqués. Ce n'était, toutefois, qu'un commencement.

Pour faire céder les prélats, on aggrava les pénalités par les lois de 1874. A l'amende succédèrent les suppressions de dotation, puis la prison et, pour finir, le bannissement. Ce fut en vain : les évêques s'obstinèrent à se passer de l'État pour nommer leur clergé.

Alors, eut lieu une véritable rafle, non seulement d'évêques insoumis, mais de curés et de vicaires dépourvus de l'agrément gouvernemental. C'est ainsi que, le 3 février 1874, trois policiers vinrent, entre trois et quatre heures du matin, chercher le cardinal Ledochowski pour le conduire à la prison d'Ostrowo, où il fut enfermé dans une cellule qu'il balayait, avec défense de recevoir ou d'écrire des lettres et même de dire la messe. Pareillement, Mattias Eberhard, évêque de Trêves, ancien député au Landtag de Prusse, fut incarcéré sans pouvoir, pendant dix mois, lire, écrire, parler, ni manger autrement que sous la surveillance d'un agent de police. L'archevêque de Cologne, Mgr Melchers, fut, de même, jeté en prison le 31 mars 1874. En vain demanda-t-il un délai de vingt-quatre heures pour mettre ordre à ses affaires. On l'inscrivit « comme tresseur de paille, comme couseur de sacs et comme cartonnier sur le catalogue d'infamie où s'alignaient indistinctement les noms des criminels de droit commun et des ministres de l'Église (1) ». Le 4 août de cette même année, l'évêque Martin quittait, lui aussi, son palais de Paderborn pour le cachot.

Après les évêques, ce fut le tour des prêtres. Ils restaient en prison quelques semaines ou quelques mois, puis, quand ils en sortaient, recevaient défense de

(1) Goyau, *Bismarck et l'Église*, p. 145.

résider dans le district de la province où ils avaient
exercé leur sacerdoce. La plupart d'entre eux se gardèrent bien de déférer à cette interdiction. Ce fut, à
partir de ce moment, une véritable chasse aux prêtres.
Ceux-ci ne reculant devant aucun stratagème — dégui-
sements, cachettes, faux métiers, — pour remplir leur
ministère, la police fut bientôt sur les dents.

Bismarck ne pouvait pardonner aux catholiques de
violer ainsi les lois de l'État. « Les assises de votre
parti et celles du parti socialiste sont les mêmes, disait-
il à Auguste Reichensperger. Vous prétendez, les uns
et les autres, violer les lois au nom de votre conscience. »
Le 5 mai 1874, à propos de la suppression des crédits
afférents à la représentation diplomatique auprès du
Saint-Siège, Bismarck attaqua le pape en face. Il
déclara l'impossibilité pour l'Allemagne de reconnaître,
désormais, un pouvoir qui se prétendait supérieur aux
lois de l'Empire. Aussi en mai 1878, au *National Club*
de Londres, présenta-t-il le *Kulturkampf* comme le
combat de l'État pour la conscience et la liberté, entendez la conscience et la liberté de l'État allemand,
autrement dit du germanisme.

De fait, il faisait voter, en cette même année, la
suspension des crédits religieux et, finalement, la
suppression des articles 15, 16 et 18 de la Constitution de Frédéric-Guillaume IV qui assuraient à l'Église
catholique son autonomie. C'en était fait : l'État mettait, définitivement, la main sur l'Église au nom de ce
« bon vieux Dieu allemand » qui n'était pour Bismarck, comme pour Guillaume II, que l'esprit de la
terre et de la race allemandes. « Je crois obéir à Dieu,
opposait le chancelier à Louis de Gerlach, quand je
sers le roi pour la défense de la communauté politique
dont il est le monarque par la grâce de Dieu et dont

il doit, en vertu d'un devoir imposé par Dieu, sauvegarder la liberté contre l'oppression spirituelle étrangère, et défendre l'indépendance contre les atteintes étrangères. » L'administration des biens ecclésiastiques fut, en conclusion, confiée à un « conseil d'Église » élu pour six ans, tandis qu'une dernière loi ordonnait la dissolution de toutes les congrégations.

Le résultat? on le devine. Plus que jamais, les prisons s'emplirent de prêtres arrêtés pour délits de messes, de confession, d'extrême-onction. Les autres durent quitter l'Allemagne en masse. Les congréganistes furent surveillés et beaucoup exilés. Les municipalités catholiques subirent, de leur côté, toutes sortes de vexations ; des laïques même, accusés de complicité avec le clergé réfractaire, furent emprisonnés ; les lettres furent interceptées et des perquisitions opérées au nom du germanisme triomphant.

Ce triomphe, il est vrai, ne devait pas durer. Il finit en 1878 devant le sursaut des consciences, les inquiétudes religieuses de Guillaume Ier et, il faut l'ajouter, la lassitude de Bismarck, qui, pour la première fois de sa vie, fut vaincu.

Il n'en reste pas moins que, outre que l'existence du catholicisme est, encore aujourd'hui, seulement tolérée en Allemagne, l'épisode du *Kulturkampf* demeure symptomatique d'un état d'esprit qui est fait de haine contre le catholicisme parce que composé d'orgueil étatiste et germanique. Préludant au pangermanisme, Bismarck ne se laissait-il pas, à certaines heures, caresser par l'espérance d'un *Kulturkampf* international qui, en même temps que la culture allemande, aurait propagé l'esprit de rébellion contre Rome?

Toutefois, il ne faudrait pas s'y tromper. Cette haine du catholicisme le dépasse infiniment. C'est le christianisme tout entier qui, derrière lui, est visé.

Les protestants croyants, — notamment les conservateurs, qui, à cause de cela, devinrent les adversaires du chancelier de fer pendant le *Kulturkampf*, — le comprirent. En dépit des apparences, ils discernèrent, et ils eurent raison de discerner, dans la mainmise de l'État sur l'Église catholique une tentative de déchristianisation du peuple allemand.

Qu'étaient, effectivement, la campagne des nationaux-libéraux contre l'école confessionnelle et celle en faveur du mariage civil, sinon deux tentatives, réussies du reste, contre le confessionnalisme, protestant ou catholique, et, par conséquent, contre le christianisme? En réalité, c'est bien à toutes les sortes de chrétiens qu'en voulaient les nationaux-libéraux : ils ne s'en cachèrent point. Ils détestaient même d'autant plus les protestants que, sous le règne d'un Hohenzollern orthodoxe, il leur fallait abandonner l'espoir de les vaincre.

Bismarck, de son côté, ne bornait pas sa méfiance des confessions religieuses à l'orthodoxie exclusivement catholique : il l'étendait à l'orthodoxie protestante. Chrétien, il l'était à sa manière, qui ne voulait pas être gênée, mais fortifiée par Dieu pour le service de l'État. Autant dire que le christianisme prenait, chez Bismarck, la forme du germanisme. Le chancelier de fer ne croyait pas à la nécessité des Églises pour continuer l'œuvre rédemptrice de l'humanité, l'esprit germanique devant y suffire. Au fond, il les redoutait comme opposées à l'omnipotence de l'État. « Les pasteurs luthériens, avoua-t-il le 1er janvier 1872, ne valent pas mieux que les catholiques. » Et, de fait, le député protestant Bruel dénonça très justement le danger que les lois sur l'inspection scolaire faisaient courir à l'une et à l'autre confession. « C'est une loi païenne, déclara-t-il tout net ; elle répond à l'idée païenne de l'État-Dieu. » Détruire le christianisme n'était-ce pas le dessein avéré du matérialiste Virchow, qui ne manquait jamais de proclamer que sa mission civilisatrice était, désormais, terminée? A l'en croire, la Kultur devait lui succéder. Même conviction chez le philosophe Édouard de Hartmann. « Le triomphe de l'État sur le catholicisme, expliquait-il, marquerait, dans le protestantisme même, la défaite des tendances orthodoxes ou évangéliques. » Et il ajoutait : « Est-ce l'intérêt religieux ou l'intérêt laïque, l'intérêt chrétien ou l'intérêt de la culture, qui entraîne le fléau de la balance? »

Aussi bien, les députés du *Centre catholique* ne tardèrent pas à trouver des alliés dans les protestants qui avaient conservé leur foi intacte. Le danger commun était si manifeste qu'ils se serrèrent les uns contre les autres. C'est ainsi que l'on vit, dans une brochure intitulée *Empereur et Pape*, le protestant Louis de Gerlach, ancien ami du chancelier et ancien rédacteur de la *Gazette de la Croix*, plaider pour le pape, pour le concile, pour les jésuites, pour le caractère inoffensif du Syllabus. Il avait jugé opportun de défendre le catholicisme pour défendre le christianisme et, par ricochet, le protestantisme, tant ce dernier lui paraissait menacé par la politique bismarckienne qui dirigée, au premier abord, uniquement contre l'Église catholique, l'était, en réalité, contre le christianisme tout entier.

Au vrai, le *Kulturkampf* a contribué non seulement à attiser la haine d'une partie de l'Allemagne

contre le christianisme ; il a aidé, en la déconfession-
nalisant, à la déchristianiser. C'est ainsi qu'en privant
les prêtres et pasteurs de leurs attributions civiles, la
législation religieuse a détourné du temple comme de
l'église un grand nombre de fidèles qui n'y tenaient
plus guère que par là.

La déchristianisation de l'Allemagne contemporaine,
quoi qu'il en soit, est un fait, dont témoignait, avant
la guerre, une indifférence croissante à l'égard de l'une
et l'autre confession.

Pour ce qui est des protestants, cette indifférence
date de l'exagération de la critique qui, avec les
Schleiermacher, les Strauss, les Baur et les Ritschl,
devait, au cours du dix-neuvième siècle, ruiner toute
croyance positive et ne laisser aux Églises protestantes d'Allemagne qu'un décor.

Ce décor était d'autant moins capable de retenir les
humbles qu'avec les progrès du libre examen le peuple
ne tarda pas à découvrir dans l'institution ecclésiastique une simple institution d'État. Luther ayant
détaché de Rome un certain nombre de communautés
chrétiennes, n'avait-il pas dû, pour qu'elles conti-
nuassent de subsister, confier aux princes et aux seigneurs une partie des attributions autrefois symbo-
lisées par la crosse? N'avait-il pas dû, entre autres,
charger l'Électeur de Saxe de maintenir dans l'Église
la correction et l'harmonie, voire de punir les mauvaises têtes qui voudraient, « sans bonne raison, faire
acte d'isolement »? « — Il faut faire violence à ceux qui
ont le cœur dur, écrivait Capiton au comte Palatin ;
ainsi, terrorisés par l'épouvante, ils recevront plus
facilement la doctrine. » Les princes devinrent d'autant plus sûrement les maîtres de ces Églises fraîche-

ment émancipées de la tutelle pontificale qu'on faisait appel à leur glaive pour imposer la Réforme. Quant à Bucer, il proposait aux souverains de son époque l'exemple des rois de l'antiquité, maîtres absolus, dans la cité, des choses divines et humaines !

Enfermées dans les divers États et protégées par eux contre toute concurrence confessionnelle, les Églises protestantes d'Allemagne payèrent un tel service de leur liberté et, ce qui est plus grave, de leur vie intérieure. Celle-ci, en effet, était condamnée à disparaître sous la mainmise de plus en plus lourde du pouvoir civil, mainmise que Marheinecke, disciple de Hegel, justifiait en présentant l'Église et l'État comme les deux faces d'une même institution. En vertu de cette théorie, les consistoires furent supprimés et les affaires d'Église rattachées, comme une vulgaire branche de la police, au ministère de l'intérieur ; après quoi, Frédéric-Guillaume III unifia de par son pouvoir souverain, en se bornant à voiler leurs divergences, les réformés et les luthériens de son royaume. Enfin, l'asservissement de l'Église évangélique s'aggrava encore en Allemagne à l'avènement des parlements qui, avant de la frustrer de ses dernières prérogatives, revendiquèrent leur part d'autorité. Comment, dans de telles conditions, toute vie chrétienne ne se serait-elle pas retirée du protestantisme allemand?

De fait, à part la Prusse rhénane, la Westphalie et certaines régions de l'Allemagne méridionale, les communautés évangéliques devinrent, dans la plus grande partie de l'Empire, « des corps sans âme (1) ». Pour les ouvriers des villes, le pasteur n'est qu'un fonc-

(1) Georges GOYAU, *l'Allemagne religieuse : le protestantisme*, p. 301.

tionnaire vis-à-vis duquel ils sont plutôt mal disposés.
Le paysan, lui, n'y voit qu'un individu sans prestige,
depuis qu'il a été dépossédé de ses fonctions civiles.
Aussi, même dans les campagnes, ne lit-on plus guère
la Bible ; c'est à peine si on lui emprunte matière à
plaisanteries. Quant à la pratique, elle est, à peu près,
abandonnée. Dans nombre de paroisses, la plupart des
malades meurent sans communion. « L'indifférence
s'étend ; le détachement augmente ; l'hostilité commence, » écrit M. Gebhardt en parlant de la Thuringe.

Il n'en va guère mieux de l'Église catholique, malgré
le surcroît de vie que lui donna, pour un temps, la
persécution.

Sans doute, il reste de bons catholiques en Allemagne. N'empêche que, après les jours héroïques du
Kulturkampf, l'indifférence a gagné un grand nombre
de catholiques allemands, à commencer par le *Centre.*

Victorieux, le *Centre* ne tarda pas en effet, peu après
la mort de Windthorst, à quitter l'opposition pour
devenir un parti de gouvernement. Dans ce but, il
se libéra, aux environs de 1906, de toute préoccupation
confessionnelle : il sortit de « la tour ». « Le *Centre* ne
désire rien tant, avouait en septembre 1909 le docteur
Jules Bachem, que d'être délivré du souci particulier
des libertés et de l'autonomie de l'Église. » Ambitieux
de domination, ce parti s'ouvrit aux députés non-
catholiques, jusqu'à donner l'influence dans son sein
aux protestants. N'a-t-il pas décrété la séparation
de la morale et de la religion d'avec les questions
sociales?

La séparation de la politique du *Centre* rajeuni
d'avec le catholicisme n'est pas moins évidente.
Nouvelle recrue, Lieber se range, dans une petite

brochure qu'il publia en 1901 sur la fondation du
royaume de Prusse, du côté des Hohenzollern, uni-
ficateurs, germanisateurs et protestants. Le *Centre*,
désormais, collaborera à l'œuvre impériale. C'est ainsi
qu'il ne craindra pas de travailler à l'unité morale
de l'Empire en laissant germaniser, d'une part, la
Pologne, que Martin Spahn souhaite de voir absorbée
par l'Allemagne, et, de l'autre, l'Alsace-Lorraine que
la Constitution de 1911, à laquelle collaborèrent les
hommes du *Centre*, livra, pieds et poings liés, à l'absolutisme impérial. Aussi bien, en 1912, M. Erzberger,
le leader actuel du parti, a déclaré sans ambages
s'associer à la *Weltpolitik* de l'empereur, qui avait
pour but avoué de transformer la grande puissance
qu'était l'Allemagne en « puissance mondiale ». C'est
avec cette arrière-pensée que le nouveau *Centre* a
toujours soutenu la politique financière, militaire et
coloniale de Guillaume II, sans se dissimuler, un seul
instant, qu'une aussi formidable préparation devait,
tôt ou tard, aboutir à la guerre. « Nos armements ont
pour but la réalisation de notre politique mondiale, »
écrivait M. Erzberger dans son commentaire sur le
projet militaire de 1912. Et de conclure, le 11 juin 1913 :
« Il faut nous faire à l'idée qu'une guerre dans les
années qui viennent n'appartient absolument pas au
domaine des choses impossibles. »

L'Église catholique se trouva ainsi exclue, par le
Centre lui-même, de toutes les manifestations de la
vie nationale. Il n'est plus, en fait, qu'un parti politique comme un autre, qui, accueillant des incroyants
parmi ses membres, n'a en vue que « la plus grande
Allemagne ». Renégat à tout ce qui avait été sa raison d'être, il ne s'est pas contenté de « se déconfessionnaliser » — « le *Centre* n'est [point un parti con-

fessionnel, déclare le docteur Wacker, mais un parti
politique » — il s'est encore efforcé d'appesantir la
dictature de l'État sur toutes les confessions religieuses, la catholique comprise. De cette dernière,
désormais, il ne tiendra compte que pour diminuer
sans cesse ses prérogatives, quand ce n'est pas pour
l'utiliser comme moyen d'asservissement à l'État.
Commentant un discours prononcé à Cologne devant
l'Assemblée générale des Windthorstbunde par le
docteur Pieper, qui définissait l'État « l'expression
suprême de la vie humaine organisée », M. Holzamer
ne manqua pas de faire remarquer que la conception
« catholique » de l'État du député du *Centre* rejoint
la conception de Hegel d'après laquelle l'État est à
lui-même sa propre loi, pour cette excellente raison
qu'il est « la volonté divine » ou, davantage encore,
« Dieu présent ici bas ».

Le *Centre* devenu l'allié du germanisme et tâchant,
comme tel, de lui soumettre le catholicisme, voilà à
quoi a abouti ce parti, que, sous la menace du *Kulturkampf*, Windhorst, Savigny, Mallincrodt et Reichensperger avaient fondé pour défendre les catholiques. Après avoir combattu la *Kultur*, il lui était
réservé de s'en faire l'apôtre et, à ce titre, de travailler à l'expansion du germanisme dans le monde.

Protestante ou catholique, quelle voix, pendant la
guerre de 1914, s'est élevée au delà du Rhin pour
flétrir les atrocités religieuses et les crimes de droit
commun commis par les armées du kaiser? Loin de
les flétrir, des protestants et des catholiques — et
non des moindres — se sont, au contraire, rencontrés
pour les encourager. « A la guerre, la plus grande
absence de scrupules, si l'on y va intelligemment,
coïncide avec la plus grande humanité, » écrivait, dans

le *Tag*, M. Erzberger, l'actuel leader du *Centre catholique* allemand.

Tout nous l'indique : une grande partie de l'Allemagne d'aujourd'hui n'est plus chrétienne. Elle n'est plus chrétienne parce qu'elle est pangermaniste. La race germanique incarnée dans l'État allemand, voilà son Dieu.

> Ce Dieu que nous supplions aujourd'hui,
> L'Esprit saint de l'Allemagne,
> Qui nous nourrit d'un feu céleste,
> C'est lui que nous devons confesser.

chante le poète Will Vesper. Un tel Dieu, — on le conçoit, — n'a rien de commun avec celui du Nouveau Testament. C'est le « vieux Dieu allemand » qu'invoque à tout propos Guillaume II, le Dieu du pangermanisme, qui ressuscite, sous la forme de l'État allemand, l'âme de la race qu'incarnaient jadis Wotan, Thor et Odin, ces antiques et farouches divinités des sombres forêts de la Germanie.

CHAPITRE XII

LE PANGERMANISME

Comment le germanisme, qui est une idée mystique, n'aurait-il pas aspiré à se répandre sur le monde et, puisqu'il est un étatisme, à le commander?

De fait, à cette hégémonie, l'Allemagne prétend avoir tous les droits, parce qu'elle est supérieure, prétend-elle, à tous les autres pays du globe. Voilà le point de départ de la thèse pangermaniste. « Comme ce navire prétend être supérieur à tous les autres navires, si nombreux soient-ils, qui sillonnent les mers, de même puisse-t-il être vrai à jamais, pour tous les Allemands, que *l'Allemagne est au-dessus de tout au monde*, » déclamait, le 10 juin 1900, le prince de Bulow au baptême du *Deutschland*, le plus grand transatlantique alors existant.

Pour la plupart des savants, des philosophes et des théologiens d'outre-Rhin, depuis un demi-siècle, l'Allemagne est supérieure intellectuellement, moralement et matériellement, à tout le reste de l'univers. Comment en irait-il autrement? N'est-elle pas, à l'heure actuelle, la plus forte de toutes les nations? Non seulement ses victoires répétées de 1864, de 1866 et de 1870 ont prouvé, aux yeux des plus prévenus, sa supériorité militaire, mais, depuis 1870, sa population

s'est élevée de 40 millions à 66 millions d'habitants.
« Nous croissons si vite, explique Ernst Hasse, qu'en
trois ans nous nous ajoutons autant d'habitants qu'il
y en a en Suisse ; en six ans, autant qu'il y en a en
Hollande et en Suède... Notre accroissement est un
phénomène d'une force élémentaire. » En outre, dans
ces dernières années, l'Allemagne est devenue un État
industriel de premier ordre. Or comme la force matérielle constitue un signe d'élection pour les Allemands
d'aujourd'hui, il en résulte que le monde progresse,
suivant eux, du seul fait que les nations les plus
vigoureuses écrasent les plus faibles, qui ne peuvent
être que les moins civilisées. La lutte pour la vie,
qui s'établit entre nations comme entre individus,
devient par ce mécanisme — ils en sont persuadés —
l'agent du progrès dans l'humanité. Que les peuples
forts subjuguent ceux qui ne le sont pas, cela est, en
apparence, au détriment de ces derniers, mais, en
définitive, à leur bénéfice, puisque, de cette manière,
les peuples inférieurs profitent de la culture que les
vainqueurs ne manquent pas de leur imposer.

Les plus vivaces d'entre les peuples ont donc à
jouer un rôle éducateur, soutient Bernhardi. C'est
sans rire que, sous prétexte qu' « aucun peuple du
monde n'a jamais rien fait de semblable (1) » au
peuple allemand, il affirme que ce dernier « a conquis
le droit de prétendre à la plus haute mission civilisatrice (2) ». Et, ce droit impliquant un devoir, —
Bernhardi le spécifie en toutes lettres, — l'Allemagne
se trouve, en vertu d'une sorte de décret providen-
tiel, chargée de faire le bonheur du genre humain en

_____

(1) Von Bernhardi, *Notre avenir* (trad. Simonnot), p. 19.
(2) *Id.*, p. 19.

l'initiant à sa culture, par persuasion ou par force.

Cette mission, à laquelle l'Allemagne serait appelée de nos jours, est la même, au dire de Bernhardi, que celle autrefois dévolue à l'Égypte, puis à la Grèce et, finalement, à Rome, qui, tour à tour, civilisèrent le monde méditerranéen. Depuis que, corrompu, l'Empire romain s'est affaissé, impuissant, sous les coups des Germains, dont le sang, selon le plus authentique pangermanisme, aurait imprimé leur essor à tous les États de l'Europe, ces derniers ont hérité, assure-t-on, de la mission non seulement de regagner l'Orient à la culture européenne, mais de la porter au delà des limites du monde antique, autrement dit de créer une civilisation mondiale. Cette tâche échut, tout d'abord, aux peuples de la péninsule ibérique. De fait, les Portugais trouvèrent la route des Indes, tandis que les Espagnols conquirent l'Amérique du centre et celle du sud. Après quoi, épuisés par cet effort, l'Angleterre recueillit le privilège de soumettre les autres parties du globe à la civilisation occidentale. Elle a fondé dans l'Amérique du nord de nouveaux États; elle a colonisé l'Inde et l'Australie et s'est établie jusque sur les côtes de l'Asie orientale. Comment ne pas supposer, suggère Bernhardi qui ne fait aucune mention de la France, qu'ayant mené à bien une si importante entreprise la Grande-Bretagne ne soit pas fatiguée, à son tour, s'il est vrai que, comme il s'en persuade, « les grands peuples civilisateurs sont toujours entrés en décadence après avoir accompli une certaine mission civilisatrice (1) »? En foi de quoi, Bernhardi se montre convaincu que pareille tâche incombe, dorénavant, à l'Allemagne. Les Allemands

___

(1) F. VON BERNHARDI, *Notre avenir* (trad. Simonnot), p. 7.

ne sont-ils pas devenus « les représentants par excellence de toute la culture moderne (1) »? N'ont-ils pas déjà « imprimé le sceau de leur génie presque à tous les peuples » européens (2)? Il n'est pas un pangermaniste pour qui le peuple allemand ne soit « le peuple civilisateur-né (3) ». Il n'en est pas, en effet, qui n'estime que sa supériorité confère à l'Allemagne le devoir de civiliser le monde et, pour ce faire, de le dominer.

Ce devoir qu'a l'Allemagne d'étendre sa domination sur la terre entière n'en est pas seulement un vis-à-vis des autres peuples, mais vis-à-vis d'elle-même, car, à entendre les pangermanistes, l'Allemagne a des droits : les droits que lui créent ses besoins. « Les droits d'une race dérivent de ses besoins, écrit Frymann. C'est pourquoi nous avons le droit d'arracher à un autre peuple (il s'agit de la France) le superflu dont il se gorge. Nous n'hésitons pas à déclarer que pour conserver ses jours un peuple a le droit d'attenter à la liberté ou à la propriété de ses voisins. » Or, écoutez ce que le même Frymann dit des besoins actuels de son pays : « Notre industrie a besoin de nouveaux débouchés ; il nous faut des contrées qui produisent les matières premières dont nos usines ont besoin, matières premières que nous sommes obligés d'acheter, ce qui nous fait dépendre d'autres peuples d'une manière intolérable. »

L'idée du droit et, partant, du devoir qui incomberait aux peuples forts, en l'espèce à la Germanie, d'étendre leur domination sur l'univers par tous les moyens en leur pouvoir, et en particulier par la guerre,

---

(1) F. von Bernhardi, *Notre avenir* (trad. Simonnot), p. 8.
(2) *Id.*, p. 8.
(3) *Id.*, p. 8.

dont Bernhardi célèbre, en même temps que la nécessité, la vertu purificatrice, voire les bienfaits intellectuels, cette idée est ancienne en Allemagne. M. Andler le démontre d'une façon lumineuse dans la remarquable préface qui précède les extraits d'auteurs pangermanistes, échelonnés de 1800 à 1888, qu'il a réunis (1).

Dietrich von Bulow, qui mourut en 1807 après avoir fait beaucoup de choses, dont un livre sur l'*Esprit du nouveau système de la guerre*, établit en principe que sont dévolus à une nation tous les territoires qui se trouvent dans sa sphère d'action militaire. C'est aussi l'idée de Treitschke. Les frontières naturelles d'un État seraient déterminées par sa puissance d'offensive et nullement par des considérations de langues, de nationalités ou d'on ne sait quels droits traditionnels que se plaisent à invoquer les peuples qui ne peuvent compter sur eux-mêmes. Il s'ensuit que les petits États n'ont, suivant Dietrich von Bulow, aucun droit à l'existence : ils sont incapables de se défendre. Comment ne seraient-ils pas, en conséquence, la proie des grandes nations, leur base militaire étant forcément plus courte et les masses qu'il leur est loisible de mettre en mouvement nécessairement moindres? S'autorisant d'une telle constatation, Bulow réclame que la Prusse s'étende à l'ouest jusqu'à la Meuse, à l'est jusqu'à la Narew et à la Vistule, y compris Varsovie, et qu'elle englobe au nord le Danemark. A l'Autriche, qui lui semble devoir évacuer un jour l'Italie et la Galicie parce que toute position à l'ouest du Tarvis ou au nord des Carpathes est indéfendable pour elle, il assigne la vallée du Danube jusqu'aux

(1) Cf. ANDLER, *les Origines du pangermanisme*, 1 vol. in-8°.

Balkans. De même, Arndt, qui aida puissamment au soulèvement de 1813, refuse le droit de vivre aux petites nations, à celles qui ne peuvent pas mettre au moins 500 000 hommes sous les armes et ne comprennent pas plus de 15 millions d'habitants. Inversement, il reconnaît aux grandes puissances le droit d'accéder à la mer. Pour l'Allemagne, si malheureusement séparée, déplore-t-il, en deux tronçons, il souhaite une refonte complète, seule capable de refaire son unité et qui lui permettra de s'étendre des Pays-Bas annexés, — leur existence étant « la violation la plus criante de la frontière naturelle allemande » — jusqu'aux Alpes et à l'Adriatique. La Suisse et le Rhin, avec ses deux rives — « le Rhin fleuve d'Allemagne et non frontière allemande » — devront faire partie de l'Empire ainsi restauré. Après 1815, enfin, ses appétits ayant grossi, Arndt demande pour son pays des issues en Égypte, en Syrie et en Asie Mineure. Il ne parle de rien moins que d' « extirper du sol par le travail » les colons dégénérés de race latine.

Friedrich List, dans son *Système national d'économie politique* qui parut en 1840, néglige, lui, le côté militaire pour l'aspect économique. De ce point de vue, il n'hésite pas à poser ce nouveau principe, non moins redoutable que le précédent : appartiennent, en droit, à une nation tous les territoires qui se trouvent dans sa zone d'influence économique. En vertu de cet axiome, il soutient que la race germanique a pour destin de diriger les affaires du monde, de civiliser les barbares et de peupler les territoires inhabités. Il pense, en outre, que l'Allemagne doit conquérir la suprématie économique contre l'Angleterre en fondant une vaste confédération douanière de tous les États de l'Europe continentale avec la mise en commun de

leurs marines et de leurs colonies, puis contre la
Russie en opposant à l'avance slave un empire ger-
mano-magyar, auquel on donnerait, avec des facilités
de large colonisation intérieure, les moyens de pousser
jusqu'à la mer Noire, l'héritage de la Turquie étant,
cela va de soi, promis aux Germains.

Théologien, Paul de Lagarde assigne, finalement,
dans ses *Écrits allemands* qui sont de 1886, une sphère
d'action religieuse à toute grande nation, entendez,
toujours, à l'Allemagne. Animé du désir de créer un
culte véritablement national, supérieur à la fois au
protestantisme et au catholicisme, il espère qu'une
religion germanique naîtra, qui régénérera les peuples
en les mettant directement en contact avec le Très
Haut. Mais comme la vie religieuse plonge ses racines
dans la vie matérielle, il est indispensable — n'oublie
pas Paul de Lagarde — pour que cet apostolat allemand aboutisse que la France soit rejetée de Belfort
et de la ligne des Vosges, la Russie refoulée de la
Pologne et isolée du Pont-Euxin. Ceci accompli, il
propose, à son tour, d'ouvrir à la colonisation teutonne
la Hongrie et les régions slaves de l'Autriche, les populations non germaniques de ces pays ayant été, au
préalable, déportées et parquées, tels des Peaux-
Rouges, dans des « réserves ». Tout de même, en vue
de faire place aux Allemands, on transporterait sur
la rive septentrionale de la mer Noire, évacuée par les
Russes, tous les Roumains de Moldavie et de Valachie.
Une union douanière et militaire reliant l'Empire des
Habsbourg à celui des Hohenzollern, une Europe centrale serait définitivement constituée : la Germanie.
Ces conditions, et ces conditions seules, permettraient,
selon Paul de Lagarde, l'établissement d'une religion
purement allemande voulue par Dieu. Il en conclut

que l'Allemagne est investie par le Tout-Puissant en personne du droit d'imposer par la force le plan qu'il préconise comme indispensable à son salut.

Pour autant qu'ils s'appuient sur les droits et les devoirs de l'Allemagne à civiliser le monde en le conquérant, pacifiquement ou militairement, — prétention à laquelle l'histoire de l'Ordre teutonique n'est peut-être pas tout à fait étrangère, — ces différents projets, qui ont vu le jour au delà du Rhin depuis plus d'un siècle, n'en ont pas moins subi l'influence de deux grands souvenirs : le Saint-Empire et la Ligue hanséatique. Le pangermanisme contemporain, qui a pris corps en 1897 dans une publication modeste *Der Kampf um das Deutschtum* et dans une organisation bruyante, la *Ligue pangermaniste*, en est, lui, tout imbu. Au vrai, il doit ses principales directions à ces deux institutions.

C'est, à n'en pas douter, en souvenir du Saint-Empire, écroulé en 1805 avec le prestige de l'Autriche, que, à l'instar de Arndt, de List, de Paul de Lagarde et de Constantin Frantz, — ces deux derniers n'ayant jamais pardonné à Bismarck d'avoir jeté la Prusse contre la maison de Habsbourg, — que les pangermanistes actuels rêvent d'une Allemagne qui, par delà les frontières existantes, comprendrait tous les hommes de langue germanique. « Toute terre où résonne la langue allemande est allemande, » s'écrie Arndt. Aussi bien, Hasse, qui succéda en 1894 à M. Peters à la tête de *la Ligue pangermaniste*, s'appuie sur l'histoire pour demander que la Belgique, la Hollande, la Suisse et le Luxembourg fassent retour à la future Confédération germanique. Outre que ces petits pays sont allemands, au dire des pangermanistes, leur maintien ne se justifie pas. Il se justifie d'autant moins, suivant M. Oncken professeur à Heidelberg, que, en arrêtant l'élan des grands États, les petits peuples contrarient l'évolution historique de l'humanité qui va de plus en plus se concentrant en grandes nations. « La destinée des grandes nations est chose trop importante et placée trop haut, écrit-il, pour que celles-ci ne soient pas obligées de fouler aux pieds l'autonomie des petits peuples qui ne sont pas de taille à se protéger eux-mêmes. Les petits peuples, lorsqu'on considère l'évolution actuelle du monde, apparaissent comme des parasites qui sont d'autant moins intéressants qu'ils se nourrissent, en réalité, des conflits des grands. » Toujours en mémoire du Saint-Empire, Hasse réclame qu'on ajoute à la Confédération germanique la Flandre française, Belfort et Montbéliard, le royaume d'Arles, la Bourgogne, la Franche-Comté, la Savoie et le reste de la Lorraine. « Très évidemment, annonce-t-il, il faudra saisir toutes les occasions de rattacher à nouveau à l'Empire allemand ceux-là, du moins, de ces pays mitoyens qui, pendant le moyen âge et quelques-uns par delà la paix de Westphalie, ont été sous la dépendance politique de l'Empire allemand (1). » Ce qui a appartenu au Saint-Empire, comment le laisserait-on à la France? La Russie, de son côté, devra restituer tous les pays que la Prusse a perdus aux traités de 1815, de Cracovie à Grodno, Varsovie incluse.

Pareillement, le souvenir de la Ligue hanséatique que formaient, au moyen âge, les villes commerçantes du nord-ouest, et dont les colonies jalonnaient toute la rive de la mer Baltique jusqu'à Riga, — la Hanse

---

(1) Cité par ANDLER, *le Pangermanisme*, p. 27.

avec sa flotte de guerre, qui, au seizième siècle, s'élevait à vingt-quatre vaisseaux de haut bord, ayant contraint l'Angleterre à la paix, — ce souvenir non seulement incite l'Allemagne d'aujourd'hui à vouloir la Courlande et la Lithuanie, il a contribué, pour une grande part, à aiguiser ses appétits coloniaux. Le discours que Guillaume II prononçait à Hambourg, le 20 juin 1911, est significatif : « Je me suis dit à mon avènement, déclara-t-il, que les problèmes que la Hanse avait essayé de résoudre et n'était pas parvenue à résoudre seule, parce que la protection et le pouvoir exécutif de l'Empire ne la soutenaient pas, devaient retomber à la charge de l'Empire allemand ressuscité. C'étaient simplement les devoirs d'une vieille tradition qu'il fallait reprendre. » Conformément à cette tradition, les appétits coloniaux de l'Allemagne ne menacent pas seulement toutes les terres restées vacantes ; elle ne prétend à rien moins qu'à devenir une grande puissance mondiale et, dans ce but, à déposséder les autres. La population allemande n'est-elle pas d'une fécondité supérieure à celle des autres peuples au point de commencer d'étouffer dans son territoire? « Il nous faut des terres, même si elles sont habitées par des étrangers, afin d'en dessiner l'avenir selon nos besoins (1), » proclame Ernst Hasse. Et le prince de Bulow de préciser : « On a dit qu'une fois par siècle, déclarait-il au Reichstag le 11 décembre 1899, il y avait une grande explication, une grande liquidation pour répartir à nouveau l'influence, la puissance et la possession du globe... Sommes-nous à la veille d'un nouveau partage de la terre?... En tout cas, nous ne pouvons

---

(1) HASSE, *Weltpolitik*, p. 67.

tolérer qu'une puissance étrangère, qu'un Jupiter étranger, quel qu'il soit, nous dise. : *Que faire? J'ai donné toute la terre à d'autres.* » Les appétits teutons visent à s'emparer des Balkans, de la Turquie d'Europe et de la Turquie d'Asie, dont l'Arménie, la Mésopotamie, la Syrie. « L'Orient est le seul territoire qui n'ait pas subi la mainmise d'une des nations ambitieuses du globe, écrit Anton Sprenger. Mais il est aussi le plus beau domaine de colonisation ; et si l'Allemagne ne laisse pas échapper cette occasion, si elle saisit ce domaine avant que les Cosaques ne mettent la main dessus, elle aura, dans le partage de la terre, conquis la meilleure part. L'Empereur allemand, dès que quelques centaines de mille de colons en armes cultiveront ces plaines admirables, aura les destinées de l'Asie antérieure en son pouvoir (1). » Il lui faut encore le Maroc et l'Afrique centrale, voire l'Algérie, la Tunisie et même l'Égypte, au risque de déposséder l'Angleterre et la France. Les pangermanistes ne prétendent-ils pas étendre jusqu'aux Indes le pouvoir du kaiser? « Tout le Maroc à l'Allemagne, écrivait Maximilien Harden, dans la *Zukunft* du 29 juillet 1911, des canons allemands sur la route de l'Égypte et de l'Inde, des troupes allemandes sur la frontière algérienne : voilà qui serait un objet digne de grands sacrifices (2). »

Encore les plus échauffés des pangermanistes ne se contentent-ils pas de souhaiter voir l'Allemagne devenir la plus grande puissance mondiale, ils ambitionnent qu'elle soit la seule. C'est ainsi que l'Autrichien Reimer revendique le protectorat allemand sur les pays non

---

(1) Cité par Ch. ANDLER, *le Pangermanisme*, p. 40.
(2) *Id.*, p. 45.

seulement de langue ou même de race germaniques, mais sur tous ceux où se retrouve quelque trace de sang germain, c'est-à-dire à peu près partout et, en tout cas, sur l'Angleterre, la France, l'Espagne et l'Italie. Plusieurs pangermanistes prônent, même, l'accaparement par infiltration lente de la République Argentine, du Brésil, de l'Océanie. Alfred Funke estime, notamment, que le nombre des Allemands qui résident au Brésil leur donne le droit « de faire représenter par des nationaux allemands, au Parlement et au Sénat, leur volonté et leurs vœux (1) ». Il n'est pas jusqu'aux États-Unis sur lesquels, grâce aux Germano-Américains, les pangermanistes n'aient jeté leur dévolu.

En résumé, le pangermanisme, qu'il s'appuie sur des raisons morales, historiques, militaires, linguistiques ou ethniques, ne tend à rien moins qu'à dominer l'univers afin de donner, comme le souhaite Paul Rohrbach, « sa forme à l'ère future (1) » et, selon les paroles de l'historien Lamprecht, d' « élever le monde à toute noblesse et à toute perfection ».

Le pangermanisme estime ses prétentions d'autant plus légitimes que la méthode prussienne, comme le déclarait récemment le grand chimiste Ostwald, lui semble seule capable d' « organiser » l'univers, l'Allemagne ayant atteint, comme le déclarait le célèbre chimiste, une étape de civilisation plus élevée que les autres peuples. Voici, d'ailleurs, comment il juge ceux-ci : « Parmi nos ennemis, les Russes, en somme, en sont encore à la période de la horde, alors que les Français et les Anglais ont atteint le degré de déve-

---

(1) Cité par ANDLER, *le Pangermanisme*, p. 34.

loppement cultural que nous-mêmes avons quitté il y
a plus de cinquante ans. Cette étape est celle de l'individualisme. Mais, au-dessus de cette étape, se trouve
l'étape de l'organisation. Voilà où en est l'Allemagne
d'aujourd'hui. » Après quoi, afin que nul n'ignore
la tâche civilisatrice qui, dans la guerre qu'elle a
déchaînée, incombe à la nation allemande : « Vous me
demandez ce que veut l'Allemagne? Eh bien, l'Allemagne veut organiser l'Europe, car l'Europe, jusqu'ici,
n'a pas été organisée. »

En réalité, tous les Allemands d'aujourd'hui tiennent
le prussianisme, tel que Frédéric II l'a constitué, pour
la méthode suprême. En même temps qu'il a contribué
à justifier aux yeux des pangermanistes leur désir
d'hégémonie, les Allemands réduisant leur *Kultur* à
l'organisation de la force, ceux-ci y ont vu un gage
assuré de succès. La subordination absolue des citoyens
à l'État, une discipline qui fond la nation et l'armée
en un bloc indivisible, le culte sans réserves de la force
qui enlève toute portée aux traités et toute influence
au sentiment, le recours à la ruse ou à la violence
suivant les cas, le cynisme le plus éhonté, enfin, dans
le choix des procédés, toutes ces caractéristiques de
l'esprit prussien sont apparues aux pangermanistes
comme autant de certitudes de victoire, puisque,
aussi bien, pour réaliser les ambitions allemandes en
face d'une Europe coalisée sous leur menace, il n'y
avait, comme Bernhardi le constatait en 1912, que la
guerre contre la Triple-Entente. Il importait, en effet,
d'abattre l'Angleterre, la Russie et la France, afin de
laisser le champ libre aux appétits pangermanistes,
disons, si vous le voulez, pour prendre leur langage,
à la mission allemande de domination mondiale et
de régénération universelle.

Civilisatrice, la mission, que le pangermanisme attri-
bue à l'Allemagne serait, par surcroît, moralisatrice,
l'infatuation collective, à laquelle les Allemands sont
arrivés, les ayant amenés au mépris des autres nations. Il est formidable. « Les Français ne sont qu'un
peuple de singes, écrivait André Léo dont les œuvres
eurent autrefois un grand succès. La race celtique,
telle qu'elle s'est montrée en Allemagne et en France,
a toujours été mue par un instinct bestial, tandis
que, nous autres Allemands, nous n'agissons jamais
que sous l'impulsion d'une pensée sainte et sacrée. »
Tout ce qui n'est pas eux est pourri. N'ont-ils pas,
les premiers, dénoncé Paris comme la Babylone moderne? « Les peuples d'alentour, apprécie Lange dans
son *Pur germanisme*, sont ou bien des fruits mûrs,
bientôt flétris, qu'un prochain orage peut secouer de
l'arbre, tels que Turcs, Grecs, Espagnols, Portugais
et une grande partie des Slaves ; ou bien ils sont, il
est vrai, orgueilleux et joyeux de leur race, mais
stérilement raffinés en leur culture, pauvres en leur
génération comme les Français. » Puis, de conclure :
« Qui sait si, nous Allemands, nous ne sommes pas
destinés à être la férule qui corrige et guérit toutes
ces dégénérescences? »

Moralisatrice, la mission allemande s'avère, en fin de
compte, divine, pure réalisation de Dieu sur la terre, ce
qui va de soi puisqu'elle ne tend à rien moins qu'à
faire régner sur tous les hommes l'État allemand, qui
en est l'expression la plus parfaite. Dans les *Discours à
la nation allemande* que Fichte prononça à l'Université
de Berlin en 1807-1808, il invite déjà ses compatriotes
à prendre conscience de la pure essence germanique,
afin de la réaliser au dehors et d'y convertir le monde,
l'Allemand étant à l'étranger ce que le bien est au

mal. « Dieu, dit-il expressément, est en nous, et il accomplit son œuvre par nous. » Depuis, cette assurance a fait son chemin. « *Gott mit uns!* (Dieu est avec nous), clamait au début de la grande guerre un prêtre catholique, nous rapporte M. Georges Verdène, et les ennemis de l'Allemagne sont les ennemis de Dieu. Notre mission sur cette terre est de détruire les ennemis de Dieu. Personne ne peut vaincre l'Allemagne parce qu'elle est sous la protection du Seigneur (1). » C'est, avec plus de mesure, la même idée qui est développée dans la lettre pastorale du cardinal von Hartmann, archevêque de Cologne : « Dieu a été, et il est avec nos héroïques soldats, à l'est et à l'ouest, sur mer et dans l'air. Il a été et il est avec notre peuple allemand, qu'embrasent la détermination de tenir jusqu'au bout et la confiance dans la victoire finale. C'est avec Dieu que nos soldats sont partis pour cette guerre. » Ce Dieu-là est le Dieu du pangermanisme, le Dieu de la mission que l'Allemagne s'imagine lui être assignée de soumettre, en vue de le purifier, l'univers à sa loi.

(1) *De Munich à Berlin,* par Georges VERDÈNE. *Le Temps,* 2 décembre 1914.

CONCLUSION
LA THÉORIE

CHAPITRE XIII

LA DOCTRINE DE GUERRE ALLEMANDE.

Dans l'accomplissement d'une aussi sainte mission, il va de soi qu'aux mains de l'Allemagne tous les moyens sont bons, pourvu qu'ils réussissent.

A la conception toute juridique que les nations chrétiennes se sont toujours formée de la guerre, qu'elles se représentent comme une sorte de duel entre gouvernements où le vainqueur impose sa volonté au vaincu et s'annexe, pour prix de sa victoire, tout ou partie de ses sujets, — ce qui est moins éloigné qu'on pourrait le croire de l'antique « jugement de Dieu », — l'Allemagne oppose la notion, toute réaliste et brutale, qu'elle a empruntée aux sciences naturelles, de combat pour l'existence.

Cela, Ernest Renan l'avait pressenti. « Notre politique, écrivait-il en 1870 à David Strauss, c'est la politique du droit des nations ; la vôtre, c'est la poli-

18

tique des races. Nous croyons que la nôtre vaut mieux. La division trop accusée de l'humanité en races ne peut mener qu'à des guerres d'extermination, à des guerres zoologiques, permettez-moi de le dire, analogues à celles que les diverses espèces de rongeurs ou de carnassiers se livrent pour la vie. »

En effet, pour les Allemands d'aujourd'hui, qui sont tous plus ou moins disciples de Haeckel, la guerre est un fait biologique : la forme, la plus violente, de la lutte pour la vie. Selon eux, la guerre se trouve être entre les peuples ce que le *struggle for life* est aux animaux quand ils en viennent à se combattre en vue de décider, faute de place pour tous, quels sont ceux qui survivront. La guerre, autrement dit, est, pour tous les cerveaux germaniques d'à présent, le combat suprême entre races différentes, dont ils tiennent pour juste que les plus faibles disparaissent.

Il ne saurait, par suite, être question de respecter, dans la guerre, les conventions relatives au droit des gens. « Entre États, il n'y a qu'un droit : le droit du plus fort (1), » s'écrie le professeur Adolf Lasson. « Je ne peux pas reconnaître d'autre source au droit que la force (2), » prononce pareillement le chimiste Ostwald. « Demandez au hêtre, invoque pour sa part Maximilien Harden, qui lui a donné le droit d'élever sa cime plus haut que le pin et le sapin, le bouleau et le palmier. Citez-le devant l'aréopage que président les mâchoires édentées et pendantes. Dans le feuillage du hêtre retentit, comme une tempête : mon droit c'est ma force (3). »

---

(1) Adolf Lasson, *Das Kultur real und der Krieg*.
(2) W. Ostwald, *Fondements énergétiques de la science de la civilisation*.
(3) *Zukunft*, octobre 1914.

Les traités perdent, par suite, de l'avis du général von Blume, leur valeur juridiquement astreignante dès que la guerre a éclaté. Bismarck ne disait-il pas déjà que les conventions internationales subsistent seules qui ont pour elles « la majorité des baïonnettes »? « Tant qu'il y aura un droit des gens, écrit de son côté Treitschke, tous les traités entre les États belligérants cesseront dès l'instant de la déclaration de guerre. »

Bien plus, aux yeux des stratégistes teutons, l'idée de guerre apparaît exclusive de toute limitation au nom de l'humanité. Clausewitz, qui a écrit sur la guerre un livre qui fait autorité, le déclare sans ambages. « On ne fait pas la guerre un catéchisme à la main, » dit un autre. « La civilisation, enseigne le général von Hartmann, est un équilibre entre des droits et des devoirs, établi comme fondement de l'organisation sociale intérieure des actions et garanti sur des institutions. Or, précisément, la guerre détruit tout cet équilibre. » Rien, suivant les plus hautes compétences militaires allemandes, ne saurait donc s'opposer aux « nécessités militaires ». « Ce serait de gaieté de cœur, réitère le général Julius von Hartmann, s'adonner à une chimère que de méconnaître que la guerre du temps présent devra être conduite avec une rigueur plus dénuée de scrupules, avec plus de violence et une violence plus générale que jamais dans le passé (1). » Comment en irait-il autrement avec les engins formidables dont disposent les armées modernes, étant donné qu'on pose en principe que « la liberté absolue de l'action militaire est, à la guerre, une condition indispensable (2) »? Ce principe fait partie de la doc-

(1) Julius von Hartmann, *Militärische Nothwendigkeit und Humanität Deutsche Rundschau*, XIV, p. 89.
(2) *Id.*, p. 89.

trine de l'état-major allemand. Conclusion logique des
idées de Fichte, de Schelling, de Hegel et de Nietzsche,
il a été professé par von Bernhardi, dont les enseignements forment la substance des instructions officielles.
« Quiconque connaît la guerre pensera comme vous
qu'on ne peut lui imposer d'entraves théoriques, » écrit
au général von Hartmann le feld-maréchal von Moltke.
Quant aux conséquences qui découlent d'un tel axiome,
elles ne sont pas pour faire reculer ces professeurs
d'art militaire. Afin que nul n'en ignore, ils précisent :
« La guerre est un acte de violence destiné à contraindre
l'adversaire à accomplir notre volonté, » enseigne Clausewitz. Et il ajoute aussitôt : « Dans l'emploi de cette
violence, il n'y a pas de bornes (1). »

D'accord avec ces enseignements, les écrivains et
les savants d'Allemagne célèbrent dans la guerre le
moyen infaillible pour la race germanique d'asseoir sa
domination sur l'univers, tous les autres peuples devant
être anéantis ou assujettis comme inférieurs. « Nous
sommes de la race du dieu au marteau. Et nous voulons hériter de son empire (2), » vaticine, par allusion à
Thor, le poète Félix Dahn. Ni Treitschke, ni Bernhardi, ni Maximilien Harden ne le dissimulent.

De cette façon d'envisager la guerre, il résulte,
qu'elle a pour but essentiel, aux yeux des Allemands,
d'accaparer les territoires et la richesse du vaincu.

Ce ne sont pas, en fait, des peuples, comme autrefois les Romains, qui, en conquérant la Gaule, firent
accéder les habitants à leur civilisation, mais des
domaines que convoite l'Allemagne. Elle revendique

---

(1) CLAUSEWITZ, *Von Kriege*, II, p. 3 et 6.
(2) *Deutsche Geschichte in Liedern*, I, p. 10.

des terres, en Europe et ailleurs, où sa trop nombreuse population puisse s'installer en maitresse à l'exclusion des autres. « Dans la Grande Allemagne, stipule Tannenberg, aucun étranger ne peut acquérir de maisons ou de domaines (1). » Elle n'ambitionne pas des sujets, mais de la place où proliférer. Comme le chêne étouffe le brin d'herbe qui croît sous son ombre, les Allemands s'arrogent, au nom de leur mission, plus que le droit, le devoir d'éliminer les populations vaincues. K. F. Wolff stipulait, en septembre 1913, dans les *Alldeutsche Blätter*, que « les vainqueurs agissent d'après les règles de la biologie et de la logique quand ils s'appliquent à faire disparaître la langue et à anéantir la nationalité étrangère ». Les mesures d'expropriation, que l'Allemagne a poursuivies en Pologne, depuis de nombreuses années, au profit de sa propre colonisation, sont significatives. Les massacres et les évacuations en masse auxquelles les Allemands ont procédé en France, en Belgique et en Pologne, ne procèdent pas d'un autre principe. M. Reimer, qui est l'auteur d'un livre sur *l'Allemagne pangermaniste*, ne propose-t-il pas, à la suite de M. Vacher de Lapouge, non seulement de favoriser par tous les moyens, dans le nouvel Empire, la reproduction du Germain pur-sang, mais de condamner à la stérilité les non-Germains qui y auraient pu rester, après les avoir fait examiner par des commissions savantes constituées en conseils de revision?

Tout de même, l'Allemagne actuelle considère que la victoire doit faire passer les richesses d'un pays des mains du vaincu dans celles du vainqueur. « Dans l'ensemble, déclare le sociologue Frédéric Naumann, la

---

(1) TANNENBERG, *Gross Deutschland*, p. 83.

guerre des temps modernes est une opération économique (1). » Les guerres n'ayant plus lieu, de nos
jours, entre souverains mais entre peuples, ce ne sont
plus seulement des revenus fiscaux, c'est-à-dire d'État,
que l'Allemagne estime devoir payer la victoire, mais
bien la fortune privée des citoyens, dont le total
constitue la richesse d'une nation. Il ne lui suffit plus,
comme sous Frédéric II, de contribuables ; il lui faut
leurs biens, en numéraire et en nature. « La distinction entre le domaine public et le domaine privé des
princes, ainsi que l'institution du service militaire
universel, ont fait perdre à la guerre son caractère
fiscal. Elle ne se fait plus au profit du Trésor public,
mais au profit du développement économique de
l'État (2), » spécifie Naumann.

La guerre, telle que la conçoivent les Allemands au
début de ce vingtième siècle, est donc la guerre de
conquête et de confiscation érigée, au nom de la biologie, en système. Le traité, que Tannenberg, en 1911,
supposait devoir terminer la future conflagration
franco-allemande, nous en fournit la preuve péremptoire. Il y est dit que, cédant à l'Allemagne, outre ses
colonies, les départements des Vosges avec Épinal, de
Meurthe-et-Moselle avec Nancy et Lunéville, la moitié
orientale de la Meuse avec Verdun et des Ardennes
avec Sedan, la France prend les habitants de ces territoires pour les installer ailleurs. « Cette migration,
souligne-t-il, devra être effectuée dans l'espace d'un an
à partir de la signature du traité de paix (3). » Après
quoi, il ajoute : « Le pays sera partagé en domaines

---

(1) Friedrich NAUMANN, *Das Blanc Buch von Vaterland und
Freiheit*, p. 263.
(2) *Id.*, p. 264.
(3) TANNENBERG, *Gross Deutschland*, p. 237 à 239.

ruraux de 40 à 60 arpents, suivant qualité, et distribué comme récompense à des soldats allemands qui
se seront distingués pendant la guerre (1). » Enfin, la
France devra céder à l'Allemagne non seulement
trente-cinq milliards de marks comptant, mais encore
« la propriété des milliards qu'elle a prêtés à la
Russie (2) », créances — qu'on le remarque — qui
appartiennent à des particuliers.

C'est la spoliation pure et simple. Frymann, qui
s'en rend compte, ne recule pas plus que Tannenberg
devant pareille mesure. « Pour quiconque a été formé
aux idées traditionnelles, avoue-t-il, les cheveux se
dressent sur la tête si l'on demande qu'un pays habité
par des Européens soit évacué, ce qui signifie l'inter-
ruption violente d'un développement vieux de bien
des siècles... Mais si l'on examine bien à fond la situation particulière du peuple allemand, qui est complètement encerclé en Europe et, en tout état de cause, s'il
continuait sa croissance vigoureuse risquerait d'étouffer,
à moins de se donner de l'air, il faudra bien reconnaître
que le cas pourra se présenter où l'Allemagne devra
exiger de son adversaire vaincu des domaines dépeuplés,
soit à l'Est, soit à l'Ouest (3). » On ne peut souhaiter
meilleure démonstration que la guerre, dans l'esprit des
pangermanistes, n'a pour but l'expropriation que parce
qu'ils la conçoivent comme une lutte de races, la lutte
de la race germanique contre toutes les autres de par
droit de supériorité, d'aucuns disent d'élection divine.

La seconde conséquence de l'assimilation que les
Allemands ont faite de la guerre à une lutte biologique

(1) TANNENBERG, *Gross Deutschland.*
(2) *Id.*
(3) FRYMANN, *Wen ich der Kaiser war*, p. 140.

est que, pour vaincre, il n'est, à plus forte raison, aucun moyen, si cruel soit-il, qui ne leur paraisse valable. Rien ne doit, à les en croire, en limiter la violence.

En vain, dès le moyen âge, les pays chrétiens se sont efforcés de faire adopter par les belligérants un certain nombre de règles d'humanité ou de chevalerie, qui ne contribuèrent pas médiocrement à ramener la guerre à une sorte de tournoi entre nations. En vain, les préceptes qui recommandent la fidélité à la parole donnée, la loyauté dans les moyens de nuire, le respect et la protection des faibles, furent imposés par l'Église à titre de devoirs religieux. En vain, repris et étendus, formèrent-ils, dans les temps modernes, ce qu'on appelle le droit des gens. En vain ont-ils été précisés et formulés par les successives conventions de Genève en 1864, de Saint-Pétersbourg en 1866, de Bruxelles en 1871, de La Haye en 1899 et en 1907. Ces lois et coutumes de la guerre, que l'Allemagne a sanctionnées, n'existent pas pour elle. Elles n'existent pas plus que les traités de neutralité que l'empire allemand a garantis.

Comment, étant donnée l'idée que l'Allemagne se fait de la guerre, consentirait-elle, en effet, à respecter, ainsi que l'y obligent les conventions de La Haye, les non-combattants de nationalité ennemie?

De fait, le général von Hartmann enseigne que, pour répondre de la tranquillité des civils, on peut choisir des otages dans la population des pays envahis. « Il faut rejeter, stipule le *Kriegsgebrauch in Landkriege*, l'appréciation défavorable de ce moyen de guerre employé, pour des raisons diverses, dans des cas isolés par l'armée allemande. » On peut, en outre, professe l'état-major allemand, faire travailler les

ot ages, même à des besognes militaires ; les obliger, par
exemple, à fournir des guides, qui, en cas de faux ren
seignements, devront être passés par les armes. Des
protestations s'étant élevées, au nom du droit des
gens, contre la coutume qu'avait adoptée, en 1870,
l'armée allemande de placer des otages français sur
les locomotives des trains qui transportaient des
troupes ennemies, « il faut répondre à ces apprécia-
tions défavorables, rétorque le grand état-major, que
ce moyen, dans les circonstances données, était le
seul dont on pût attendre quelque effet... Il se justifie par le fait qu'il a obtenu un plein succès (1). »
Pareillement, tandis que les accords internationaux
reconnaissent la qualité de belligérants aux habitants en armes, ce qui, tout en les exposant aux
risques de guerre, interdit de les traiter en rebelles,
le *Kriegsgebrauch* la leur dénie, et il prescrit contre
eux « les mesures les plus impitoyables ». « Une guerre
énergiquement conduite, est-il recommandé dans l'in-
troduction, ne peut être uniquement dirigée contre les
soldats de l'État ennemi et contre ses dispositifs
de défense, mais elle tendra et doit tendre également
à la destruction de toutes ses ressources matérielles et morales. Des exigences humanitaires, c'est-
à-dire des ménagements relatifs aux personnes et
aux biens, ne peuvent faire question que pour autant
que la nature et le but de la guerre s'en accom-
modent. »

Ce n'est pas tout : il convient, enseigne la doctrine
de guerre allemande, de faire régner la terreur par le
carnage. « Quand la guerre nationale a éclaté, le *ter-
rorisme* devient un principe militairement néces-

(1) *Lois de la guerre continentale*, p. 113 et 114.

saire (1), » formule le général Hartmann. « La terreur apparaît comme une procédure relativement adoucie pour tenir dans l'obéissance des masses populaires qui sont tout à fait sorties de l'état juridique du temps de paix, » reconnaît le général von Hartmann. « Je n'aime pas à entendre parler de généraux qui sont vainqueurs sans verser de sang (2), » a spécifié Clausewitz. D'ailleurs, stipule le général von Hartmann, « la souffrance et le dommage de l'ennemi sont les conditions inéluctables sans lesquelles on ne peut ni fléchir ni briser sa volonté. Dès lors qu'elles peuvent atteindre ce but précis, elles sont inattaquablement fondées. » Mais, afin que la discipline, qui fait la force des armées, ne souffre pas de ces pratiques, l'incendie, le vol, le meurtre et même le viol seront systématiquement organisés. Les villes et les villages seront réduits en cendres par des compagnies d'incendiaires munies d'appareils spéciaux. Le pillage sera effectué avec méthode et le butin dirigé sur l'arrière par chemins de fer ou par automobiles. Les assassinats auront lieu par ordres et en masses. Cependant, comme le combattant a besoin de passion, le général Julius von Hartmann demande que, dans certains cas, celui-ci « soit affranchi totalement des entraves d'une légalité gênante et de toutes parts oppressive (2) ». De sang-froid et selon un plan savamment préconçu, les pires instincts se trouveront alors déchaînés, au plus grand dam des pays occupés.

Les Allemands, qui ne sont jamais à court d'arguments quand leurs intérêts sont en jeu, s'efforcent, il est vrai, de prouver, par la voix de leurs professeurs

(1) Cité par ANDLER.
(2) *Id.*

de stratégie, que les plus cruelles atrocités sont, au fond, très humaines, puisque, comme le bien sort du mal, — au dire de Méphistophélès, — « une dureté et une rigueur apparentes se changent en leur contraire quand ils ont pu produire chez l'adversaire la résolution de demander la paix », affirme sans sourciller le général von Hartmann. « La seule véritable humanité, dit de son côté le *Kriegsgebrauch im Landkriege*, consiste souvent à employer sans ménagements les sévérités forcées de la guerre. » Plus on aura commis d'atrocités, plus le pays ennemi sera terrorisé et plus tôt, par conséquent, il implorera la paix ; plus donc, en somme, on aura été généreux, tel est le sophisme dont se repaissent les esprits d'outre-Rhin. Ainsi que M. Andler l'a rappelé dans une curieuse étude sur la doctrine allemande de la guerre, la vieille loi du *Landsturm* ne spécifiait-elle pas, dès 1813, au paragraphe 7, que « les moyens de guerre les plus tranchants sont les meilleurs, car ils donnent à la cause juste — qui ne peut être que la cause allemande — la victoire la plus complète »?

De par sa vocation, l'Allemagne, d'ailleurs, ne saurait jamais rien commettre d'injuste. Elle a, en effet, tous les droits. « Quand on est sous notre garde, écrit au sujet des petites nations l'un des plus fameux professeurs de droit que possède l'Allemagne, le baron von Heugel, qui fut le délégué du gouvernement allemand à la première conférence de La Haye, on n'a que faire du droit des gens. » L'Allemagne a tous les droits parce qu'elle les crée. Et comme, d'autre part, elle seule a ce pouvoir, elle ne peut en violer aucun. Elle assassine, elle vole, elle viole, elle incendie en toute équité. Tout ce qui vient d'elle, non seulement est licite, mais encore méritoire. Le but que poursuit l'État allemand est si élevé qu'il sanctifie, en quelque sorte, des procédés, qui, de la part de toute autre nation, seraient d'affreuses cruautés. « Je suis placé au-dessus de la censure des hommes et des critiques publiques, » annonçait, en juin 1908, le kaiser en conseil secret.

En contre-partie, du moment que l'Allemagne a tous les droits, il va de soi que nulle nation au monde n'en a contre elle. C'est de bonne foi que les journaux allemands, réactionnaires et socialistes unis, accusèrent la Grande-Bretagne de contrevenir au droit des gens en arborant sur ses navires de commerce des pavillons neutres, alors qu'à Poulo-Penang l'*Emden* hissait les couleurs slaves pour attaquer traîtreusement le croiseur russe *Lemtcharg* ou que des chalutiers allemands maquillés en bateaux neutres posaient des mines dans la mer du Nord. A tout propos, tant ils sont persuadés qu'il y a deux poids et deux mesures pour eux et pour le reste du genre humain, ces tueurs de femmes, de vieillards et d'enfants, ces massacreurs de prêtres, ces bourreaux sadiques, qui ont semé sur leur passage la mort, la terreur, la ruine et l'incendie, invoquent le droit des gens. Bien mieux, quiconque résiste aux volontés de l'Allemagne contrevient, à les en croire, au droit par définition. Les social-démocrates eux-mêmes n'ont-ils pas rendu les Belges responsables du ravage de leur pays? Quiconque s'oppose aux destinées allemandes ne peut qu'être justement frappé.

C'est de ce point de vue que les pangermanistes prétendent n'avoir jamais voulu la guerre, mais la paix, la paix germanique s'entend, c'est-à-dire la soumission de tous aux volontés allemandes. « On ne saurait rester neutre vis-à-vis de l'Allemagne, » écrivait Adolf Lasson, le 29 septembre 1914. Non seulement ne pas s'incliner devant ses ordres est un crime ; c'en est un encore, et non moins grave, de ne pas favoriser ses ambitions. Quiconque n'est pas pour elle est jugé contre elle. « Un étranger, déclarait encore le professeur Lasson, est un ennemi jusqu'à preuve du contraire. » Or, loin de favoriser l'expansion allemande, la France, l'Angleterre, la Russie — cela est certain — ont refusé de s'incliner devant les injonctions germaniques. C'est donc, nonobstant les apparences, l'Allemagne qui a été attaquée. « Des travaux de la paix auxquels elle se livrait tout entière, l'Allemagne s'est vue soudain précipitée dans les misères et les souffrances de la guerre... Nous ne voulions pas la guerre, on nous l'a imposée, » écrit, sans sourciller, le philosophe Eucken. « Il n'est pas vrai que l'Allemagne ait provoqué cette guerre, » protestent, en chœur, les plus grands noms de la pensée allemande. Et ils continuent : « Il n'est pas vrai que nous ayons violé criminellement la neutralité de la Belgique. » Puis, toujours dans le même esprit, ils annoncent à la face du monde qu'il n'est pas vrai que leurs soldats « aient porté atteinte à la vie ou aux biens d'un seul citoyen belge sans y avoir été forcés par la rude nécessité d'une légitime défense ». Voilà le grand mot lâché, celui qui, aux yeux de l'élite intellectuelle allemande, justifie, comme autant de justes représailles, les plus atroces raffinements de cruauté, la ruine de Louvain, l'incendie de Reims, la violation effrénée de toutes les lois divines et humaines : le cas de légitime défense. Cela, qui, pour eux, excuse tout, ne fait, à leurs yeux, aucun doute. « Nous pouvons nous en tenir pour la forme aux déclarations faites par le chancelier de l'Empire devant le Reischtag et selon lesquelles notre invasion en Belgique n'a été qu'une légitime défense de notre part, » affirme le chimiste Ostwald. Il n'a pas besoin de preuves, car il est, en tant qu'Allemand, imbu de cette idée que qui ne favorise pas l'Allemagne l'attaque, ce qui est, de tous les crimes, le plus noir, sacrilège véritable, puisque l'on s'oppose ainsi à l'œuvre de Dieu sur la terre. Quel châtiment pourrait égaler une telle offense?

Sous cet angle, les atrocités apparaissent aux Allemands, non plus seulement comme un droit, mais comme un devoir. Elles leur apparaissent comme un devoir, non seulement à titre de procédé pour répandre la terreur et arriver, ainsi, plus vite à la paix, — car il va de soi que les ennemis de l'Allemagne, qui sont les ennemis de Dieu, ne peuvent être que vaincus, — mais encore parce qu'elles contribuent à économiser des vies allemandes. Procédé humain, par conséquent, les vies allemandes étant les seules qui soient précieuses. « La guerre humaine, écrivait naguère la *Post*, est une injustice imméritée pour l'armée nationale à qui elle impose des pertes renouvelées parce qu'elle retarde la paix. » Les cruautés sont, en dernier lieu, un devoir pour l'Allemagne, pour cette décisive raison qu'il convient de tuer le plus possible d'individus — militaires et civils, femmes, vieillards et enfants, — des peuples avec lesquels la nation germanique est en guerre et qui ne peuvent, de ce fait, qu'appartenir à des races subalternes.

Tous ces motifs, cependant, ne rendent encore qu'imparfaitement compte de l'obligation que l'Allemagne croit lui incomber d'être cruelle. Aussi bien, elle envisage **les destructions et les massacres comme de justes châ-**

timents que Dieu inflige, par le canal de l'État allemand, aux individus comme aux peuples qui mécon-
naissent sa mission. Elle estime salutaire que ces
hérétiques souffrent dans leur chair et dans leurs biens.
Leur salut, dont l'Allemagne s'institue l'agent pro-
videntiel, en dépendrait. L'Allemagne, autrement
dit, se croit le glaive qui, pour leur plus grand bien,
aurait la charge de faire expier les rebelles. « Cette
guerre est une tempête assainissante qui balaye le
monde. Il s'agit d'amener aux hommes une plus grande
abondance d'air du ciel, » vaticine, à propos de la guerre
européenne, Richard Dehmel, le plus grand poète contemporain de l'Allemagne, non sans avoir soutenu, au
préalable, que la France et l'Italie, s'étant survécues,
ne sauraient renaître, « à moins de se régénérer par une
infusion de sang allemand ».

Aussi bien, la guerre de 1914, que l'Allemagne a
rendue délibérément atroce, a été présentée comme
une nouvelle croisade, et les cruautés de toutes sortes
comme un procédé d'évangélisation : le plus sûr moyen
de convertir le monde, qui sans elle serait tombé en
pourriture, à l'évangile de la force allemande. En l'espèce, cette guerre, que l'Allemagne a déclanchée de propos délibéré, représente la lutte à mort de la barbarie
savante contre la civilisation gréco-latine, qui, avec
son idéal de vérité, de beauté et de bonté, se trouve
à l'extrême opposé des appétits organisés que symbo-
lise la « Kultur ». Richard Dehmel ne s'y est pas trompé
dans la lettre ouverte à ses fils qu'a publiée le *Berliner
Tageblatt*. N'est-ce pas, en effet, pour atteindre la
France et la Belgique jusque dans leur plus intime
essence que, en plein accord avec leur empereur, des
généraux allemands ont ordonné la destruction de
Louvain, la ruine d'Ypres, les bombardements de

Soissons, de Reims et d'Arras? Tout de même, on ne peut expliquer l'acharnement des troupes allemandes contre le catholicisme que par la haine de son universalité, qui, héritière de la civilisation gréco-latine, contrarie l'adoration de la force teutonne incarnée dans l'État allemand, que, nouvelle religion, le pangermanisme voudrait instaurer partout. « Je hais cette religion que tu as embrassée, écrivait Guillaume II à la landgrave de Hesse qui venait de se convertir au catholicisme. Tu accèdes donc à cette superstition romaine, dont je considère la destruction comme le but suprême de ma vie. »

C'est, en définitive, au nom d'une doctrine inspirée elle-même par toute une philosophie, et en vertu de la mission que cette philosophie est censée lui conférer, que l'armée teutonne, envisagée elle-même comme une émanation de l'État allemand, pille, vole, viole et massacre, sans scrupule ni pitié, avec méthode et selon un plan préconçu. Tous les Allemands, depuis les docteurs jusqu'aux ouvriers, ont cru sauver le monde, cependant qu'ils visaient à satisfaire, par tous les moyens en leur pouvoir, les bas appétits de leurs âmes restées sauvages et que, véritables barbares, ils tâchaient de convertir, par la crainte, les populations envahies au culte de la force germanique, que, sous le nom de Dieu, ils adorent, à la suite de leur empereur, dans le plus prodigieux et sanglant délire collectif qui se soit jamais emparé d'une nation. Le peuple allemand tout entier, grisé par le spectacle de sa trop rapide fortune, a donné ainsi le plus extraordinaire exemple de barbarie multipliée par la science où puisse, de nos jours, tomber un peuple tenu pour civilisé, dans l'enivrement d'un orgueil insensé, alors que ses progrès moraux ne vont pas de pair, pour la diriger et compenser, avec un brusque accroissement de prospérité matérielle. C'est, aussi bien, uniquement cette prospérité que les cerveaux teutons ont prise, à l'exclusion de tout idéal désintéressé, pour le but suprême vers lequel, sous l'égide de l'Allemagne, Messie des temps futurs, l'humanité serait appelée. L'abomination des procédés employés suffit, en dehors de tout autre indice, à nous faire estimer à sa juste valeur une aussi aberrante prétention.

FIN

TABLE DES MATIÈRES

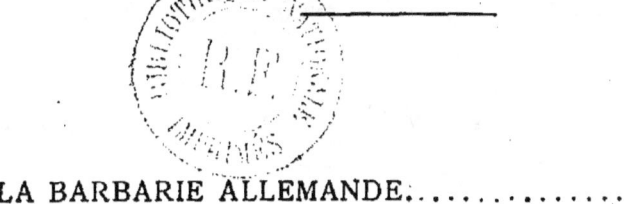

LIVRE PREMIER

LES FAITS

LA BARBARIE SYSTÉMATIQUE

LIVRE II

LES ORIGINES
DE LA BARBARIE ALLEMANDE

LIVRE III

LES CAUSES
DE LA BARBARIE ALLEMANDE

CONCLUSION
LA THÉORIE

PARIS. TYP. PLON-NOURRIT ET Cⁱᵉ, 8, RUE GARANCIÈRE. — 22484.

www.ingramcontent.com/pod-product-compliance
Lightning Source LLC
Chambersburg PA
CBHW071901020726
47502CB00003B/844